THE LAST THING HE TOLD ME

彼が残した最後の言葉

ローラ・デイヴ

竹内要江◆訳

早川書房

彼が残した最後の言葉

THE LAST THING HE TOLD ME
by
Laura Dave

Translated by
Toshie Takeuchi
First published 2023 in Japan by
Hayakawa Publishing, Inc.
This book is published in Japan by
arrangement with
Bixby Bridge Productions
c/o William Morris Endeavor Entertainment, LLC.
through The English Agency (Japan) Ltd.

装画／宮岡瑞樹
装幀／albireo

わたしのいとしい奇跡、ジョシュとジェイコブに
ロシェルとアンドリュー・デイヴがしてくれたすべてに

（行こうと彼は言った
遠いところじゃなければと彼女は言った
遠いところってと彼は言った
あなたのいるところと彼女は言った）
——E・E・カミングズ

プロローグ

　きみはよくものをなくすし、その芸当を誰にもまねできないアートの域にまで高めているねとオーウェンによくからかわれた。サングラス、鍵束、手袋、野球帽、切手、カメラ、携帯電話、コーラの瓶、ペン、靴紐。靴下に電球にアイストレー。それは否定しきれない。たしかに、わたしはよくものをどこかに置き忘れた。気もそぞろになって、忘れてしまって。

　彼との二度目のデートでは、ディナーのあいだ車を停めておいた立体駐車場の駐車券をなくした。わたしたちはそれぞれ自分の車で来ていた。その後、オーウェンはこの一件を茶化すようになる――二度目のデートに自分で車を運転して来るとわたしが言い張ったと嬉々として話すようになる。結婚式当日の夜にまでその話を持ち出された。だから、わたしは言ってやったのだ。あの日あなたはわたしの過去を詮索して、わたしから関係を終わらせた男性や、わたしのもとを去った男性のことを根掘り葉掘り訊いてきたよね、と。

　オーウェンはそういう元彼たちのことを〝残念ボーイズ〟と呼んだ。そして、彼らのためにグラスを掲げ、いまどこにいようと、わたしの大切な存在にならなくてありがとうと、こうしてわたしと向かい合って座っていられるのも彼らのおかげだと感謝した。

わたしのこと、ほとんど何も知らないくせに。わたしはそう言った。

彼はほほ笑んだ。そんな気はしないんだけどな。

それも否定しきれなかった。出会ったそのときから、ふたりのあいだに存在しているような気がする何かにわたしは圧倒されっぱなしだったのだ。きっとそのせいで気もそぞろになった。だから駐車券をなくした。

車を停めてあったのは、サンフランシスコの街中にあるリッツカールトン・パーキングガレージだった。ディナーのあいだだけ停めておいたと言われてもだめですよと、係員は声を荒らげた。駐車券の紛失は百ドルだ。「何週間停めていてもおかしくない」係員は言った。「うそをついていないって、どうしたらわかるんです？　駐車券をなくした場合は一律百ドルと税金をいただいてます。案内板に書いてありますよ」家に帰るのに百ドルと税金がかかる。

「ほんとうになくしたの？」オーウェンが訊いてきた。顔はにやついていて、その晩に得たわたしにかんする情報のなかでもとびきりのネタだと言わんばかりだ。

まちがいない。レンタルしたボルボはもちろん、オーウェンのおしゃれなスポーツカーの車内も（わたしは乗っていなかったのに）、いまいましい駐車場のフロアもくまなく探したのだ。駐車券は見つからなかった。どこにもなかった。

オーウェンが失踪した翌週、その駐車場に彼が立っている夢を見た。あのときと同じスーツ姿で——魅力的な笑みを浮かべているのも同じだった。夢のなかで彼は結婚指輪を外しているところだった。

ねえ、ハンナ、彼が口を開いた。ぼくまでなくしたね。

第一部

木の板を取りだして、いちばん薄くなっている部分を探り当て、そこにやすやすと多数の穴を穿つ科学者に、わたしは我慢ならないのです。

——アルバート・アインシュタイン

ドアを開けたらそこに

テレビでおなじみのシーンだ。玄関ドアがノックされる。その向こうに、すべてをひっくり返す報《しら》せを告げにきた人物が待ちかまえている。テレビだと、警察つきの聖職者や消防士、制服に身を包んだ軍の士官というところだ。ところが、わたしがドアを開けると（そのときまさにすべてがひっくり返ろうとしていると知ることになる）、報せを告げにきたのは警官でも、ぱりっとしたズボンを穿いた連邦捜査官でもない。サッカーのユニフォーム姿の十二歳の少女だ。すね当てなどをすべて身につけている。

「ミセス・マイケルズ？」少女が口を開く。

わたしはたじろぐ――誰かにそう言われると、よくそうなるのだ。そうだとも、そうでもないともいえる。わたしは姓を変えていない。オーウェンと出会うまで三十八年間ずっとハンナ・ホールだったのだ。だからその後も別人になる理由は見当たらなかった。それでも、オーウェンと結婚して一年と少しになる。そのあいだに誰かにそう言われても訂正しなくなった。相手はただ、わたしがオーウェンの妻かどうか確認したいだけなのだ。

目の前の十二歳の少女もまちがいなくそれを確認したがっている。人について子どもと大人という大雑把な区別しかしてこなかったこのわたしが、彼女が十二歳だと見抜けたのも理由がある。夫の娘であるベイリーが、あきれるほどそっけない十六歳だったせいで、ここ一年半のあいだにそういう力が鍛えられたのだ。というのも、身構えているベイリーとはじめて会ったときに、わたしはうっかり彼女が実際よりも年下に見えると口をすべらせたのだ。できるかぎりの最悪な発言だった。

いや、もしかしたら二番目に最悪だったのかも。その場を取り繕おうとして、わたしも年下に見られたいと口走ったのはもっとまずかった。それ以来、ベイリーはわたしにそっけない態度を取りつづけている。十六歳相手にどんなジョークも禁句だと、いまならわたしはちゃんとわかっている。そもそも、べらべら話しかけるのはよくないと。

いや、いまは目の前に十二歳のお友だちが、泥だらけのスパイクを履いた足から足へと重心を移しながら玄関に立っているところだった。

「ミスタ・マイケルズがこれを渡してって」

そう言って、手をさっと突きだす。折り畳まれた、罫線入りの黄色い紙が握られている。表にはオーウェンの筆跡で〝ハンナへ〟とある。

わたしはその紙を受け取って、彼女と目を合わせる。「ごめんなさいね。よくわかってなくて。あなたはベイリーのお友だち？」

「ベイリーって誰？」

〝うん〟という答えが返ってくると期待してはいなかった。十二歳と十六歳のあいだには大海のごときへだたりがある。でも、どこか腑に落ちない。どうしてオーウェンはわたしに電話をかけてこないのだろう。なぜわざわざこの子に頼んだりしたの？　とっさに、ベイリーの身に何か起きて、オーウェンは身動きがとれないのではないかと思った。でも、ベイリーは家にいて、いつもどおり、わたしとかかわらないようにしている。二階から大音量でこぼれ落ちてくる音楽が（今日のセレクションはキャロル・キングのミュージカル『ビューティフル』）、わたしが彼女の部屋にお呼びでないと繰り返し伝えている。

「ごめんね。ちょっと混乱してて……彼とはどこで会ったの？」

「廊下でうしろから走ってきた」少女が答える。

一瞬、それはわたしの背後にあるうちの廊下のことかと思う。でも、それはありえない。わたしたちが暮らしているのは入り江のフローティング・ハウス、一般的には〝ハウスボート〟と呼ばれる住宅だ。ただし、サウサリートにはハウスボートのコミュニティがあって、四百艇ほどが集まっている。ここでは家は海に浮かべるものなのだ――ガラス窓からの眺めは抜群だ。わたしたちにとっては家につづく歩道が桟橋で、廊下は居間なのだ。

「それじゃあ、ミスタ・マイケルズに学校で会ったのね？」

「そう言ったでしょ」少女は、〝それ以外のどこだっていうの〟という表情を浮かべている。「友だちのクレアと練習に行くところだったの。そしたら、おじさんがこれを届けてほしいって。練習が終わるまで届けられないって言ったんだけど、それでもいいからって。それで、ここの住所を教えてくれた」

それを証明するかのように、彼女は別の紙を掲げて見せる。

「わたしたちに二十ドルもくれた」

そのお金は取り出さなかった。没収されるのを警戒したのだろう。

「携帯電話が壊れているとかで、連絡できないと言ってた。でも、よくわかんない。早口だったし」

「そうなんだ……携帯電話が壊れていると言ってたの？」

「そうじゃなきゃ、こんなこと言わない」少女が言う。

そのとき、彼女の携帯電話が鳴った。電話だと思ったのに、彼女が腰から取り外したそれは最先端のポケベルのようだ。ポケベルって最近また使われるようになったんだろうか。

キャロル・キングの曲。最先端のポケベル。ベイリーはわたしのこういうところにも我慢ならないのだろう。わたしはティーンエイジャーの事情にはまったく疎いのだ。

少女はその装置の画面をタップしている。オーウェンのことや二十ドルのおつかいはもう片づいたらしい。彼女に行ってほしくない。何が起きているのか、さっぱりわからない。これは悪趣味なジョークなんだ。オーウェンはおもしろがっているんだろう。わたしにはおもしろいとは思えない。少なくとも、いまは。

「さようなら」少女が言う。

そして、桟橋を歩いていく。わたしは彼女の姿がだんだん小さくなるのを見つめる。入り江に陽が沈み、夕暮れ空にまたたく星が彼女の行く手を照らしている。

それから、わたしも一歩外に出る。桟橋の端からオーウェンが（わたしが愛する、ふざけるのが大好きなオーウェンが）飛びだしてくるんじゃないだろうか、彼のうしろで、このよくわからないいたずらに加わったほかのサッカー選手が笑っているんじゃないだろうか。でも、そこにオーウェンはいない。誰もいない。

それで、わたしは玄関ドアを閉める。手に持ったままの、折り畳まれた黄色い紙に目を落とす。まだ開いていなかった。

静寂のなかで、それを開きたくないと思っていることに気づく。何が書いてあるか知りたくない。どこかで、この最後の瞬間を手放したくないと思っている。これがジョーク、手ちがい、なんでもないことだとまだ思っていられる瞬間を。自分の力では止められない何かがはじまっているのだと悟る前の瞬間を。

わたしは紙を開く。

オーウェンの言葉はそっけない。謎めいた走り書きがそこにある。

彼女を守って。

グリーン・ストリートがグリーン・ストリートじゃなかったころ

オーウェンとはじめて会ったのは、二年と少し前だ。

当時わたしはまだニューヨークに住んでいた。いまわたしが地元と呼ぶ、北カリフォルニアの小さな町、サウサリートからは五千キロ離れている。サウサリートはゴールデン・ゲート・ブリッジを挟んでサンフランシスコの対岸にあるが、都会とはかけ離れている。静かで落ちついた、魅力的な雰囲気の町。十年以上前からオーウェンとベイリーにとってはここが地元だった。わたしのそれまでの生活とは別世界だ。わたしはマンハッタンに暮らし、ソーホー地区のグリーン・ストリートにあるロフト付き店舗――そんな額を払えるだなんていつも信じられない思いだった、べらぼうな家賃の手狭な場所――を拠点としていた。そこは工房兼ショールームだった。

木材の加工。それがわたしの仕事だ。仕事のことを人に話すと(いくらくわしく説明しても)、相手は怪訝な顔つきになる。きっと、ハイスクール時代の木工の授業を思い浮かべるのだろう。木工作家の仕事はそういう授業と似ているところも少しはあるが、まったくの別ものだ。わたしはよく彫刻のようなものだと説明する。ただし、素材は粘土ではなく木なのだと。

この仕事をするようになったのは自然のなりゆきだった。祖父が木工を手がける、腕利きの職人だったのだ。ものごころついたときから、わたしの暮らしの中心には祖父の仕事があった。おぼえているかぎり、生活の中心には祖父がいて、彼はほぼひとりでわたしを育ててくれた。

わたしの父親のジャックと母親のキャロル（娘からそう呼ばれたがった）は、子育てにはまったくと言っていいほど関心を示さなかった。ふたりの関心は、父の写真家としてのキャリアだけにほぼ向けられていた。わたしが幼かったころ、祖父は母にたいして、もっと子どもとかかわるよう諭していた。いっぽう、年に二百八十日は仕事で旅に出ていた父のことを、わたしはほとんど知らないまま育った。父は時間ができると、テネシー州スワニーにある実家の農場に引きこもり、そこから車で二時間のフランクリンにある祖父の家でわたしと一緒に過ごしてはくれなかった。わたしが六歳になってすぐに父は母を捨てて、助手（二十一歳になったばかりのグウェンドリンという女性）に走った。すると、母も家に寄りつかなくなった。母は父がよりを戻す気になるまで、父を追いかけたのだ。それ以来、わたしはフルタイムで祖父に預けられることになった。

こんな風に語るとお涙頂戴の物語みたいだけど、実際はちがう。もちろん、母親がいないも同然の暮らしというのは理想とはほど遠い。そんな選択を受け入れる側になるというのはつらいものだ。でも、いまにして思えば、母がわたしにあやまりもせず、ためらわずに出ていったのは、いいことだったのかもしれない。とにかく、はっきりとわかったから。わたしがどうあがいても母の決心はくつがえせないと。

そして、母に出ていかれた後のほうがよりしあわせだった。祖父は温厚でやさしく、毎晩食事を用意してくれ、わたしが食べ終わるまで待っていてくれた。食事が済むと、そろそろ行こうと言って、寝る前にお話を読み聞かせてくれた。それに、いつでも仕事しているところを見ていいと言ってくれた。

わたしは仕事に打ち込む祖父の姿を見るのが大好きだった。信じられないぐらい大きな木材を旋盤の上で動かして素晴らしい作品を生み出していた。出来栄えがいまひとつなら、どうやってやり直そうか頭をひねっていた。

祖父の仕事を見ていて、そういうときがいちばん好きだった。彼が両手を上げて、〝おや、こいつはもうちょっと工夫が必要じゃないか〟と言う瞬間が。それから、どうしたら望みどおりのものができるのか、別の方法を考えはじめる。有能な心理学者なら、そんな祖父の姿を見てわたしは希望を抱いたと言いそうだ――わたしが同じことをするのを祖父が助けてくれると期待したはずだと。つまり、やり直すのを手伝ってくれると。

ところが、わたしはそれとは逆のことに安心感をおぼえていた。仕事に打ち込む祖父を見ているうちに、変わらないものもあると気づいたのだ。別の方法でやり直すことはあっても、仕事は最後まで投げ出さない姿勢。どんな結果になるにせよ、求められる仕事をやりとげる態度。

木工の仕事で成功するだなんて考えてもみなかったし、家具製作にまで手を広げるのは想定外だった。なにしろ、食べていけるか半信半疑だったのだ。祖父はたびたび建築現場で働き、収入を補っていた。ところが、わたしが仕事をはじめてまもなく、会心の出来栄えだったダイニングテーブルが《アーキテクチュラル・ダイジェスト》誌に掲載されて、ニューヨークのダウンタウンの住民に顧客を得ることができた。懇意にしているインテリア・デザイナーいわく、わたしの顧客は、家のインテリアにまったくお金をかけていない感じにするためならよろこんで大枚をはたく人たちなのだ。わたしの素朴な木工作品ならぴったりというわけだ。

時が経つにつれて熱心な顧客層は沿岸部のほかの都市やリゾートタウンにまで広がっていった。ロサンゼルス、アスペン、イースト・ハンプトン、パーク・シティ、サンフランシスコ。

そんななか、わたしはオーウェンと出会った。オーウェンが働いているテクノロジー企業のCEO、アヴェット・トンプソンが顧客のひとりだったのだ。アヴェットと、とびきりゴージャスな妻のベルは上得意だった。

自分はアヴェットの〝トロフィー・ワイフ〟なのだとベルはよく冗談めかして言っていたが、あながち的外れではなかったから、あまり笑えなかった。元モデルのベルはオーストラリア出身で、アヴェットの成人した子どもたちより十歳若かった。彼女の自宅であるサンフランシスコのタウンハウス（そこで夫と暮らしていた）や、彼女がひとりになりたいときに引きこもる、ナパ・ヴァレー北端の小さな町、セント・ヘレナに新築したばかりの家には、どの部屋にもわたしの作品が置いてあった。

アヴェットがオーウェンを連れてわたしの工房にやってきたとき、彼とはまだ数回しか会ったことがなかった。ふたりは投資家会議に出席するためにニューヨークに出張中だった。ついでにわたしの工房に寄って、寝室用に注文した、縁が丸くなったサイドテーブルの仕上がりを確認するようベルに言われていたのだ。一万ドルする夫婦のオーガニック素材マットレスをのせたベッドフレームと合うかどうか確認すると言ってもどうすればいいのか、アヴェットはよくわかっていないようだった。

はっきり言って、彼はうわの空だった。オーウェンと工房にやってきたアヴェットは、鮮やかな青色のスーツを着て、白髪混じりの髪を整髪剤で固め、耳には携帯電話をくっつけていた。誰かと電話で話している最中だったのだ。サイドテーブルをちらっと見ると、送話口をさっと手でおおった。

「素晴らしい出来栄えだと思うね」彼は言った。「これでもういいかな？」

そして、わたしが答える前に外に出ていった。

いっぽう、オーウェンは興味を引かれたようだった。工房全体をゆっくり歩き回り、作品の前で立ち止まってはじっくり眺めていた。

そうやって彼が歩き回るのをわたしは見ていた。不思議な人だと思った。手足は長くて、ブロンドの髪はぼさぼさ、肌は陽によく焼け、すり切れたコンバースのスニーカーを履いている。そのすべてが、彼が着ていたおしゃれなスポーツジャケットと不釣り合いだった。まるで、波乗り中のサーファーが、ジャケットと下に着ているぱりっとしたシャツのなかにすべり落ちたかのような雰囲気だった。

彼をじっと見ているのに気づいて、わたしが身体の向きを変えたそのとき、オーウェンがわたしのお気に入りの作品の前で足を止めた——仕事机にしていた農家風のテーブルだ。

パソコンや新聞、こまごまとした道具類が散らかっていて、テーブルの表面はほとんど見えない。真剣に見ないと、その下にテーブルがあるとはわからない。彼は真剣に見ていた。わたしが削りだした堅牢なレッドウッドや、黄ばんだ色合いになるよう丁寧に仕上げた角、テーブル側面に溶接してある粗い金属に目を留めた。

そこにテーブルがあるのに気づいた客はオーウェン以外にいただろうか？　もちろん、いた。でも、わたしがよくそうするようにかがみこんで、とがった金属部分を指でなぞり、テーブルを抱え込んだのは、彼がはじめてだった。

彼は顔をこちらに向けて、わたしを見上げた。そして、「いてっ」と言った。

「夜中にぶつかったらもっと痛いですよ」とわたしは言った。

オーウェンはあとずさって上体を起こし、別れのあいさつをするようにテーブルを軽く叩いた。

それから、こちらに向かって歩いてきた。どうしてこんな近くにいるのかと意識せずにはいられないほど、すぐそばまで迫ってきた。そのとき着ていたタンクトップや塗料のついたジーンズ、頭の上で適当にお団子にまとめた髪、洗っていないほつれ毛なんかをわたしは気にしないといけなかったのだろう。でも、こちらを見る彼を見つめながら、感じていたのは別のことだった。

「それで」彼が口を開いた。「希望価格は？」

「じつは、あのテーブルはこのショールームで唯一の非売品なんです」わたしは説明した。

「けがをするおそれがあるから？」

「そのとおり」

そこでオーウェンが笑った。〝オーウェンが笑った〟だなんて、出来の悪いポップ・ソングのタイトルみたいだ。誤解のないように言っておくと、彼の顔がぱっと明るくなったとか、そういうことではない。感傷的で、ドラマチックなできごとではなかった。そうではなくて、彼のおおらかで子どもっぽい笑顔から、やさしい人だとわかった。マンハッタンの街中にあるグリーン・ストリートではまずお目にかかれない種類のやさしさ。ふと、わたしがいまいるのはグリーン・ストリートではないような気分にさせる、極上の笑顔だった。

「それじゃあ、あのテーブルの価格交渉はできないのかい？」彼が言った。

「はい。でも、別の作品ならお見せできますけど」

「じゃあ、かわりに同じようなテーブルのつくり方をきみが教えてくれるというのはどう？　ただし、縁はもっと安全なものにして……」彼はそう言った。「同意書にサインするよ。作業中のけがは自己責任だって」

わたしはまだ笑みを浮かべていたが、内心は混乱していた。突然、テーブルのことを話しているのではないと思えてきたから。その勘はまちがっていない自信があった。この人とは結婚しないと結局は思うことになる男性と二年間婚約していた女の勘だ。結婚式の二週間前にそれに気づいたんだった。

「ねえ、イーサン」わたしは言った。

「オーウェンだ」彼が訂正した。

「オーウェン、提案はうれしいけど」わたしは言った。「顧客とはデートしない主義《ポリシー》なんです」

「よかった、きみが売っているものはどれも高くて、ぼくには手が出ないから」彼は言った。

でも、それ以上のアプローチはなかった。〝またの機会に〟とでも言うように肩をすくめると、彼はドアのほうへ、まだ電話中で、歩道を行ったり来たりしながら相手に怒鳴り散らしているアヴェットのほうへと歩きだした。

彼はドアから出かかっていた。ほとんど外に出ていた。でも、わたしはとっさに——そして強烈に——手を伸ばして彼を引きとめなきゃと、そんなつもりじゃなかったと言わなきゃと思った。言いたかったのは、別のことだと。まだここにいてと言いたかったのだ。

とはいえ、ひと目で恋に落ちたとか、そういう話ではない。わたしは心のどこかで彼をそのまま出ていかせたくなかった、それだけだ。あの満面の笑みのそばにもうちょっとだけいたかった。

「あの、待って」あたりを見回して、彼を引きとめておけるものはないかと探し、別の顧客のものだった布地を見つけてそれを差し出した。「これをベルに」

ぎこちないことをした。わたしの元婚約者なら、誰かが去るにまかせるのではなく、追いすがるだなんて、まったくわたしらしくないと言うだろう。

「かならず彼女に渡すよ」彼は言った。

布を受け取るとき、彼は目を伏せていた。

「言っておくと、ぼくも同じなんだ。デートはしない主義だから。ぼくはシングルファーザーだし、それも当然で……」そこで言葉を切った。「でも、ぼくの娘は演劇ファンでね。ニューヨークに来たっていうのに、劇をひとつも観なかったら大失点だな」

そう言って、怒り心頭になって、歩道でわめき散らしているアヴェットをちらっと見た。

「アヴェットは観劇が好きじゃないしね。意外かもしれないけど……」

「すごく意外」

「それで……どうかな？　劇を観にいくというのは」

彼はそれ以上近寄ってこなかったが、そのとき目を上げた。それで、目が合った。

「デートじゃないということにして。いちどきりのことだと思えばいい。それなら、おたがい受け入れられるだろう。ただ食事をして観劇するだけなら。きみと会えてよかったよ」

「わたしたちにはポリシーがあるから？」わたしは訊いた。

彼の顔に開放的で、おだやかな笑顔が戻ってきた。「そうだよ。ポリシーがあるからね」

「何、このにおい？」ベイリーの声がする。

過去の思い出から現実に引き戻されると、キッチンの入り口にベイリーが立っていた。ぶあついセーターを着た彼女はいら立っているようだ——肩からメッセンジャーバッグをかけ、紫色に染めた髪の毛の束がストラップの下に挟まっている。

わたしは携帯電話をあごに当てたまま、彼女にほほ笑む。オーウェンに連絡しようとしているのに応答はなく、留守番電話につながる。何度やっても同じだ。

「ごめんね。あなたがそこにいるのに気づかなくて」

ベイリーはそれには答えず、口をきゅっと結んでいる。いつもの不機嫌な顔は気にしないようにして、わたしは電話を置く。そんな顔をしていても彼女は美しい。部屋に入ってきた瞬間に人がはっとする美しさだ。オーウェンにはあまり似ていない――紫色の髪はもともとは栗色で、黒い目は力強い。彼女の目には激しさがある。そして、人を引きつける。オーウェンによれば、ベイリーの祖父（母方の）と目もとがそっくりだったから、その祖父にちなんで名づけられたそうだ。ベイリーという名の女の子。ただベイリーとだけ。

「パパはどこ？」彼女が言う。「劇の練習に送ってくれることになっているのに」

ポケットに入れたオーウェンの伝言がずしりと重くなった気がして、わたしは身をこわばらせる。

彼女を守って。

「こっちに向かってるんじゃないかな。夕食を少し食べておきましょう」

「それがこのにおいのもとなの？」

彼女は鼻にしわを寄せて、先ほどから訴えているそのにおいがきらいなのだと念押ししている。

「このあいだ〈ポッジョ〉であなたが食べてたリングイネよ」わたしは説明する。

彼女は無表情だ。〈ポッジョ〉が地元のお気に入りのレストランで、つい何週間か前に彼女の十六歳の誕生日のお祝いでディナーをしたばかりではないかのように。その晩ベイリーが注文したのは特別料理の、自家製マルチグレイン・リングイネのブラウンバターソースがけだった。料理に合わせて、赤ワインのマルベックをオーウェンが少しだけ味見させていた。ベイリーはそのパスタを気に入ったと思ったのに。でも、もしかしたら父親にワインを味見させてもらったのがよかったのかもしれない。

わたしはリングイネを皿にどっさり盛りつけて、アイランド調理台の上にのせた。

「ちょっと食べてみて。気に入ると思うから」

彼女はこちらをじっと見ている。ここで波風を立てたものかどうか——夕食を食べずにさっさと出かけたとわたしが言いつけて、父親をがっかりさせたものかどうか決めかねているようだ。結局、そうしないことにしたらしい。いら立ちを抑え、スツールにぽんと座った。

「わかった。ちょっとだけなら」

ベイリーはわたしとうまくやろうとがんばってはいる。そこがやっかいなのだ。彼女は悪い子でも、面倒な子でもない。気に入らない状況にある、いい子なのだ。わたしがたまたまその気に入らない状況というだけで。

十代の女の子が父親の新しい妻を毛嫌いする、もっともな理由はほかにもある。何しろ彼女はそれまで親友であり、自分の大ファンの父親とのふたり暮らしで満ち足りていたのだ。でも、それだけでわたしをこんなにきらっているわけではない。はじめて会ったときに、わたしが彼女の年齢をまちがえたことだけが原因でもない。おそらく、わたしがサウサリートに引っ越してきた直後のある午後のできごとが尾を引いているのだ。その日、わたしは彼女を迎えにいくことになっていた。でも、顧客からの電話に対応していたせいで到着が五分遅れた。十分ではない。五分だ。午後五時五分。彼女の友達の家の前に車を停めたとき時計にはそう表示されていた。でも、それは一時間遅れたも同然だった。ベイリーは人に厳しい。オーウェンならわたしも同じだと言うだろう。彼の妻と娘はたった五分で人を判断すると。それだけあればじゅうぶんだ。つまり、彼女がわたしにたいして判定を下していたその五分のあいだ、わたしは出るべきではない電話に出ていたというわけだ。

ベイリーはパスタを少しフォークに巻きつけて、しげしげと眺めている。「これ、〈ポッジョ〉のとはちがうみたいだけど」

「そんなはずないよ。副料理長に頼み込んでレシピを教えてもらったんだから。一緒に出しているガーリックブレッドはフェリー・ビルディングで売っていると聞いて、買いに行ったし」

「パン一斤のためにわざわざサンフランシスコまで車で行ったの？」

彼女のためなら、わたしはついやりすぎてしまうことがある。今回はまさにそうだ。

彼女は身をかがめて、口にたくさんつめこむ。わたしは唇を噛んで、何か反応があるかもしれないと期待した――思わず〝おいしい〟とつぶやくとか。

そのとき、彼女が喉をつまらせた。まともにつまらせて、水が入ったグラスに手を伸ばす。

「これ、何が入ってるの？　この味はまるで……炭みたい」

「でもちゃんと味見をした。完璧なはず」

自分でもひと口食べてみる。彼女の言うとおりだ。十二歳の訪問客とオーウェンの書き置きに動揺したせいで、麦芽乳を少々入れて豊かに泡立てたバターソースが、ただの焦げたしろものになっている。苦い。たき火を食べているみたいだ。

「とにかく、もう行かなくちゃ」ベイリーが言う。「スーズに乗せてもらうならね」

ベイリーが席を立つ。オーウェンがわたしの背後で身をかがめ、耳元で〝やり過ごすんだ〟とささやいているところを想像する。ベイリーがわたしにつれない態度をとると、彼はよくそうアドバイスしてくれる。やり過ごす。それはつまり、そのうちベイリーも機嫌を直すからということ。そして、二年半後に彼女は大学進学で家を出るということ。でも、だからと言ってわたしの気は楽にはならないのに、オーウェンにはそれがわからない。わたしにしてみれば、ベイリーと仲良くなる時間がどんどん少なくなるということだ。

彼女と仲良くなりたいと心から願っている。ふたりの関係を築きたい。そう思うのは、オーウェンのためだけではない。それ以上の理由がある――だからこそ、煙たがられてもベイリーにかかわりたいと思うのだ。母親を失った影響がベイリーのなかに見てとれるのも理由のひとつだ。わたしの母は自らの意志で去り、ベイリーの母は悲劇が起こっていなくなった。いずれにせよ、そんな経験をした子どもにはよく似た刻印が残される。よくわからない世界に取り残されて、見守ってくれる、いちばん大切な人がいないまま世間を渡っていく方法を探さなければならない。

「スーズの家には歩いていく」ベイリーが言う。「彼女が車に乗せてくれるから」

彼女の友人のスーズも劇のメンバーだ。入り江の住民でもある。彼女なら安全のはず。

彼女を守って。

「送らせて」わたしは言う。

「いいってば！」ベイリーは紫の髪を耳にかけながら語気を弱める。「いいの。どうせスーズも練習に行くんだし……」

「もしあなたのお父さんが戻らなかったら、わたしが迎えにいく。どちらかが外で待っているようにするから」

ベイリーは怪訝な顔をする。「なんでパパは帰ってこないの？」

「帰ってくるよ、もちろん。ただ……わたしが迎えにいけば、あなたが家まで車を運転できるでしょう」

ベイリーは仮免許を取得したばかりだ。ひとりで運転できるようになるまで、一年間は大人が同乗しなければならない。オーウェンはたとえ自分が一緒でも夜はベイリーに運転させたがらない。そういう事情をわたしはうまく利用しようとしている。

「わかった」ベイリーが言う。「ありがとう」

彼女はドアへと向かっていく。会話を切り上げて、サウサリートの空気のなかに出ていきたがっている。出ていくためならどんな口実も使うだろう。でも、とにかくわたしは約束を取りつけた。

「じゃあ、またしばらくしたら」

「またね」ベイリーが答える。

そしてわたしはつかの間、満ち足りた気分を味わう。ベイリーが外に出て玄関ドアがバタンと閉まる。そして、わたしはオーウェンの書き置きと、静まり返ったキッチン、十人家族分はある大量の焦げたパスタとともに、またひとり取り残された。

答えを知りたくない質問はしないこと

午後八時になっても、オーウェンからの電話はない。

わたしは左折してベイリーの学校の駐車場に入り、正面入り口そばのスペースに車を停める。カーラジオの音量を絞り、もういちど彼に電話をかけてみる。すぐに留守番電話につながり、胸の鼓動が速まる。オーウェンが出勤してから十二時間、サッカーの花形選手がわが家に現れてから二時間が経過。このあいだに夫に送った十八件のメッセージに返信はない。

〝ピッ〟という音のあとで「ねえ」と話しはじめる。「どういうことになっているのか、わたしにはわからない。でも、このメッセージを聞いたらすぐに連絡して。いい、オーウェン？　あなたのことは愛している。だけど、かけ直さなかったら殺してやるから」

通話を終えて、携帯を見つめる。すぐに鳴りますように。オーウェンがかけてきて、まともな説明をしてくれますように。彼のそういうところが好きなのだ。どんなときもちゃんと説明してくれる。何が起きても冷静で理性を失わない。いまだってそうなのだと信じたい。ただ、わたしが気づいていないだけで。

ベイリーが運転席に座れるように、わたしは座席を移動する。そして目を閉じ、何が起きているのか、考えられるシナリオをいくつか思い浮かべる。あたりさわりのない、筋の通ったシナリオを。仕事の会議が長時間におよんで帰れなくなっている。携帯電話をなくした。ベイリーをびっくりさせるための、おかしなプレゼント。わたしをびっくりさせるためにどこかに行っている。彼はおもしろいと思ってやっている。もしくは、まったく何も考えていない。

そのとき、オーウェンが働いているテクノロジー企業の名前――〈ザ・ショップ〉――がカーラジオから聞こえた。

気のせいかと思ってラジオの音量を上げる。留守番電話にメッセージを吹き込むときに、自分で言ったような気がする。〝〈ザ・ショップ〉に缶詰めになってるの？〟と。それならありえる。でも、公共ラジオの司会者のなめらかな、人を引きつける声がつづきを報じている。

「証券取引委員会とＦＢＩがこのソフトウェアを扱うスタートアップ企業の商行為を一年二カ月にわたって調査した結果、今日の強制捜査につながりました。〈ザ・ショップ〉のＣＥＯ、アヴェット・トンプソン氏が身柄を拘束されたという事実を確認しました。横領と詐欺で起訴される見通しです。捜査筋に近い人物は、〝トンプソン氏が国外逃亡をくわだて、ドバイに住居を確保した証拠がある〟と公共ラジオに語りました。ほかの幹部社員もまもなく起訴されるものと思われます」

〈ザ・ショップ〉。彼女が伝えているのは〈ザ・ショップ〉のことだ。

なぜこんなことに？　この会社で働けて光栄だとオーウェンは思っている。そう言っていたではないか。光栄だと。会社の創業期に入社するためなら収入減すら受け入れたと。〈ザ・ショップ〉の社員のほとんどは、グーグル、フェイスブック、ツイッターなどの大企業の高給を捨てて収入減に甘んじ、従来の報酬と引き換えにストックオプションの権利を得ることに同意した。

〈ザ・ショップ〉が開発していたテクノロジーを信じていたからこそ、みんなそうしたのだとオーウェンは言っていなかった？　エンロン（世界的エネルギー企業。不正会計が明るみに出て破綻）とはちがう。セラノス（血液検査のスタートアップ企業。画期的とされた検査機器の欠陥が判明しその後破綻）とも。ソフトウェア企業なのだ。オンライン生活をプライベート化するソフトウェアツールを開発していた。それは、ユーザーがネット上で利用可能なものをコントロールできるようにするもので、きわどい画像を消したり、ウェブサイトを閲覧できないようにして、子どもも安心して使える環境を用意できる。この技術でネット上のプライバシーに革命をもたらそうとしていた。前向きな変化を目指していたはずだ。

　それが、どうして詐欺だなんて。

　司会者がコマーシャルに入ると告げたので、わたしは携帯電話に手を伸ばしてアップルニュースをタップする。

　CNNのビジネスページを表示したところで、ベイリーが学校から出てきた。肩からかばんをかけて、普段はわたしには向けることのない、見たことのない困ったような表情をしている。

　本能的にわたしはラジオを切り、携帯電話を置いた。

　彼女を守って。

　ベイリーはさっと車に乗り込んだ。運転席に身を沈め、シートベルトを締める。わたしにあいさつはなし。顔をこちらに向けようともしない。

「大丈夫？」わたしは尋ねる。

　ベイリーは首を振り、耳にかけた紫色の髪の毛がはらりと落ちる。どうせまた嫌味を言うのだろう――〝わたしが大丈夫に見えるの？〟とか。でも、黙ったままだ。

「ベイリー？」

「わかんないよ」彼女が口を開く。「何が起きてるのか……」

ようやくわたしは気づいた。彼女が手にしているかばんは、いつものメッセンジャーバッグではない。ダッフルバッグだ。彼女がひざの上で、赤ちゃんのようにそっと抱えているのは大きな黒いダッフルバッグだ。

「そのバッグ、どうしたの？」

「見てよ」

そんな口調で言われたら見たいとは思えない。でも、わたしに選択肢はないも同然だ。ベイリーはバッグをどさっとわたしのひざの上に置く。

「ほら。見て、ハンナ」

わたしはファスナーをわずかに開けてみる。すると、その隙間から札束があふれ出した。細いひもで束ねられた百ドル札の束があとからあとから出てくる。ずっしり重く、数え切れないほどある。

「ベイリー」わたしは声を潜めて言う。「これ、いったいどうしたの？」

「パパがロッカーに入れた」

信じられない思いでわたしは彼女を見る。胸の鼓動が速まる。「なぜわかるの？」

ベイリーはこちらに放り投げるようにして紙を寄越す。

「勘で」

わたしはひざからその紙を拾い上げる。罫線入りの黄色い用紙。今日、オーウェンがその黄色い紙にしたためた、二番目の手紙。

わたし宛のメッセージの片割れだ。彼女への手紙には表に〝ベイリーへ〟とあって、二重線が引かれている。

ベイリーへ

どういうことなのか説明できなくてすまない。ぼくが何をいちばん大切にしているか、きみはわかっているね。

きみにとって何がいちばん大切なのかも。それを手放さないように。

ハンナを助けてくれ。彼女の言うことをよく聞いて。

彼女はきみを愛している。ぼくたちふたりとも。

きみはぼくの人生のすべてだ。

パパより

文面をじっと見つめていると、文字がぼやけてきた。オーウェンとすね当てをつけたあの十二歳の少女が出会う前の光景が心にありありと浮かぶ。オーウェンが学校の廊下を走っていて、並んでいるロッカーの前を通りすぎていく。娘にこのバッグを届けにきたのだ。まだそれができるうちに。

わたしは胸がかあっと熱くなって、息苦しくなる。

自分は動じないタイプだと思っている。きっと、育った環境のせいでおのずとそうなったのだ。だからこんな気持ちになったのは、これまでの人生で二回だけだった——母はもう戻ってこないと気づいた日と祖父が死んだ日だけ。それなのに、オーウェンの書き置きと彼が残したとんでもない大金を見くらべているうちに、またそんな気持ちになっているのに気づいた。この気持ちをどう説明したらいいだろう。わたしの内側にあるものを外に出さなければ。なんとかして。あたり一面にわあっと吐き出してしまえる瞬間があるとすれば、いましかない。

　そして、わたしはそれを実行する。


　わたしたちは桟橋の手前にある駐車場に車を停める。

　車を走らせているあいだずっと窓を全開にしていた。わたしはまだティッシュを口に当てている。

「また吐きそう？」ベイリーが訊いてくる。

　わたしは首を振って、自分と彼女に言い聞かせるように「大丈夫だから」と言う。

「これ、役に立つかもしれないから……」ベイリーがそう切り出す。

　わたしが顔を上げると、ベイリーはセーターのポケットからマリファナタバコを取り出しているところだった。一本取れるよう、わたしに差し出す。

「それ、どこで手に入れたの？」わたしは尋ねる。

「カリフォルニアでは合法だよ」彼女が言う。

　それが答え？　十六歳でも？

　ベイリーははぐらかしたいのだ。ボビー経由で手に入れたのではないかとわたしが疑っているからなおさらだ。ボビーはベイリーのボーイフレンドのようなものだ。彼女と同じ学校の最上級生で、表面上はいい子だが、少々オタクっぽいところもある。シカゴ大学に進学が決まっていて、生徒会会長も務めている。髪の毛に紫色は混じっていない。それなのにオーウェンは彼を完全に信用してはいない。わたしはオーウェンの不信は過保護なせいだと思いたいが、ボビーはベイリーにたいしてわたしを拒絶するようたきつけているらしいのだ。彼と一緒に過ごしてから帰宅すると、ベイリーがわたしに失礼な態度を取ることがある。わたしは気にしないようにしているが、オーウェンはうまくできない。このあいだも、ボビーのことでベイリーと口論になって、彼と会ってばかりではないかと注意していた。そのときベイリーはめずらしく、普段はわたしに向ける、見下すような目つきでオーウェンをにらんでいた。

「いらないなら、取らなくてもいいよ」ベイリーが言う。「役に立つかなって思ったけど」

「わたしはけっこう。でも、ありがとう」

ベイリーがタバコをポケットに戻しはじめたので、わたしは不安にかられる。彼女にたいしてはあからさまに親らしい態度はとらないようにしている。それは、彼女がわたしに好感を持つ数少ない点だ。

わたしは身体の向きを変えて、オーウェンが戻ったらこの件を話し合わなきゃと心に刻む。マリファナを持たせたままにするのか、こちらに渡すように言うのかの判断は彼にまかせよう。でも、そこまで考えてはっとする。彼がいつ戻るのかもわからないのに？　いまどこにいるのかすらわからない。

「ちょっといいかな？」わたしは口を開く。「それはやっぱり預かっておく」

彼女はあきれたように目をぐるっと回すが、タバコをこちらに手渡す。わたしはそれをグローブボックスに入れて、かがんでダッフルバッグを持ち上げる。

「数えようとしてみたんだけど……」ベイリーが言う。

わたしは顔を上げて彼女を見る。

「そのお金。札束ひとつは一万ドルになってる。それが六十束はあった。まだ全部数え切れてない」

「六十？」

わたしは座席やフロアにこぼれ落ちた札束を拾い集めて、バッグのなかへと戻す。それからファスナーを閉めて、なかにつまっている莫大なお金が彼女の目に入らないようにする。わたしたちのどちらの視界にも入らないように。

六十万ドル。それだけあって、まだ数え切れないなんて。

「ニュースサイトの《デイリー・ビースト》のツイートをリン・ウィリアムズがインスタのストーリーズでリポストしてる」ベイリーが言う。「〈ザ・ショップ〉とアヴェット・トンプソンのことばかり。投資詐欺をしたバーニー・マドフみたいだって。そう書いてあった」

わたしはこれまでにわかっていることを的確に、素早く振り返る。オーウェンはわたしに書き置きを残した。ベイリーにはダッフルバッグを。ラジオが横領と巨額の詐欺を報じている。アヴェット・トンプソンは、わたしが理解していない何かの黒幕だった。

変な時間に寝てしまったときに見る、おかしな夢を見ているようだ。目覚めたら、午後の太陽や真夜中の冷気に包まれていて、自分がどこにいるのかわからなくなるような――それで、自分のとなりにいる、信頼しきっている相手のほうを向いて、どういうことなのか確認する。それはただの夢だ。ベッドの下に虎が潜んでいるわけではない。パリの街中で実際に追いかけられたわけでもない。シカゴの超高層ビルから飛び降りたのでもない。何も説明せずに、娘に六十万ドルを残して夫はいなくなったりしていない。そのうえ、お金はまだ数え切れていないだなんて。

「そういう連絡は受けてない」わたしは説明する。「でも、〈ザ・ショップ〉が何かにかかわっていて、アヴェットが違法行為をしていたとしても、だからと言ってあなたのお父さんも関係しているとはかぎらない」

「じゃあ、パパはどこにいるの？　それに、こんな大金どこで手に入れたの！」

彼女がわたしに大声を上げるのは、父親に怒鳴りたいからだ。その気持ちはよくわかる。わたしだって、あなたと同じぐらい怒ってる。そう言えたらいいのに。わたしがそれを言いたい相手はオーウェンだ。

わたしは彼女を見る。それから振り返って、窓の外を、桟橋、入り江、この風変わりな小さな集落の家々の灯りを見つめる。ハーン夫妻のフローティング・ハウスがよく見える。ふたりはソファに並んで座り、毎晩恒例のアイスクリームを楽しみながらテレビを観ている。

「どうすればいいの、ハンナ？」ベイリーが責めるようにわたしの名前を呼ぶ。

髪の毛を耳のうしろにかけているベイリーの唇が震えだしたのがわかる。異様な、思いがけない光景――彼女はわたしの前ではぜったいに涙を見せない。だから、わたしは腕を伸ばして彼女を引き寄せそうになる。いつもそうしているかのように。

彼女を守って。

わたしはシートベルトを外す。それから、手を伸ばして彼女のベルトも外す。無駄のない動きだ。

「家のなかに入ろう。わたしも何本か電話をかけてみる」わたしは言う。「お父さんの居場所を知っている人がいるかもしれない。そこからはじめよう。まずは彼を見つけるところから。それから、どういうことなのか本人に説明してもらえばいい」

「わかった」ベイリーが言う。

彼女は車のドアを開けて外に降りる。でも、振り返って、険しい目つきを向ける。

「ボビーが来ることになってる」彼女は言う。「パパの特別な届け物のことは言ったりしないけど、彼にはそばにいてほしい」

彼女は許可を取ろうとしているわけではない。そうだとしても、わたしに選択肢はない。「じゃあ、一階にいるようにしてくれる？」

ベイリーは肩をすくめる。その件についてはそれで手を打とうということらしい。わたしがさらに心配する間もなく、車が一台入ってくるのが目に入った。明るくて強烈なヘッドライトがわたしたちを照らす。

オーウェン。オーウェンでありますように。とっさにそう思う。それから、もっと可能性のあることを考えて身構える。警察だ。きっと警察なんだ。ここにオーウェンを探しにきた――彼が会社の犯罪行為に加担している情報を集めに、わたしが〈ザ・ショップ〉での彼の仕事について知っていることを確認するために、それから、いま彼がどこにいるのかを突き止めるために。わたしは何か知っていると思われている。

でも、それも思いちがいだった。

ヘッドライトが消えて、あざやかな青色のミニクーパーだとわかる。ジュールズだ。わたしの昔からの友人のジュールズが、ミニクーパーからあわてて降り、両腕をさっと広げて全速力でこちらに向かってくる。そして、わたしたちを、ベイリーとわたしの両方をありったけの力で抱きしめる。

「こんばんは、お嬢さんたち」彼女が言う。

ベイリーもお返しに彼女を抱きしめている。ベイリーがジュールズと知り合ったのは、わたしがきっかけだったにもかかわらず、ベイリーは彼女のことが好きなのだ。幸運にも彼女と知り合いになれた人にとって、ジュールズとはそういう存在なのだ。どっしりとしていて、安心させてくれる。

だからなのだろう。よりにもよって、そんな状況で彼女が口にするはずがない言葉が彼女の口から飛び出して意表を突かれたのは。

「わたしのせいなの」彼女はそう言った。

望みのものは

「こんなことになっただなんて、まだ信じられない」ジュールズが言う。

わたしたちはキッチンにいる。サンルームにある小さな朝食用テーブルに座って、バーボンを垂らしたコーヒーを飲んでいる。ジュールズは二杯目だ。大きなスウェットシャツが彼女の華奢な体つきを隠していて、髪の毛はうしろで二本のお下げにしている。そんな格好をしてマグカップにこそこそバーボンを足していると、まるで何かから逃げてきた人みたいだ。わたしがハイスクールの初日に出会った、十四歳の彼女がそこにいる。

当時、わたしは祖父と一緒にテネシー州からニューヨーク州ピークスキルに引っ越してきたばかりだった。ハドソン川のほとりの小さな町だ。ジュールズの家族はニューヨーク市内から越してきていた。彼女のお父さんは《ニューヨーク・タイムズ》紙の事件担当記者で、ピューリッツァー賞を受賞するほどの人物だったが、ジュールズはそんなことをまったく感じさせなかった。わたしは放課後にアルバイトをしようとして、地元の犬の散歩代行業者、〈ラッキーズ〉の仕事に応募して彼女と出会った。ふたりとも採用された。そして、毎日午後に担当の犬を散歩させることになった。小柄な女の子ふたりがギャンギャン吠える十五匹の犬たちにいつも囲まれている光景は、きっと見ものだっただろう。

わたしは公立校の一年生で、彼女は数キロ離れたところにある名門私立校の生徒だった。それでも、午後のアルバイトの時間はいつもふたりで過ごした。おたがいがいなかったら、ふたりともどうやってハイスクール時代を乗り切れただろう。それぞれの現実の生活がかけ離れていたからなんでも話せた。あるときジュールズが、わたしたちの関係は飛行機内で出会った人にいろいろ打ち明けるようなものだと言った。出会ったそのときから、わたしたちはずっとそうしてきた。安全に空を飛んでいた。高度三万フィートからの眺めとともに。

大人になったいまも、それは変わらない。ジュールズは父親にならって新聞の仕事をするようになった。《サンフランシスコ・クロニクル》紙の写真編集者として働き、おもにスポーツを担当している。そんな彼女が心配そうにわたしを見ている。でも、わたしは居間にいるベイリーのほうをちらちら見ている。ソファの上でボビーとべったりくっついて、何やらぼそぼそ話している。問題はなさそうだ。それでも、つい思ってしまう。問題があるってどういうことなのか、わたしにはまったくわからない。オーウェンがいないときにボビーがうちに来るのははじめてだ。わたしひとりで責任を負わなければいけないのは、はじめての経験だ。

見ていないふりをして、こっそりチェックする。でも、ベイリーはわたしの視線に気づいたのだろう。顔を上げて、ぶすっとした表情をこちらに向ける。それから立ち上がって、居間のガラス戸をバタンと閉める。戸を閉めても姿は見えるから、形だけのものだ。それでも手荒に閉めた事実は残る。

「わたしたちにも十六歳のときがあったよね」ジュールズが言う。

「あんな風じゃなかったよ」わたしは言う。

「いいなあ。紫の髪の毛なんて、かっこいい」ジュールズが言う。

彼女がコーヒーカップにバーボンをつぎ足そうとしたので、わたしはカップを手でおおう。

「いらないの？　楽になるのに」ジュールズが言う。

わたしは首を振って断る。「大丈夫だから」

「まあ、わたしは楽になったよ」

彼女は自分のカップにつぎ足すついでに、わたしの手をどけて、わたしのカップにもつぎ足す。コーヒーにはほとんど手をつけていなかったが、わたしはとりあえず彼女にほほ笑む。この状況に圧倒されて、へとへとになっている――そのまま立ち上がり、居間に突進して、ベイリーの腕をつかんでキッチンに連れてきて達成感を味わってみたくなるほどに。

「警察から連絡はないの？」ジュールズが尋ねる。

「ううん、まだ」わたしは答える。「どうして〈ザ・ショップ〉から誰も説明にこないのかな。警察が来たらどう対応すればいいか、教えてくれたっていいのに」

「ほかのことで手一杯なのよ」ジュールズが言う。「警察のいちばんの狙いはアヴェットだし、彼は身柄を拘束された」

ジュールズはカップの縁を指でなぞっている。わたしは彼女を見る――その長いまつ毛と高い頬骨を。眉間のあいだのしわが、今日はいちだんと深い。落ちつかないのだ。相手ががっかりする情報をこれから伝えようとするとき、わたしたちはそうなる――わたしのボーイフレンドになりかけていたナッシュ・リチャードが、〈ライ・グリル〉でほかの女の子にキスしていたのを見たと彼女が打ち明けたときもそうだった。それを聞いてわたしがナッシュに腹を立てるのを心配したのではない（彼のことは本気ではなかった）。〈ライ・グリル〉は、ジュールズとわたしがフライドポテトとチーズバーガーを食べる、お気に入りの店だったからだ。ジュールズがナッシュの頭にソーダをかけて、店長から永久に入店禁止だと言い渡されたのだ。

「それで、どういうことなのか説明してくれる？」わたしは言う。

彼女は顔を上げる。「何を？」

「あなたのせいって、どういうことなのか」

彼女はうなずいて覚悟を決め、頬をふうっとふくらませる。「今朝出社したら、何かあったとわかったの。マックスが浮かれてたから。彼、悪いニュースがあるときまってそうなるのよ。殺人とか、弾劾とか、出資金詐欺とか」

「マックスって素敵な人だよね」

「まあ、そうだけど……」

マックスは《クロニクル》紙では数少なくなった事件担当記者だ――ハンサムで、お世辞がうまくて、頭が切れる。そして、ジュールズに首ったけ。ジュールズは否定するけど、彼女もまんざらではないとわたしは見ている。

「彼がもったいぶった態度でわたしのデスクのまわりをうろうろしてたから、ぴんときたの。何かネタをつかんで舞い上がっているんだって。彼の学生時代の社交クラブの友達が証券取引委員会にいて、〈ザ・ショップ〉がどうなるのか事前に知っていたみたい。午後に強制捜査が行われるとね」

そこで彼女はわたしを見る。その先をつづけるのをためらっているようだ。

「マックスによると、ＦＢＩはあの会社を一年以上マークしていたんですって。上場直後に、新規株式公開に関連する書類の業績が不正に水増しされているという情報を入手したの」

「それ、どういうこと?」

「つまり、〈ザ・ショップ〉は開発中のソフトウェアがもっと早く完成すると思っていたということよ。それで上場を急いだの。でも、どうにもならなくなって、実際はまだ販売できる段階ではないのに、ソフトウェアがすでに完成しているふりをした。帳尻を合わせ、株価を高値で維持するために決算書の粉飾に手を出した」

「どうやって」

「あの会社はほかにもソフトウェア、ビデオ、アプリなんかの、やっていけるだけの利益を出せる商品があるから。でも、アヴェットが看板商品だと宣伝していたプライバシーソフトウェアは未完成だったでしょう? だから販売できなかった。それでも大口の顧客になってくれそうな人たちにデモ版を見せるぐらいはできたの。テクノロジー企業や法律事務所なんかにね。それで、そういう企業が興味を示したところで、販売はまだ先だとした。マックスは、エンロンの手口と似たようなものだって言ってる。将来の収益が見込めると言って、株価を高値で維持しようとしたところがね」

わたしにもようやく話の方向性が見えてきた。

「そうやって時間をかせいで、そのあいだに問題に対処しようとしたってこと?」

「そのとおり。不透明な先物販売だけど、ソフトウェアが完成したあかつきにはかならず利益になるとアヴェットはうけあったの。それで、ソフトウェアの問題が解決できるまで株価を維持する一時しのぎとして粉飾決算に手を出した。でも、ソフトウェアが完成しないうちにお縄になったというわけ」

「それが詐欺になるの?」

「これは詐欺なのよ」ジュールズが答える。「マックスいわく巨額の。株主が被る損失は五億ドルになるだろうって」

五億ドル。わたしは状況をなんとか飲み込もうとする。氷山の一角にすぎなくても、わたしたちは大株主なのだ。オーウェンは自分の会社と彼が開発を手掛けるソフトウェアを信頼したいと思っていた。会社が株式を公開したときも、ストックオプションの権利を行使しなかったほどだ。それどころか、さらに株を買い足した。わたしたちはいったいどれだけ損をするのだろう？　貯蓄をほとんど失うとか？　まずいことになっていると知っていたのなら、オーウェンはなぜ大損をするのに手をこまねいていたのだろう。どうしてわたしたちの貯蓄と将来を詐欺行為なんかに投資したのだろう。

そう考えると、彼は何も知らなかったという希望が持てた。

「それじゃあ、オーウェンは〈ザ・ショップ〉に投資していたから、何も知らなかったということだよね」

「まあおそらくは……」ジュールズが言う。

「それ、あんまり〝おそらく〟っぽく聞こえないよ」

「それがね、オーウェンがアヴェットと同じことをしていた可能性もあるの。株を購入して株価が高くなるようにして、誰かに勘づかれる前に売却しようと考えていたとか」

「オーウェンがそんなことをすると思う？」

「どれも、彼らしくないと思う」

そう言って、彼女は肩をすくめる。それから、わたしは話のつづきに耳を傾ける――わたしたちはたがいの心に浮かぶことをぶちまけ合う。オーウェンはチーフプログラマーだ。彼が開発中でまだ機能しないソフトウェアの価値をアヴェットが水増ししていたとしたら、知らなかったはずはない。知っていた人がいるとすれば、オーウェン以外にはありえないのでは？

「マックスも言ってた。幹部社員のほとんどがこの件にかかわっていたか、見て見ぬふりをして加担していたとFBIは考えているって。気づかれる前に問題は解決できると誰もが思っていたようね。たしかに、あと少しでそうなりそうだった。証券取引委員会に誰かがタレこまなかったら、そのままうまく行っていたかもしれない」

「誰がタレこんだの？」

「わからない。でも、それが強制捜査の決め手になった。アヴェットが姿をくらます前に一切の動きを封じておきたかったみたい。何しろ、彼は二億六千万ドル相当の株をひそかに売却しようとしていたから……」彼女はそこで言葉を切る。「何カ月も前から」

「あきれた」わたしは言う。

「まったく。とにかく、そういう事情をマックスは事前にかぎつけた。これから強制捜査が行われるって。だから、FBIは彼と取引をした。もしFBIが踏み込む前に報じるのを控えたら、他社よりも二時間早く発表していいと言われた。それで、《クロニクル》が他社に先んじることになったの。《タイムズ》やCNN、NBC、フォックスに勝ったのよ。マックスはそれが得意でならなくて、わたしに話さずにはいられなかった。それで、なぜか……そのときわたし、とっさにオーウェンに電話しなきゃって思ったの。というか、まずあなたにかけなきゃって。でも、連絡がつかなかった。それで、オーウェンにかけた」

「彼に警告するために？」

「そう。警告するために」

「それなら、どうして自分が悪かったと思うの。オーウェンが逃げたから？」はじめてその言葉を口に出した。まぎれもない事実を。でも、そうやって口に出したら、なんだか気分が軽くなった。とにかく、それは正しい。オーウェンは逃げた。彼は逃走中だ。ただこのあたりにいないだけではない。

ジュールズはうなずき、わたしはつばをごくりと飲み込む。そして、泣きそうになるのを懸命にこらえる。

「あなたのせいじゃないよ」わたしは言う。「彼に警告することで、自分の職を失いかねなかったじゃない。あなたは彼を助けようとした。それなのに、どうしてわたしがあなたに怒るっていうの。わたしはオーウェンに怒ってるんだから」わたしはそこで言葉を切り、考えた。「オーウェンに怒っているというのも、ちょっとちがうな。何も感じられなくなってる。彼が何を考えているのか推測しようとしている。こんな風に姿をくらますのがいいと考えた理由を」

「思いつく理由はある？」ジュールズが尋ねる。

「さあ。身の潔白を証明するためとか。でも、どうしてここに残ってそうしないのかな。弁護士を雇うとか。捜査に協力して疑惑を晴らすとか……」わたしは答える。「わたしが気づいてない何かがあるんじゃないかと思えてならない。だから、オーウェンがいったいどんな風に助けてほしいのか、わたしにはわからない」

ジュールズはわたしの手をぎゅっと握り、ほほ笑む。でも、その表情から、わたしの知らない何かを知っていることがわかる。まだ何かあるんだ。彼女はいちばん悪い報せをまだ口にしていない。

「その顔、知ってる」わたしは言う。

ジュールズは首を振る。「なんでもない」

「教えてよ、ジュールズ」

「あのね、わたしもまだ信じられないんだけど、オーウェンはまったく驚かなかったの」彼女が口を開く。「これから強制捜査になると聞いても、彼はまったく驚かなかった」

「どういうこと？」

「昔、父に教えてもらったんだけど、情報提供者が何かを知っていたら、それを隠してはおけないって。あなたみたいに何も知らなかったら当然聞きたくなる質問をしてこないから。たとえば、何が起きているのか知りたくて、あなたがさっきしたような質問をね……」

わたしは彼女をじっと見つめて、話のつづきを待つ。そのとき、わたしの頭のなかで何かが変化しはじめる。ガラス戸越しにベイリーを見る。ボビーの胸にもたれかかって、彼の腹に手を置き目を閉じている。

彼女を守って。

「つまりね、オーウェンが詐欺について何も知らなかったのなら、わたしからもっと情報を引きだそうとしたはずだということよ。〈ザ・ショップ〉がこれからどうなるのか、もっと情報が必要だったはず。〝ちょっと待てよ、ジュールズ。誰が有罪だと思われているんだい？　アヴェットがひとりで詐欺を主導したのか、組織的な不正行為だと思われているのか、どっちなの。どういうことになっているんだ。損失はどれぐらいなんだ〟とかね。でも、彼はそれ以上何も知りたがらなかった。そういうことは一切聞いてこなかった」

「彼は何を知りたがったの？」わたしは尋ねる。

「脱出するのに残された時間はどれぐらいなのか」彼女が答える。

二十四時間前

わたしはオーウェンと桟橋に座って、テイクアウトしたタイ料理を容器から直接食べている。冷えたビールをお供に。

オーウェンはスウェットシャツとジーンズ姿で、はだしだ。月はほとんど見えず、北カリフォルニアの夜は肌寒く湿っている。でも、彼はまったく寒くないみたいだった。いっぽう、わたしは毛布にくるまり、二枚重ねた靴下とふかふかのブーツを履いていた。

パパイヤサラダと辛口のライムカレーを分け合って食べた。チリの辛《から》さに目を直撃されて、彼は涙ぐんでいた。

わたしは笑いそうになるのをこらえた。「どうにもならないのなら」わたしは声をかけた。「つぎは甘口を注文しましょう」

「いや、どうにかなるさ」彼は言った。「きみは平気だったんだから、ぼくだって」

そして、もうひと匙口に入れるが、飲み込むのに苦戦して顔が真っ赤になった。ビールに手を伸ばしてごくごく飲んだ。

「ほらね?」彼が言った。

「わかったから」わたしは言った。

それからわたしは身体を傾けて彼にキスをした。

身を離すと、彼はわたしにほほ笑み、頬に触れた。

「どうかな。その毛布にぼくももぐっていい？」

「いつでもどうぞ」

わたしは身体をずらして彼の肩に毛布をかけてやった。彼のぬくもりが伝わってくる。彼ははだしなのに、わたしよりも五度はあたたかい。

「それじゃあ教えてくれるかな。今日のとっておきのできごとは？」

おたがい帰宅が遅くなり、疲れていてまともなことを話す気にならないときは、たまにこうしていた。その日のできごとからひとつ選んで相手に伝えるのだ。別々に過ごした一日のなかから、よかったことをひとつ。

「ベイリーにいいことをしてあげようと思って、素敵なアイデアを思いついたの」わたしは話しはじめた。「明日の夕食に、あのブラウンバター・パスタをつくってみるつもり。ほら、彼女の誕生日に〈ポッジョ〉で食べたパスタ。あの子、よろこびそうじゃない？」

オーウェンはわたしの腰をぎゅっと抱いて、声を潜めた。「彼女がそのパスタを気に入るかってこと？　それとも、パスタをつくったきみが気に入られるかってこと？」

「ねえ、意地悪はやめてよ」

「意地悪してるつもりはないよ」彼が言った。「ベイリーはきみがいてしあわせだ。いずれわかる日が来る。パスタをごちそうされても、されなくてもね」

「どうしてわかるの？」

彼は肩をすくめた。「ぼくにはわかるのさ」

彼の言葉がそこまで信じられなくて、わたしは黙ったままでいた。わたしとベイリーのあいだの溝を埋める手助けを彼にもっとしてほしいと思っていたが、具体的にどうしてほしいのかはよくわからなかった。彼にそうする気がないのなら、せめてわたしが精一杯努力していると認めてほしかった。

わたしの心の声が聞こえたかのように、彼はわたしの髪の毛を生え際からうしろになでつけた。そして、首筋にキスをした。

「でも、彼女はあのパスタをいたく気に入ってたよね」彼が言った。「つくってあげるだなんて、素敵じゃないか」

「だから言ってるじゃない」

彼はほほ笑んだ。「明日は仕事を早めに切り上げられると思う。副料理長をご所望なら」

「大歓迎」わたしは答える。

「じゃあ決まりだ。なんなりとお申しつけを」

わたしは彼の肩に頭をのせた。「ありがとう。それじゃあ、あなたの番ね」

「ぼくのとっておきのできごと?」

「そう。いまこの瞬間だ、なんてはぐらかすのはだめよ」

彼は声を上げて笑った。「きみはぼくのことがよくわかっているんだね」彼は言った。「いまこの瞬間って言うつもりはなかった」

「ほんとに?」

「ほんとさ」

「何を言うつもりだったの?」

「六十秒前は」彼は言った。「毛布の外にいて寒かった」

金の流れを追え

ジュールズは午前二時すぎまで帰らなかった。

泊まっていくと言ってくれたし、そうしてもらったほうがよかったのかもしれない。わたしはほとんど眠れないのだから。

オーウェンのいない寝室に耐えられなくて、ひと晩じゅうほぼずっと居間のソファにいる。古い毛布にくるまりながら夜が明けるのを待つあいだ、ジュールズの帰り際の最後の言葉を何度も思い浮かべる。

わたしたちは玄関ドアの前に立ち、彼女は身をかがめてわたしを抱きしめた。

「ひとつだけ確認させて」彼女が言う。「あなたの当座預金口座はそのままになってる？」

「ええ」わたしは答えた。

「それはよかった。大事なことよ」

彼女がほっとしたようにほほ笑んだので、オーウェンに言われてそうしたのだと言いそこねた。理由ははっきりと説明してくれなかったが、夫婦のお金の一部を別々にしておきたがったのはオーウェンなのだ。ベイリーのことがあるからそうするのだとわたしは思っていた。でも、そうではなかったのかもしれない。わたしのお金を手つかずのままにしておきたいという意図が別にあったのかもしれない。

「オーウェンの資産はすべて凍結されるだろうから、聞いてみたの」ジュールズが言う。「彼の居場所を突き止めるために、真っ先にそういう手が打たれるのよ。彼が知っていることを突き止めるためにね。金の流れを追うのは捜査の常套手段だから」

金の流れを追う。

キッチンの流し台の下に押し込んであるダッフルバッグのことを考えるだけで、いまでもなんとなく吐きそうだ。誰にも追跡できないとおそらくオーウェンにはわかっている金の入ったバッグ。バッグのことはジュールズには打ち明けなかった。分別のある人にどう思われるか、わかっているから。わたしがどう考えなきゃいけないのかも。そんなバッグがあったらオーウェンは有罪だと言っているようなものではないか。彼女はすでに彼は黒だと思っているし、大金がつまった謎のバッグのことを話したところで、その確信をいっそう強めるだけだ。ぜったいに。彼女はオーウェンのことを兄弟のように大切に思っている。でも、そんな気持ちとは関係ないのだ。この騒動にオーウェンがかかわっていることをにおわせるものがあるから。彼は逃走中だし、ジュールズと電話で話したときもようすがおかしかった。あらゆることが彼の有罪を示している。

でも、これだけはちがう。わたしにはわかっていることがある。

オーウェンは罪の自覚があっても逃げたりしない。自分が助かりたいばかりに姿をくらましたりしない。刑務所に収監されたくないだとか、わたしの目を見て自分のしたことを認めたくないからといって逃げる人ではない。ベイリーを残して行ったりしない。切羽つまってそうするしかなくなったとき以外はベイリーのもとをけっして離れない。わたしはなぜここまで確信できるのだろう。何に目を向けたいかについて偏りがあるわたしが、どうしてここまで自分の勘を信じられるのだろう。

これまでの人生でつねに何かに目を向けないといけなかったということも理由のひとつだ。わたしは周囲のできごとに細心の注意を払いながら生きてきた。というのも、母が最後に家を出たとき、そんなことになるとは思いもしなかったからだ。わたしは見逃した。彼女がもう戻ってこないという兆候を。見逃したらいけなかったのに。それ以前にも彼女が急に行ってしまうことが何度かあった。別れのあいさつもそこそこに、夜のあいだにこっそり抜け出して、何度もわたしと祖父をふたりきりにした。何日も、何週間も戻らずに、たまにようすを確認する電話がかかってくるだけということもめずらしくなかった。

母は最後に出て行ったとき、もう戻らないとは言わなかった。わたしのベッドの端に腰かけて、わたしの髪の毛をなでつけながら、ヨーロッパに行かなくてはならなくなったと説明した——向こうで父が待っているからと。でも、すぐにまた会えると言った。それで、きっとすぐに戻ってくるのだとわたしは思った——彼女はしょっちゅう行ったり来たりしていたから。でも、わたしには見抜けなかった。その言葉には裏の意味があったのだ。〝すぐにまた会える〟というのは、遠回しにもう戻らないと言っているも同然だった。それはつまり、それからは年に二度、午後か夕方の時間を彼女と過ごすだけになる(泊まってはいかない)ということだった。

それはわたしのもとを去るということだった。

わたしが見抜けなかったのはそこなのだ。彼女はわたしのもとを去りたくないと考えるほどにはわたしのことを大切に思ってはいなかった。

そういうことをもう二度と見逃さないとわたしは自分に誓った。

オーウェンが有罪かどうかはわからない。それに、この事態にわたしを巻き込んでひとりで対処させているこにも腹を立てている。でも、彼はちゃんとわたしたちを大切にしている人だとわかっている。わたしを愛している。何よりも、ベイリーを愛している。

彼女のためならオーウェンは逃げるだろう。まちがいない。こんな風に姿をくらましたのは娘を救うためなのだ。何かから、誰かから彼女を守るために。

結局はベイリーがいちばん大事だから。

それ以外はつじつま合わせにすぎない。

カーテンのかかっていない居間の窓から陽の光が差し込み、黄色くてやわらかい光が入江に反射している。

わたしは外を眺める。テレビをつけたり、ノートパソコンを開いてニュースフィードをチェックしたりしない。いちばん重要なことはわかっているから。オーウェンはまだ戻らない。

シャワーを浴びようと二階に上がると、ベイリーの部屋のドアがめずらしく開いていて、ベイリーがベッドの上に座っている。

「おはよう」わたしは声をかける。

「おはよう」彼女が返事をする。

ベイリーはひざを曲げて胸にくっつける。ひどくおびえているようだ。そして、一生懸命それを隠そうとしている。

「ちょっと入ってもいい？」わたしは言う。

「まあ」彼女が答える。「いいけど」

わたしは部屋のなかに入り、ベッドの端に腰を下ろす。何をすればいいのか心得ているというように。前にもしたことがあるように。

「少しは眠れた?」

「あんまり」

シーツの表面に彼女の足の先の輪郭が浮かび上がっている。こぶしを握りしめるように、つま先をぎゅっと丸めている。わたしは手を伸ばしてつま先を握ろうとしかけて思いとどまる。両手を重ね合わせ、部屋のなかを見回す。ベッドサイドテーブルには演劇の本や脚本が散らかっている。その上に青いブタの貯金箱がのっている——サウサリートに越してきたばかりのときに、オーウェンが学校祭で彼女のために獲得したものだ。真っ赤なほっぺの、頭の上にリボンをつけた女の子ブタの貯金箱。

「ずっと考えてたんだけど」ベイリーが口を開く。「その……パパはものごとをややこしくする人じゃない。とにかく、わたしにはそんなことをしない。わたし宛の手紙に書いてあったあれはどういうことなの」

「なんのこと?」

「ぼくが何をいちばん大切にしているか、きみはわかっているね……それってどういうこと?」

「彼に愛されているって、あなたならちゃんとわかっているということじゃない?」わたしは答える。「それに、他人が何と言おうと、彼がやさしい人だということは変わらないと言いたいんじゃないかな」

「ちがう、そうじゃない」ベイリーが反論する。「もっと別のことが言いたいんだよ。パパのことはよくわかってる。何か別の意味があるはず」

「わかった……」わたしはそこで深呼吸をする。「たとえばどんな？」

そう訊いてもベイリーは首を振るばかりだ。すでに注意は別のものに移っている。

「それに、あのお金をどうしろって言うの？　あんな大金をわたしに届けるなんて」彼女が口を開く。「あれは、もう戻ってこない人が残していくお金だよ」

それを聞いてわたしは動けなくなる。身体が冷たい。「お父さんは帰ってくるよ」

彼女は信じられないという顔をする。「なんでわかるの？」

どう答えたら安心してもらえるだろう。さいわい、これなら真実だという気がする。「あなたがここにいるから」

「じゃあ、どうしてパパはここにいないの？　どうしてあんな風に行っちゃったの？」

彼女は答えを求めているわけではないようだ。わたしが気に入らない答えを返すのを待って、喧嘩を売ろうとしているだけなのだ。どんな理由があるにせよ、わたしをこんな立場に置いたオーウェンには腹が立つ。オーウェンの考えはわかっていると、わたしは自分に言い聞かせられる――いまどこにいようと、ベイリーを守るためにそこにいるのだと。とはいえ、彼がいなくなって、わたしはいまここに座っている。そのせいで、わたしも母のように愚かな存在になったりしないだろうか。結局はわたしも母と変わらないということにならないだろうか。ふたりとも、何よりも信じている人がいて、それが愛だと思い込んでいる。こんなことになるのなら、愛なんてたいしたものではないのではないか。

「あのね」わたしは言う。「こういうことはまたあとで話せるから。でも、いまは学校に行く準備をしたほうがいいんじゃない？」

「学校に行く準備？」ベイリーが聞き返す。「本気で言ってんの？」

彼女はまちがっていない。わたしはうかつなことを口走った。でも、ほんとうに言いたいことは口に出せない。彼女の父親に何十回と電話をかけたと、彼がどこにいるのかわからないと。それに、いつ戻ってくるかもまったくわからないと。

ベイリーはベッドから出て、バスルームへと向かう。彼女にとって、わたしたちふたりにとってのさんざんな一日がこれからはじまろうとしている。わたしはもう少しで彼女を呼び止めて、ベッドに戻るよう言いそうになる。でも、どちらかと言えば、そうしなければならないのはわたしのほうなのかもしれない。彼女はしばらくこの家から離れていたほうがいい。学校に行ったほうが。父親のことを五分でも忘れていられたら。

彼女を守って。

「車で送っていく」わたしは言う。「今朝はひとりで歩いていってほしくない」

「なんでもいいよ」ベイリーは答える。

疲れていて、言い返す気力もないようだ。ひとまず休戦だ。

「お父さんからすぐに連絡があると思うから」わたしは言う。「そうすれば、どういう状況になっているのか、もっとくわしくわかるはず」

「へえ、ほんとうにそう思うの？」ベイリーが言う。「それなら安心だね」

彼女がどれだけ疲れているか、どれだけ孤独を感じているかを彼女の嫌味は隠しきれていない。わたしは祖父がなつかしくなる。ベイリーを前向きな気持ちにするにはどうすればいいか、彼ならわかるはずだ。それがどんなものであれ、ベイリーが必要とするものを、こんな状況にあっても自分は愛されていると気づける何かを与える術《すべ》をわきまえているだろう。信じていいと思えるような何かを与える術を。祖父はわたしにたいしてそうしてくれた。あれは母が出て行ってから何ヵ月経ったころだろう。あるとき、二階の自分の部屋で母親に手紙を書いているところを祖父に見つかった。そのとき書いていた手紙は、どうしてわたしを置いて出ていったのかと、母をなじるものだった。

わたしは泣いていた、怒っていた、こわくてたまらなかった。そのあと祖父がしてくれたことを、わたしは一生忘れないだろう。彼はつなぎを着て、すべり止めのついた紫色の作業用手袋をつけていた。その手袋は買ったばかりだった。特注で紫にしてもらったのは、それがわたしの大好きな色だったから。彼は手袋をとって、床のわたしのとなりに座り、わたしが手紙を書きたいように書き終えるのを手伝ってくれた。口出しは一切なしで。わたしがつづりに手こずっていた文字を正確に書けるよう助けてくれた。手紙の最後に何を書きたいのか、わたしが思いつくまで待ってくれた。それから、わたしが確認できるように手紙を読み聞かせてくれた。どうしてわたしを残して行ってしまったのか、母に尋ねる部分まで来ると、そこで読むのを中断した。わしらはほかにも疑問に思わなければならんだろう。ほんとうにそうしてほしくなかったのか、よく考えなきゃならんな。あいつなりのやり方で、わしらのことを考えたとは思えんかな……わたしは祖父を見上げた。彼がやさしく誘導しようとする先がどこなのか、わかりかけていた。結局おまえの母さんがしたのは……わしにおまえをくれたんだよ。

それはとてもやさしい言葉だった。相手を安心させる、やさしい言葉。祖父だったら、いまベイリーにどんな言葉をかけるだろう？　わたしもいつか、そういうことがわかるようになるんだろうか。

「あのね、ベイリー、わたしも気をつけてるんだ」わたしはそう切り出す。「ごめんね。あなたに変なことばかり言ってしまうって、わかっているから」

「へえ」バスルームのドアを閉めながらベイリーが言う。「いちおうわかってたんだ」

救いの手が差しのべられる

わたしがサウサリートに引っ越すことになったとき、ベイリーが変化に順応しやすくするにはどうしたらいいかオーウェンとふたりで話し合った。彼女にとっての唯一の家、ものごころついたときからずっと暮らしている家からベイリーを引き離すのはぜったいにだめだとわたしは思った。その気持ちはオーウェンよりも強いぐらいだった。彼女には変わらないものを持ちつづけてほしかった。彼女が暮らす、フローティング・ホーム――木の梁と海に面した窓、イサクア桟橋のおとぎ話のような眺め――それが彼女にとっての変わらないものであり、彼女の避難場所だった。

でも、どうしてそのときはわからなかったのだろう。彼女にしてみれば、何よりも大切にしている場所に他人がやって来ることになって、それをどうすることもできないということだったのに。

とにかく、わたしはバランスを壊さないためにできることはなんでもした。彼女のバランスを壊さないように。引っ越すにあたって、極力波風を立てないようにした。オーウェンとわたしの寝室は自分好みにしつらえたものの、それ以外は家のなかは一切いじらなかった。唯一手を加えたのは、家の正面をかわいらしく包み込む玄関ポーチだ。わたしが越す前はポーチには何も置いていなかった。でも、わたしは鉢植えの植物を並べ、素朴なティーテーブルを置いた。そして、玄関ドアの横に置くベンチを作成した。

それは、素敵な揺れるベンチに仕上がった――ホワイトオークの板が張られ、ストライプ柄の気持ちのいいクッションが並べてあるベンチ。

週末になると、オーウェンとわたしはそこに座って朝のコーヒーを飲むことにしている。サンフランシスコ湾からゆっくりと陽が昇ってベンチがあたためられるあいだ、その週に起きたできごとを伝え合った。そうやって話していると、仕事のある平日よりもオーウェンは生き生きする――目の前で一日がはじまっていくのを眺めるうちに重圧が取りのぞかれ、空っぽになって、リラックスできるのだ。

そういうこともあって、このベンチはわたしをしあわせな気持ちにしてくれる。そばを通りがかるだけでほっとできるのだ。だから、ゴミを捨てようと外に出たときに誰かがそこに座っているのがわかって、死ぬほどびっくりしたのだろう。

「ゴミ出しですか？」男が口を開く。

振り向くと知らない男がアーム部分にもたれかかっていて、まるで自分の家のようにくつろいでいる。野球帽をうしろ向きにかぶり、ウィンドブレーカーを着て、コーヒーのテイクアウト用カップを手に持っている。

「何かご用ですか」わたしは言う。

「そうですね」彼はわたしの手もとを指さす。「でも、まずはそれを片づけたほうがいいんじゃないですか」

わたしはうつむいて、両手にゴミ袋を持ったままだったことに気づく。その袋をゴミ収集箱に入れる。それから振り返って彼を見る。若い男だ——おそらく三十代前半。ハンサムで、人に警戒を解かせるようなところがある。あごはがっしりしていて、目は黒い。ハンサムすぎると言ってもいい。でも、にっこり笑うとわかる。彼は自分のハンサムさがよくわかっていると。

「ハンナですね？」彼が言う。「お会いできてうれしいです」

「いったいどちらさま？」

「ぼくはグレイディ」

彼はコーヒーカップの縁に歯を立てて、唇のあいだにぶら下げ、ちょっと待ってと言うようにこちらを指さす。ポケットに手を伸ばして、バッジのようなものを取りだす。それを差し出して、わたしが手に取れるようにする。

「グレイディ・ブラッドフォードです。グレイディと呼んでください。そちらのほうがいいのなら、ブラッドフォード保安官補でも。われわれの目的を考えたらすごく堅苦しいですけどね」

「目的って？」

「友好的なものですよ」彼はそう言って、笑顔になる。「友好的な目的があるんです」

わたしはバッジをよく見る。丸い円のなかに星がひとつあしらわれている。本物かどうか確かめるために、その円や星を指でなぞってみたくなる。

「警官なんですか？」

「連邦保安官です」

「連邦保安官らしくないですけど」

「連邦保安官らしい人って、どんな人です？」

『逃亡者』のトミー・リー・ジョーンズとか」

彼は笑い声を上げる。「そうですね、ぼくは同僚のなかでは若いほうですけど、祖父もこの仕事をしていたので、早くからかかわっているようなものです」彼はそう言う。「安心してください、そのバッジは本物ですから」

「保安官事務所ではどんな仕事をされてるんですか？」

グレイディはバッジを受け取って立ち上がったので、彼の体重を失ったベンチが前後に揺れる。

「まず、おもに合衆国政府に詐欺を働いた人を捕まえてます」

「夫が詐欺を働いたと？」

「詐欺は〈ザ・ショップ〉が行《おこな》ったと見ています。ですが、あなたのご主人が詐欺行為をしたとは考えていません。とはいえ、彼と話をしなければ、彼の関与を的確に判断することはできませんが」彼はそう説明する。「でも、彼にはそういう話を避けられているみたいですね」

そう言われて、どこか引っかかる。彼の言っていることが真実だとは思えない。とにかく、そのためにわざわざこの桟橋地区までやって来たとは思えない。

「もういちどバッジを拝見してもいいですか」わたしは尋ねる。

「五一二‐五五五‐五三九三」彼はそう言う。

「それはバッジの番号？」

「所属する支部の電話番号ですよ」彼が答える。「よろしかったら、こちらに電話してください。ぼくの身分を同僚が保証してくれますから。それと、お時間はそんなにとらせないということも」

「わたしに選択肢はあるんですか？」

彼はほほ笑む。「いつだってありますよ。でも、お話ししていただけたら、とても助かります」

そんなことを言われたら、わたしに選択肢はないも同然で、あったとしても気の進むものではないという気がする。それに、このやけに慣れた感じでまどろっこしい話し方をするグレイディ・ブラッドフォードなる人物に気を許せるかどうかもわからない。そもそも、これからオーウェンのことを根掘り葉掘り聞きだそうとする相手にどうやったら気を許せるというのか。

「どうでしょう」彼が口を開く。「散歩でもどうかなと考えていたんですが」

「どうしてあなたと散歩しなきゃいけないんですか？」

「今日はいい天気ですから。それに、あなたのためにこれを用意しました」

彼はベンチの下に手を伸ばして、もう一杯コーヒーを取り出した。〈フレッズ〉で買ったばかりの熱々の一杯だ。カップの表面に太くて大きな字で〝砂糖多め〟と〝シナモン追加〟と書かれている。ただコーヒーを買ってきてくれただけではないのだ。わたしがいつも飲んでいるコーヒーを持ってきてくれた。

わたしはコーヒーの香りを吸い込み、口をつける。こんな事態になってからはじめてほっとできた。

「どうしていつものコーヒーがわかったんですか？」

「ベンジーというウェイターに助けてもらったんです。週末になると、あなたとオーウェンがそこでコーヒーを買うって教えてくれました。あなたはシナモン入りで、オーウェンはブラックだと」

「これは賄賂ね」

「効果があればですけど」彼が言う。「なければ、ただのコーヒーですよ」

わたしは彼を見て、もうひと口飲む。

「陽当たりのいいところを歩きましょうか」彼が提案する。


わたしたちは桟橋を離れて、町の中心部へとつづく小径《ザ・パス》を歩く——遠くにウォルドー・ポイント・ハーバーを眺めながら。

「それでは、オーウェンから連絡はないんですね？」グレイディが言う。

昨日車のところで別れるときにしたキスをわたしは思い浮かべる。ゆっくりとした、時間をかけたキス。オーウェンはまったく不安がっておらず、ほほ笑んでいた。

「はい。昨日彼が仕事に出かけてから、ずっと会ってません」わたしは言う。

「それに、電話もしてこない？」彼が尋ねる。

わたしは首を横に振る。

「いつもは職場から電話がありますか？」

「ええ、いつもは」

「でも、昨日はなかった」

「電話をかけようとしたのかもしれません。わからないですけど。わたしはサンフランシスコのフェリー・ビルディングに出かけてたんです。こちらとあちらのあいだには電波が入らない区間もたくさんあるから……」

グレイディはまったく驚かずにうなずいている。そういうことはすでに知っていたかのように。そんなことはわかったうえで話を聞いていると言わんばかりに。

「戻ったあとで、何がありましたか?」彼が尋ねる。「フェリー・ビルディングから」

わたしは深く息を吸い込んで、少し考える。彼にほんとうのことを言ったほうがいいだろうか。でも、十二歳の少女がオーウェンの伝言を届けにきただとか、ベイリー宛のメッセージが学校に残されていた話をしたら、彼がどんな反応をするか読めない。ダッフルバッグの件も。どういうことなのか自分で解明するまで、会ったばかりの人に言うのはやめておこう。

「どういうことをお聞きになりたいのか、よくわからないですけど」わたしは話しはじめる。「ベイリーに夕食を用意しました。彼女は気に入らなかったみたいですけどね。それから彼女は劇の練習に出かけました。わたしは学校の駐車場で彼女を待っているあいだに公共ラジオのニュースで〈ザ・ショップ〉の件を知りました。その後わたしたちは家に帰りました。でも、オーウェンは帰ってこなかった。ふたりとも眠れませんでした」

彼は首をかしげて、こちらをじっと見ている。どうやらわたしの話を完全には信じていないようだ。そのことで、わたしは彼を責めたりしない。信じられなくて当然だ。でも、彼はそれを追及するつもりはないようだ。

「それで……朝になっても電話はなかったということですね?」彼が言う。「メールも?」

「はい」わたしは答える。

何かに気づいたように、彼はそこで言葉を切る。

「人がひとりいなくなるというのは大変なことですよね? しかも、何も言わずに」彼は言う。

「はい」

「それにしては……あなたはそんなに怒っているようには見えませんけど」

わたしは足を止める。どんな気持ちになるべきか指図するほどよくわたしのことをよく知っていると思う彼にむかついたのだ。

「すみませんね。夫が働く会社に強制捜査が入って、彼がいなくなったときに取るのにふさわしい態度がよくわからなかったものですから」わたしは言う。「わたし、ほかにもあなたがおかしいと思うことをしてますか？」

彼は考えている。「いえ、とくに」

わたしは彼の薬指を見下ろす。指輪はしていない。「結婚されていないんですね？」

「はい」グレイディが答える。「えっと……過去にしたことがあるかということ？　それとも、いましているかということ？」

「ちがう答えになるんですか？」

彼はにやっと笑う。「いえ」

「まあ、結婚しているのなら、わたしが誰よりも夫のことを心配しているとわかってもらえるでしょうから」

「犯罪に巻き込まれたとお考えですか？」

オーウェンの書き置きと大金を思い浮かべる。十二歳の少女が、学校の廊下でばったりオーウェンに会ったと話してくれた。オーウェンがジュールズと交わした言葉。オーウェンはどこに行けばいいかわかっていた。逃げるしかないと思った。それで、そうしたまでだ。

「無理矢理連れていかれたわけではないと思います。もしそういうことをお尋ねなら」

「そういうことでもないですけど」

「じゃあ、いったい何が訊きたいの、グレイディ？　正確には？」

「グレイディ。いいですね。ファーストネームで呼び合えてうれしいです」

「訊きたいことは？」

「あなたはここで彼がしたことの後始末に追われている。もちろん彼の娘の世話もしなければならない」グレイディが話しはじめる。「ぼくだったらキレますよ。でも、あなたはそれほどお怒りではないようだ。それで、何か隠してることがあるんじゃないかと思ったわけです……」

彼の声が険しくなる。目は翳り、捜査官としての本性があらわになる。そして、突然、不正行為を働いた疑いのある人とのあいだに彼が引く境界線の向こう側にわたしは追いやられる。

「潜伏先の情報や、なぜ失踪したのか、その理由についてあなたがオーウェンから聞いているのなら、ぼくは知っておかないといけません」彼は言う。「それが彼を守るためにあなたにできる、たったひとつの方法です」

「彼を守ることが、あなたのいちばんの関心ごとなの？」

「はい。じつは」

心からの言葉だという気がしてわたしは落ちつかなくなる。捜査官モードの彼を前にしていたときよりも。

「家に戻らなきゃ」

わたしは彼から離れはじめる。グレイディ・ブラッドフォードに近づきすぎると調子が狂う。

「弁護士が必要ですよ」彼が言う。

わたしは振り返って彼を見る。「えっ？」

「つまり、オーウェンが戻って自分で答えられるようになるまで、あなたは彼についていろいろと訊かれるでしょう。そんな質問に答える義務はありません。弁護士がいると説明すれば、そういう連中を追い払いやすくなります」

「もしくは、ほんとうのことを言ってもいいですよね。オーウェンがどこにいるのかわからないと。わたしには隠すことは何もないと」

「そんなに単純な話じゃないんです。連中は、自分は味方だとあなたに信じさせる情報を出してくるでしょう。オーウェンの味方だと。でも、ちがいます。彼らは自分たちのことしか考えていません」

「それは、あなたのような人たち？」

「そのとおりです。でも、わたしは今朝、あなたのためにトーマス・シェルトンに電話をかけましたよ。昔からの友人で、カリフォルニア州の家庭法関連の仕事をしています。この騒動のさなかにベイリーの一時的親権を主張する人物が突然現れた場合、あなたは守られるのかということを確認しておきたかったんです。一時的親権が確実にあなたに与えられるようにトーマスが手を回してくれます」

安堵の気持ちを隠し切れずに、わたしはふうっと息を吐き出す。この事態が長引けばベイリーの親権を失うことだってありえると考えていたのだ。彼女にはほかに連絡を取る親族はいない——祖父母は他界していて、近親者もいない。でも、わたしたちは血のつながった関係ではない。わたしは彼女を養子にしていない。ということは、州の判断でいつ彼女と引き離されてもおかしくない。ひとまず彼女の法的保護者を定め、父親が子どもを置いて失踪した理由が判明するまでの措置として。

「そんなことをする権限が彼にあるの？」わたしは尋ねる。

「ありますよ。それに、かならずそうしてくれます」

「なぜ？」

グレイディは肩をすくめる。「ぼくが頼んだから」

「どうしてわたしたちのために、そこまでしてくれるの？」

「あなたがオーウェンのためにできる最善のことは、身を潜め、弁護士を雇うことだというぼくの言葉をあなたに信じてもらえるように」彼は言う。「弁護士に心当たりはありますか？」

わたしはこの町でひとりだけ知っている弁護士を思い浮かべる。よりによっていまは彼と話したくない。

「残念ながら、あります」わたしは答える。

「彼に電話してください。または、彼女に」

「彼です」

「いいでしょう。彼に電話して。それで身を潜めてるんです」

「その言葉、まだ言いたい？」

「いいえ、もうじゅうぶん言いましたから」

そのとき、彼の顔のなかで何かが変化して笑顔が現れた。捜査官モードはどうやら終了したらしい。

「オーウェンは二十四時間以内にクレジットカードも小切手も何も使用していません。今後もしないでしょう。よくわかっていますからね。彼に電話をかけるのはもうやめたほうがいいですよ。携帯は捨てたはずです」

「じゃあ、どうして彼から電話があったか、わたしにしつこく聞くんですか？」

「ほかの電話を使っている可能性があります。プリペイド式携帯電話とかね。追跡されにくい電話を」

プリペイド式携帯、カードの使用履歴。なぜグレイディはオーウェンが犯罪事件の黒幕であるかのように話すのだろう。

その質問を口にしかけたところで、彼がキーチェーンのボタンを押す。すると、通りの向こうに停めてある車のライトが点滅して息を吹き返した。

「これ以上時間はとらせません。対応しなければいけないことがたくさんあるでしょうから。でも、もしオーウェンが連絡してきたら、わたしにそうさせてくれるのなら彼を助ける用意があるとお伝えください」

そう言って彼は〈フレッズ〉の紙ナプキンをわたしに手渡す。〝グレイディ・ブラッドフォード〟と彼の名前が書かれていて、その下に電話番号が二つ書かれている。彼の連絡先なのだろう。そのうちのひとつには〝携帯〟と書かれている。

「あなたのお力にもなれます」彼が言う。

わたしがそのナプキンをポケットに入れているあいだに、彼は道を渡って自分の車へと戻る。わたしはそこから離れかけたが、彼がエンジンをかけたところで、ふと気になって彼の車まで歩いていく。

「待って。どんな点で？」わたしは尋ねる。

彼は窓を開ける。「どんな点でなんですか？」

「力になれるって言うの？」

「簡単な点でですよ」彼は答える。「この事態を切り抜けること」

「じゃあ、難しい点は何？」

「オーウェンはあなたが思っているような人間ではないということです」

そして、グレイディ・ブラッドフォードはいなくなった。

あなたの味方ではない

わたしは家に戻り、ひとまずオーウェンのノートパソコンを持ちだす。グレイディが言ったことや、言わなかったこと（そちらのほうが気になる）を考えながら家でじっとしている気はない。彼はなぜオーウェンのことをあそこまで知っていたのだろう。彼らが一年以上にわたって注意深くマークしていたのはアヴェットだけではなかったのかもしれない。ベイリーの親権のことで助けてくれたり、いろいろアドバイスをくれたりしてグレイディがいい人を装っていたのは、わたしがうっかり口をすべらせて、オーウェンが彼には知られたくない情報を聞き出すためだったのだろう。

わたしは何か口走った？　彼との会話を思い返しても、何も言っていないはず。でも、今後はグレイディにたいしても、ほかの誰にたいしてもこんな危険なことをするつもりはない。まずは、オーウェンに何が起きているのか自分で突きとめるのだ。

わたしは桟橋地区から左折で出て、自分の工房へと向かう。

その前にオーウェンの友人の家に寄らなくては。そこに行くのは気が進まないが、オーウェンが考えていることや、わたしが見落としていることについて、ヒントをくれる人がいるとしたらカール以外にいない。

カール・コンラッド。サウサリートでのオーウェンの親友。そして、わたしとオーウェンとで意見が分かれる人物でもある。わたしがカールにたいして手厳しいとオーウェンは思っている。きっとそうなのだろう。彼はおもしろくて、頭がよくて、わたしがサウサリートに到着したそのときからわたしを完全に受け入れてくれている。でも、彼は妻のパトリシアをたびたび裏切っているのだ。その事実を知っていることにわたしは居心地の悪さを感じている。オーウェンだってそれは同じだが、カールにはよくしてもらっているから、頭のなかで分けて考えていると彼は言っている。

オーウェンはそういう人なのだ。サウサリートで最初にできた友人をとがめることなく大切にしている。彼はそうすることしかできないと、わたしはよくわかっている。でも、何か別の理由があってそういう態度をとっているのかもしれない。オーウェンがカールに辛辣な態度をとらないのは、オーウェンがカールなら安心だと思って打ち明けた秘密をカールが黙認していることへのお返しではないだろうか。

的外れな仮説だとしても、カールと話さなければ。

この町でわたしが知っているただひとりの弁護士は彼なのだ。

わたしは玄関ドアをノックする。でも誰も出てこない。カールも、パティも。

おかしい。カールは在宅で仕事をしているのに。幼いふたりの子どものそばにいたいのだ。そして、いまごろ子どもたちは昼寝をしているはずだ。カールとパティは子どもたちが規則正しい生活を送ることにこだわっている。はじめて夜一緒に外出したときに、パティは滔々と語ってくれた。彼女の二十八歳の誕生日を祝ったばかりだったので、そんな話を聞くのはなおさらおかしかった。わたしにもまだ子どもが持てるのなら（彼女がそう言ったのだ）、子どもに好き勝手させないように気をつけるべきだと。いちばん従わなければならないものは何か、わからせなければならない。それが生活時間だ。彼女の場合は、毎日昼の十二時半に子どもたちに昼寝をさせるということだった。

いまは十二時四十五分だ。カールが家にいないとしても、なぜパティもいないのだろう？でも居間のブラインドの隙間から、カールがそこにいるのがわかる。彼はブラインドの向こうに隠れるように立ち、わたしが去るのを待っている。

わたしはもういちどドアをノックして、ドアベルを強く押す。彼がわたしを入れてくれるまで、午後じゅうずっと押しつづけるつもりだ。子どもたちが昼寝していたってかまうもんか。

カールがドアを勢いよく開ける。ビールを手にして、髪の毛がきれいに梳かしつけられている。それでようやく、いつもとはようすがちがうことにわたしは気づく。普段彼は髪の毛を梳いたりしない。そのほうがセクシーに見えると思っているから。それに、彼の目には何かが浮かんでいる――いら立ちと、恐怖と、おそらく彼に身を隠されたショックでわたしがその正体を見抜けない何かが奇妙に混ざり合っている。

「いったいどうしたの、カール」わたしは言う。

「ハンナ、ここには来ないでくれ」カールが言う。

彼は怒っている。でも、どうして？

「時間はとらせないから」わたしは言う。

「いまはだめだ。いますぐには話せない」彼が言う。

彼はドアを閉めるそぶりをするが、わたしはそれを押さえる。わたしがぎゅっと力を入れたことにふたりとも驚き、ドアは彼の手から離れてさっと開く。

そのとき、パティの姿が目に入る。彼女は居間の入り口に立っていて、娘のサラを腕に抱いている。ふたりはおそろいのペイズリー柄のワンピースを着て、濃い色の髪の毛をうしろでふんわりと編み込んでいる。おそろいの服や髪型は、サラの姿を見た人に気づいてほしいとパティが思っていることをいっそう際立たせる――つまり、彼女の娘は、彼女自身を小さくした、同じぐらい見栄えがする存在なのだと。

ふたりのうしろには居間いっぱいにたくさんの親子が集まっていて、ピエロが風船で動物をつくるようすを見ている。〝おたんじょうびおめでとう〟の飾りが、彼らの頭の上から吊り下がっている。

今日はふたりの娘の二歳の誕生日だったんだ。すっかり忘れていた。オーウェンとわたしもお祝いに行くことになっていた。それなのに、カールはいまやドアも開けてくれない。

パティはあからさまに困惑しながら手を振る。「あら、こんにちは……」彼女が言う。

わたしは手を振り返す。「こんにちは」

カールが振り返ってわたしに向き合う。声は落ちついているが、毅然としている。「あとで話そう」

「カール、忘れていたの。ごめんなさい」わたしは首を横に振る。「パーティーの最中にお邪魔するつもりはなかった」

「いいから。もう行ってくれ」

「そうする。でも……外に出てちょっとだけ話せない？　無理にとは言わないけど、急を要するから。弁護士を探さなくてはならなくて。〈ザ・ショップ〉で何かあって」

「おれがそれについて何も知らないとでも？」

「じゃあ、どうしてわたしと話してくれないの？」

彼が答える前に、パティがこちらに歩いてきて、サラをカールに手渡す。それから彼女は夫の頬にキスをする。盛大に見せつけている。彼に、わたしに、パーティーの客に。

「こんにちは」彼女はそう言って、わたしの頬にもキスをする。「来てくれたなんて、うれしいわ」

わたしは声を潜める。「パティ、パーティーの邪魔をしちゃってごめんなさい。でもオーウェンに何かあったの」

「カール」パティが言う。「みなさんを裏庭に案内してくれる？ そろそろアイスクリーム・サンデーの時間よ」

彼女は客たちを見て、ほほ笑みかける。

「みんな、カールについて行ってちょうだい。あなたもよ、ミスター・おばかさん《シリー》」彼女はピエロに呼びかける。「さあ、アイスクリームの時間よ！」

それからようやく彼女はこちらを向く。「家の外で話しましょう」

わたしが話さないといけないのは、いままさにサラを腰にのせて行ってしまうカールなのだとわたしは言いかける。それでも、パティはわたしをポーチへと押し出す。彼女が重厚な赤いドアを閉めて、わたしはまたもや境界線の向こう側へと押しやられる。

誰にも見られないポーチまで来てようやくパティはわたしと向き合う。彼女の目は怒りで燃えている。ほほ笑みは消えている。

「よくものこのこと来られたものね」彼女が言う。

「パーティーのことをすっかり忘れていて」

「パーティーなんてどうでもいいわ。オーウェンはカールの心を滅茶苦茶にしたんだから」

「滅茶苦茶にしたって……どうやって？」

「そんなの、知らないわよ。彼にわたしたちのお金をすべて盗られたことと関係あるんでしょ」

「なんのことを言っているの？」

「〈ザ・ショップ〉の株式公開に出資すべきだってオーウェンに説得されたのよ。聞いてないの？　彼はカールにあのソフトウェアの将来性を売り込んでいた。巨額の見返りがあるって。まだ完成していないとはひとことも言ってなかったわね」

「パティ、あの……」

「それで、いまではうちの全財産は〈ザ・ショップ〉の株になっているというわけ。しかも言わせてもらうけど、有り金をすべて株に投資して、最後にチェックしたときは十三セントまで下がっていたわ」

「うちのお金も同じよ。オーウェンが知っていたのなら、そんなことするはずないでしょう」

「自分たちは捕まらないって思ってたんじゃないの。それか、本物のばかだったとか。わからないわ」彼女はそう言う。「でも、はっきり言えるのは、あなたがいますぐにうちから出て行かなかったら、警察を呼ぶ。本気だから。いい迷惑だわ」

「あなたがオーウェンに腹を立てる理由はわかった。ほんとうに。でも、カールの手を借りたら、オーウェンを見つけられるかもしれない。事態を収拾するにはそれがいちばん手っ取り早い」

「いまここで子どもたちの大学進学費用を払ってくれないのなら、あなたに言うことなんて何もない」

どう言葉を返したらいいのかわたしにはわからない。でも、彼女が家のなかに戻る前に、何か言わなきゃ。カールに直接会って、その目に浮かぶものを見たいまでは、彼が何か知っているとしか思えない。

「パティ、落ちついて」わたしは口を開く。「わたしも何もわからないの。あなたと同じ」

「あなたの夫は五億ドルの詐欺にかかわっていた。だから、あなたのことを信じていいかどうか、わからない」彼女は言う。「でも、もしはんとうのことを言っているのだとしたら、あなたは世界一の間抜けね。夫の正体が見抜けないなんて」

間抜けを演じているのは彼女だって同じだと言うには最適のタイミングではなさそうだ。いま裏庭でミスター・シリーが楽しませている子どもをパティが妊娠してからというもの、彼女の夫はときどき同僚と寝ている。愛する人、愛そうとしている人の真の姿を見るということにかけては、誰もが多かれ少なかれ間抜けなのだろう。

「何が起きているか、あなたがわかっていないとわたしが信じるとでも思ったの？」彼女が言う。

「そうじゃなかったら、答えを知りたくてここに来たりしない」わたしは言う。

彼女は首をかしげて考えている。そのひと言が響いたのかもしれない。もしくは、そんなことはどうでもいいと思ったのかもしれない。とにかく、彼女の表情がやわらいだ。

「ベイリーのところに、家に帰って」彼女が言う。「帰るの。あの子にはあなたが必要でしょう」

彼女は歩いて家のなかへと戻っていく。そして、振り返る。

「ああ。それと、オーウェンと話すことがあったら、地獄に落ちろって伝えてね」

それだけ言って、彼女はドアを閉める。

わたしは足早に工房へと向かう。

うつむいたままリソ・ストリートに入り、リアン・サリヴァンの家の前を通りすぎる。玄関ポーチでリアンが夫と午後のレモネードを飲んでいるのはわかっている。でも、わたしは電話で話し込んでいるふりをする。いつものように立ち止まってあいさつしたりしない。一緒にレモネードを飲んだりしない。

そのとなりの、こぢんまりとしたクラフツマン様式の家がわたしの工房だ。二百六十平米で、広い裏庭もついている。ニューヨークにいたころは、グリーン・ストリートの工房には入りきらない作品に取り組むためにブロンクスにある友人の倉庫に地下鉄で通わなければならなかった。そのたびに、こんな場所があったらいいのにと夢見ていたとおりの場所だ。

正面の門を開けてなかに入り、門を閉めるとほっとした。でも、家のなかには入らずに、ぐるっと回って裏庭に出て、いつも事務仕事をしている狭いデッキへと向かう。そこで小さなテーブルに座り、オーウェンのノートパソコンを開く。グレイディ・ブラッドフォードを頭から追い出す。激怒していたパティも。オーウェンのことでヒントをくれるどころか、わたしをまともに見ようとすらしなかったカールも。彼の態度を目の当たりにして、自分で調べるしかないのだとかえって覚悟が決まった。自分の持ち物や仕事に囲まれていると落ちつく。ここはサウサリートでのわたしのお気に入りの場所なのだ。だから、夫のパソコンを勝手にのぞくのもたいしたことではないと思える。

パソコンが起動したので、最初のパスワードを打ち込む。普段とちがうところは特になさそうだ。わたしは写真フォルダをクリックする。ベイリーを賛美する聖典のようなフォルダ。小学校や中学校でのベイリーの写真や、サウサリートで迎えた五歳の誕生日を皮切りに毎年の誕生日の写真などが何百枚と保存されている。わたしが何度も見た写真。わたしが知らないふたりの人生をオーウェンは進んで説明してくれた。サッカーの試合にはじめて出場した幼いベイリー（散々な結果に終わった）。学校の劇（演目は『エニシング・ゴーズ』）にはじめて出演した二年生のベイリー（こちらはみごとな演技だった）。

ふたりがシアトルで暮らしていたころの、もっと幼いベイリーの写真はほとんどない。ひとまずメインフォルダ内には見当たらない。

それで、わたしは〝O・M〟という小さなサブフォルダをクリックする。

オリヴィア・マイケルズの写真が保存されたフォルダ。オーウェンの最初の妻。そして、ベイリーの母親だ。

オリヴィア・マイケルズ。旧姓ネルソン。ハイスクールの生物教師でシンクロナイズド・スイミングの選手だった。オーウェンと同じプリンストン大学の卒業生。このフォルダにも写真は数えるほどしか保存されていない――オーウェンによれば、オリヴィアは写真ぎらいだったそうだ。でも、そこにある写真に写るオリヴィアは美しい。きっと実物も美しい人だったのだろう。背が高くて、スリムで、赤毛を背中のなかほどまで伸ばし、くっきりとしたえくぼのせいで永遠の十六歳のように見える。

わたしとはとてもよく似ているというわけではない。そもそも彼女のほうが魅力的だし人目を引く。でも、細部をいくつか交換したら、共通点があるといえる。背の高さやロングヘア（わたしはブロンドで彼女は赤毛）、それに笑顔だって、どことなく似ているかも。オーウェンがはじめて彼女の写真を見せてくれたとき、わたしは自分と似たところがあると言った。でも、オーウェンにはわかってもらえなかった。彼は身構えたわけではない。きみがオリヴィアに直接会ったらそんな風には思えないよ、とだけ言われた。

写真に写るオリヴィアはベイリーとはあまり似ていない。だから、そもそも誤解を招きやすい写真なのかもしれない。でも、わたしのお気に入りの一枚だけは例外だ。ジーンズと白いボタンダウンシャツ姿のオリヴィアが桟橋に座っている写真。頬に手を当てて笑い、頭をのけぞらせている。顔色はちがうが、その笑顔にはどこかベイリーを思わせるところがある。ベイリー本人を彷彿とさせる何かがあるのだ。そのせいで、オリヴィアが、ベイリーをオーウェン以外の誰かと結びつけるパズルの欠けたピースなのだという気がしてくる。

わたしは手を伸ばしてパソコンの画面に触れる。あなたの娘とわたしたちの夫のことで、見落としていることがあれば教えてほしい。そう問いかけてみたくなる。彼女ならまちがいなくわたしよりもわかっているはずだ。でも、そう考えるとわたしは傷つく。

息を吸って、〈ザ・ショップ〉のフォルダをクリックする。コードとHTMLプログラムが書き込まれた書類が五十五件保存されている。実際のコードのなかに暗号《コード》がまぎれ込んでいても、わたしには見破れない。誰かわかる人を探さないと。

奇妙なことに、〈ザ・ショップ〉のフォルダ内に〝最新の遺書〟という書類が保存されている。いまの状況を考えたら、なおさらそんなところには入っていてほしくない書類だ。でも、開けてみてほっと胸をなでおろす。遺書の日付はわたしたちの結婚直後だ。以前見せてもらったことがある。そのときからまったく変わっていない。いや、まったくというわけではないかもしれない。遺書の最後のページの、オーウェンの署名のすぐ上にある細かい注意書きに目を留める。以前もそこにあったが、気づいていなかったのだろうか？　わたしの知らないL・ポールなる人物がオーウェンの財産管理人として指定されている。住所はなし。電話番号も。

L・ポール。誰だろう？　彼、もしくは彼女の名前を前にどこかで見かけたことがあっただろうか。

ノートにL・ポールのことをメモしていると、背後で女性の声がする。

「何かおもしろいことを調べていらっしゃるのですか」

振り向くと、裏庭の端に年配の女がひとり立っている。そのとなりには男がいる。女は紺色のパンツスーツでびしっと決め、グレイヘアをうしろでポニーテールにきっちりまとめている。いっぽう、男はそこまでぱりっとしていない。まぶたは重たげで、着ているアロハシャツはしわくちゃだ。おそらくわたしと同じぐらいの年齢なのに、ひげが濃いせいで老けて見える。

「そこで何をしているんですか？」わたしは尋ねる。

「玄関のドアベルを鳴らしてはみたのですが」男が口を開く。「ハンナ・ホールさんですね？」

「うちの敷地に不法侵入している理由をきちんと説明してくださらなければ、お答えできません」

「わたしはジェレミー・オマッキー、連邦捜査局の特別捜査官です。こちらは同じく特別捜査官のナオミ・ウー」男が言う。

「ナオミと呼んでください。お話をうかがいたいのですが」

わたしはとっさにパソコンを閉じる。「あいにく、いまは都合が悪くて」

彼女は甘ったるい笑みを浮かべる。「数分でけっこうです。それが済んだら、これ以上ご迷惑はおかけしません」

そうこうするうちにふたりはデッキのステップを上がり、テーブルの向かいのチェアに腰を下ろす。

ナオミがテーブルの向こうから自分のバッジを差し出し、オマッキー捜査官も同じようにする。

「何か大事な作業中にお邪魔していなければいいですけど」ナオミが言う。

「あなたたちにここまで尾《つ》けられていなければいいですけど」わたしはそう返す。

ナオミがこちらをじっと見ている。わたしの口調にあっけにとられたようだ。わたしはいら立っていて、そんなことにはかまっていられない。とにかくいらいらするし、オーウェンのパソコンを調べ終わる前に彼らに取り上げられるのではないかと内心ひやひやしている。

それに、グレイディ・ブラッドフォードも言っていたではないか。答えるべきではないと思う質問に答えたらだめだ、と。しっかりしなきゃ。

ジェレミー・オマッキーが身を乗り出してバッジを回収する。

「ご主人がお勤めのテクノロジー企業をわれわれが捜査中だということはご存じですね」彼が言う。「彼がいまどちらにいらっしゃるのか、ヒントをいただけないかと思ったのです」

わたしはパソコンをひざの上にのせて守る。

「そうしたいのはやまやまですけど、夫の居場所はわたしにもわからないんです。昨日から会っていません」

「変じゃありませんか？」急に思いついたかのようにナオミが口を開く。「ご主人と会っていないだなんて」

わたしは彼女の目を見る。「はい、すごく」

「昨日からご主人の携帯電話とクレジットカードが一切使われた形跡がないのですが、それを知って驚かれませんか？　使用履歴がまったく残されていないんです」彼女が言う。

わたしはその質問には答えない。

「どうしてそんな状況になっているのか心当たりはありませんか？」オマッキーが尋ねる。はじめからわたしが何か隠していると決めてかかる彼らの目つきは好きになれない。余計なお世話だ。わたしだって、わかっていたらいいのにと思っているのだから。

ナオミはポケットからメモ帳を取り出して開く。

「アヴェットとベル・トンプソン夫妻はあなたと取引がありましたね？」彼女が言う。「過去五年間で十五万五千ドル分の作品を受注していますね？」

「それが正確な数字かどうかすぐにはわかりませんけど、はい。夫妻はわたしの顧客ですから」

「昨日アヴェットが逮捕されてからベルと話しましたか？」

彼女の留守電に吹き込んだメッセージを思い浮かべる。六件。そのどれにも返事はない。わたしは首を横に振る。

「彼女から電話はなかった？」オマッキーが言う。

「はい」

ナオミは首をかしげて考えている。「それはたしかですか？」

「はい。自分が誰と話して、誰と話していないかぐらい、ちゃんとわかってます」

ナオミが友達みたいになれなれしくこちらに身を寄せる。「あなたが正直に話してくださっているかどうか確認したいだけなんです。お友達のベルとはちがってね」

「どういうことですか？」

「こっそり出国しようと、北カリフォルニアの別々の空港発のシドニー便の航空券を四枚も押さえておいて、無実を主張しても意味がないということだけ申し上げておきます。そんなことをして〝何も知らない〟と言われても、ねえ？」

わたしは反応しないように気をつける。いったいどうなっているの？　アヴェットは勾留され、ベルは母国に逃げ戻ろうとしただなんて。こんな事態になっているのにオーウェンはどこにもいない。頭が切れて、つねに全体像を把握しているオーウェン。彼がこの状況を放置しているも同然だなんて、信じられる？

「ベルと〈ザ・ショップ〉について話したことはありますか？」ナオミが尋ねる。

「ベルがアヴェットの仕事を話題にしたことはありません」わたしは答える。「興味なんてないですから」

「彼女もそう言っていましたね」

「ベルはいまどこにいるんですか？」

「セント・ヘレナの自宅です。パスポートは彼女の弁護士が預かっています。夫が不正行為で有罪になる見込みであることにショックを受けていると主張しています」オマッキーはそこで言葉を切る。「まあ、われわれの経験上たいてい妻は知っているものですがね」

「この妻にかぎってはちがいます」わたしは言う。

わたしの反論は無視してナオミが口を挟む。「わかっていらっしゃるでしょうが、オーウェンの娘さんのことを誰かが考えてあげなくては」

「考えてますけど」

「素晴らしい」彼女が言う。「それなら安心ですね」

これではまるで脅しではないか。彼女があからさまに口にしなかったことを、わたしはちゃんと聞き取った。ベイリーと引き離すことだってできると暗に言っているのだ。そういう事態にはならないと、グレイディが保証してくれたはずだ。

「ベイリーにも話を聞かなければなりません」オマッキーが言う。「今日、学校から帰宅したら」

「それはやめてください」わたしは言う。「父親の居場所は知りませんよ。そっとしておいてあげて」

わたしの口調に合わせてオマッキーの口調も険しくなる。「それはあなたが決めることではありません。いまここで時間を決めるか、今夜お宅に突然お邪魔してもいいですが」

「弁護士に相談してますから」わたしは言う。「ベイリーと話したいのなら、まず弁護士に連絡してください」

「どちらの弁護士ですか?」ナオミが言う。

その名を出せばどういうことになるのか深く考えずに、わたしはとっさに答える。「ジェイク・アンダーソン。ニューヨークの弁護士です」

「わかりました。彼にこちらに連絡するよう伝えてください」彼女が言う。

わたしはうなずきながら、この局面をどう乗り切ろうかと考える。ベイリーがわたしのもとから離れないようにするというグレイディの約束に影響が出そうなことをしたくはない。それがいちばん大切なことだ。

「あの、お仕事でここに来られたってわかってます」わたしは言う。「でも、いまわたしは疲れてるんです。それに、今朝だって連邦保安官に言ったんですよ。答えられることはほとんどないって」

「え……それは。どういうことですか?」オマッキーが言う。

彼と、顔から笑みが消えたナオミをわたしは見る。

「連邦保安官が今朝わたしに会いにきたんです」わたしは言う。「こういうことは朝にもあったんです」

ふたりは目配せしあっている。「どんな名前でしたか？」オマッキーが尋ねる。

「連邦保安官の名前ですか？」

「はい。その連邦保安官はどんな名前でした？」

ナオミは口をすぼめてこちらを見ている。準備不足のまま競技フィールドが突然変更になって不満をおぼえているみたいだ。それで、わたしは正直に話さないことにした。

「おぼえてません」

「彼の名前をおぼえていないのですか？」

わたしはそれ以上何も言わない。

「今朝玄関先にやってきた連邦保安官の名前をおぼえていないと。そうおっしゃるのですね？」

「昨夜はよく眠れなかったんです。だから、いろんなことがあやふやで」

「連邦保安官がバッジを提示したかどうかはおぼえていますか？」

「はい、見せてもらいました」

「連邦保安官のバッジがどんなものなのか、ご存じですか？」ナオミが言う。

「知ってなきゃいけないんですか？」わたしは言う。「そんなことを言われたら、FBIのバッジだってどんなものだか知りませんよ。あなたたちがほんとうにFBIの捜査官なのか、確認しないといけませんね。話のつづきはそれからにしましょう」

「この件は連邦保安官事務所の管轄ではないので、ちょっと面喰らってしまって」彼女が弁解する。「今朝あなたと話した保安官が誰なのか特定しなければなりません。こちらの承認なしに、ここには来られませんから。その保安官は、オーウェンを脅すようなことを何か言ってませんでした？　というのも、オーウェンが〈ザ・ショップ〉の件にほとんど関与していないのなら、アヴェットに不利な証言をすることで罪を免れるかもしれないいんですよ」

「たしかに」オマッキーが言う。「彼はまだ容疑者にもなっていません」

「まだ？」わたしは言う。

「そういうつもりではないです」ナオミが訂正する。

「そういうことじゃありません」オマッキーが言う。「あなたが連邦保安官と話す理由がないと言いたかったんです」

「それは不思議ですね、オマッキー捜査官。彼はあなたたちのことも同じように言ってましたけど」

「そうなんですか？」

ナオミは気を取り直してほほ笑む。「出直すことにしましょう。とにかく、わたしたちは同じチームですからね。でもこれからは玄関先に現れた相手と話すのではなくて、弁護士に対応してもらったほうがいいでしょう」

わたしもほほ笑む。「いいアドバイスをありがとうございます、ナオミ。いますぐ実践します」

それだけ言うと、わたしは門を指さしてふたりがそこから出ていくのを待つ。

恨みっこはなし

ＦＢＩ捜査官が立ち去ったことを確認してから、わたしは工房をあとにする。

オーウェンのパソコンを胸にしっかり抱いて桟橋地区へと向かう。小学校の前を通ると、ちょうど子どもたちが日課を終えて出てくるところだった。

視線を感じて顔を上げる。何人かの母親たち（そして父親たち）がこちらをじっと見ている。カールやパティのように怒ってはいない。どちらかと言えば、心配とあわれみのまなざし。ようするに、オーウェンはここの人たちのお気に入りなのだ。いつだって愛され、大切にされてきた。彼女たちのニュースフィードに彼が勤める会社の名前が現れただけでは疑念を抱いたりはしない。スモールタウンならではの、住民どうしのかばい合い。好意を抱いている相手に背を向けることはそうそうない。

それは逆にいえば新参者がなかなか入り込めないということでもある。たとえば、わたしのような。いまだって、ここの人たちは、わたしを受け入れたものかどうか決めかねているような態度を取る。サウサリートに引っ越してきた当初はもっとあからさまだった。いちいち好奇の視線にさらされ、値踏みされているみたいだった。でも、それにはまた別の理由があった。彼女たちがベイリーに聞こえるのもおかまいなしに口にした疑問は、帰宅したベイリー経由でわたしの耳に入った。彼女たちは、オーウェンが結婚相手に選んだよそ者の素性を詮索していた。サウサリートでもよりすぐりの独身男が、木工作家ごときのために市場から撤退したのが信じられなかったのだ。もっとも、わたしはそんな風に呼ばれていなかったが。わたしは〝大工〟と呼ばれていた――化粧っけのない、おしゃれな靴を履かない大工。オーウェンがそんな女を選んだのは理解できないと仲間うちで言いあった――おぼこい顔つきの四十がらみの女で、これからオーウェンの子どもを産む可能性は低い。長いこと木とたわむれていたせいで婚期を逃した女。

オーウェンには最初からわかっていたことが彼女たちにはわからなかったようだ。わたしはひとりでも平気だった。自分の力で生きていけるように祖父に育てられていたから。わたしの場合、他人の人生に自分を合わせようとするとうまく行かなくなる。その過程で自分の一部をあきらめなければならないのなら、なおさらだ。だから、そうしなくてよくなるまで待った――ぴったり合う誰かが現れるのを待ったのだ。この言い方では大雑把すぎるかもしれない。より正確には、オーウェンと一緒にいるために必要だったことをわたしは苦も無く受け入れられたということだ。どれもささいなことばかりだった。

家に着いてなかに入るとわたしはドアの鍵を締めて携帯電話を取り出し、連絡先からある人の名前を探す。ジェイク。こんなときによりによって彼に連絡したくない。でも、そうするしかない。わたしは自分が知っているもうひとりの弁護士に電話をかける。

「アンダーソンです……」彼が応答する。

その声を聞いた瞬間に、わたしはグリーン・ストリートに、日曜日に〈マーサーキッチン〉で楽しんだオニオンスープとカクテルのブラッディ・メアリに、別の人生へと連れ戻される。わたしの元婚約者はいつもそうやって電話に出ていた。ジェイク・ブラッドリー・アンダーソン、ミシガン大学で法務博士号と経営学修士号を取得、トライアスロンが趣味で料理の腕はピカイチだ。

わたしたちが最後に言葉を交わしてから二年が経っているにもかかわらず、この第一声はあいかわらずだ。そっけない感じではあるが。じつは、彼は相手にそっけない印象を与えたいと思っているので、わざとそうしている。仕事柄、そっけなくて威圧的な態度のほうが好都合だと考えているのだ。ウォール・ストリートにある法律事務所で訴訟をおもに手掛け、若くしてシニア・パートナーへの昇進が確実視されている。犯罪事件専門ではないが弁護士としては優秀。人に会えばそういうことを真っ先に自らアピールするだろう。こんなときはジェイクの自信過剰が頼りになるかもしれないと、わたしは一抹の希望を抱く。

「こんにちは」わたしは言う。

わたしが誰なのか彼は訊いてこない。これだけ時が経っていてもわかるのだ。それに、わたしが電話をかけてくるなんて、よっぽどのことだということも。

「どこにいるんだ」彼が言う。「いまニューヨークなのか?」

結婚することになったとジェイクに電話で伝えたときに、そのうちニューヨークに舞い戻って、彼とよりを戻すことになると言われた。彼は本気だった。そしてまちがいなく、いまがそのときだと思っている。

「サウサリート」わたしは口ごもる。言いにくいことを伝えなければ。「ジェイク、あなたに助けてもらわないといけないのかも。弁護士が必要なんだと思う……」

「ということは……離婚するのか?」

わたしはなんとかこらえて電話を切らないようにする。ジェイクは自分が抑えられないのだ。

わたしが結婚式を中止にしてほっとしたくせに、その四カ月後に別人と結婚したくせに（そしてすぐに離婚した）、わたしとの関係では被害者ぶりたがる。わたしの生い立ちの影響で、両親みたいにそのうちいなくなるのをおそれて、わたしが彼を受け入れるのをためらっているという自説にこだわっていた。わたしがこわかったのは、誰かがいなくなることではなかったのに、彼にはそれがわからなかった。わたしがおそれたのは、まちがった人に居座られることだった。

「ジェイク、夫のことで電話したの」わたしは説明する。「彼がトラブルに巻き込まれて」

「何をしたんだ？」彼が言う。

　彼に期待できる反応としては上出来だ。それで、わたしはつづけて一切合切を説明した。オーウェンの仕事にかんすることからはじめ、〈ザ・ショップ〉の強制捜査、オーウェンの奇妙な失踪、グレイディ・ブラッドフォードとＦＢＩが訪ねてきたこと、それにＦＢＩがグレイディについて把握していなかったことも。オーウェンの居場所やこれからどうするつもりなのか、わたしやベイリーも含めて、わかっている人がどうやらいないということも。

「それで、彼の娘だが……一緒にいるのか？」彼に訊かれる。

「ベイリーね。ええ、一緒にいる。彼女はいやがっているだろうけど」

「つまり、彼は娘も置いていったということか？」

　わたしはその質問には答えない。

「彼女のフルネームは」

　パソコンにカチャカチャと打ち込んでメモを取り、以前わたしたちの居間の床に散乱していた相関図《チャート》を作成しているのがわかる。いま、その図の中心にはオーウェンがいる。

「まず、ＦＢＩが連邦保安官の訪問を把握していなかったのはそれほど気にしなくてもいい。Ｆ

BI側がうそをついている可能性もある。それ以上に、法執行機関のあいだでの縄張り争いはめずらしいことじゃない。捜査の方向性がまだ完全に定まっていないときはとくにな。証券取引委員会から連絡はあったか？」

「いいえ」

「そのうちあるだろう。法執行機関とのやりとりはすべてこっちに回してくれ。とりあえず、状況が把握できるまでは。きみは何も話さず、おれに直接電話させてくれ」

「それは助かる。ありがとう」

「いいんだ」彼が言う。「でも、聞いておかなくちゃならないな……この件にきみはどれだけかかわっているんだ？」

「そうね、自分の夫のことだから、どっぷりというところ」

「そのうち捜査令状を持った連中が来るだろう」彼が言う。「まだ来ていないとは驚きだがな。だから、きみの関与をほのめかすものがあるのなら、家に残しておかないほうがいい」

「ほのめかすものなんて、ない」わたしは言う。「事件とは無関係なんだから」

わたしはつい身構える。誰かが捜査令状を持ってやって来たらと考えただけで、急に不安になる──キッチンの流し台の下に手つかずのまま押し込んである例のダッフルバッグが見つかったらどうしよう。

「ジェイク、わたしはオーウェンがどこにいるのか突きとめたいだけなの。逃げるしかないと考えた理由が知りたい」

「まず考えられるのは、刑務所にぶちこまれたくないんだろうな」

「ちがう、そんなんじゃない。そんなことで逃げる人じゃないから」

「じゃあ、きみはどう考えてる?」

「娘を守ろうとしている」わたしは答える。

「何から?」

「わからない。父親が不当に起訴されたら、娘の人生が台無しになると考えたとか。どこか別の場所で身の潔白を証明しようとしているとか」

「ありそうにないな。だが……別の何かが起こっている可能性はある」

「たとえば?」

「彼が有罪になる、もっとひどいことが」彼が言う。

「お願い、ジェイク」

「あのな、おれはごまかすつもりはないんだ。オーウェンが〈ザ・ショップ〉から逃げているんじゃないなら、おおかた勤め先の一件がきっかけで自分の何かがばれるのがいやなんだ。問題はそれが何かということ……」彼はそこで言葉を切る。「知り合いに優秀な私立探偵がいる。その男に頼んでちょっと調べてもらおう。きみにも、オーウェンのこれまでのことをメールで知らせてもらわないといけない。知っていることはなんでも。どこの学校に通ったか、どこで育ったかとか日付やなんか、すべてを。いつ、どこで娘が生まれたのかも」

ジェイクがペン先をかじる音が聞こえてくる。彼にそんな秘密の癖があるだなんて、わたし以外の誰も思わないだろう。彼が見せる唯一の弱気なそぶり。ペンのキャップが傷ついているのを彼のとなりに座って見ているかのように、わたしはその光景を思い描ける。とっくにそうしたいとは思わなくなっているのに、誰かのすべてが手に取るようにわかるだなんて、うんざりだ。

「それから、これはおれからのお願いだ。連絡を取らなきゃいけなくなった場合にそなえて、携帯電話はいつもそばに置いといてくれ。でも、心当たりのない電話番号からかかってきたら、ぜったいに出ないこと」

オーウェンは携帯電話を捨てたとグレイディは話していたではないか――わたしが知っている唯一の番号の電話を彼は捨てた。

「もしオーウェンだったら？」

「オーウェンはしばらくかけてこない」彼が言う。「きみもわかっているだろう」

「そんなの、わからない」

「わかっているはずだが」

わたしは黙り込む。内心では彼が正しいと思っていても、口には出さない。そんな風にしてオーウェンを裏切るつもりはない。ベイリーも。

「それから、彼が逃げた理由を突きとめる必要がある。娘を守ろうとしている以外の、もっと具体的な理由を……」彼が言う。「はやいとこ突きとめておいたほうがいい。ＦＢＩだって、このままずっと丁寧に接してくれるわけじゃないんだ」

ＦＢＩ捜査官にはすでにぶしつけな質問をされた。そう考えると、頭がくらくらする。

「まだ聞いてるか？」彼が言う。

「ええ」

「ひとつだけ……冷静になるんだ。きみは思う以上に多くのことがわかっている。どうやってこの事態を乗り切ったらいいのかも」

そんな風に言われたら、わたしは泣きださずにはいられない。やさしくて、心強い、ジェイクなりの気づかいだ。

「でもこれからは」彼はつづける。「誰かが潔白だなんて口にしないほうがいい。何か言わなきゃならないのなら、せめて有罪ではないと言ってくれ。潔白だなんて言ったら能天気だと思われるぞ。とくにいまの時代、誰だってあきれるほど罪を背負っているんだからな」

そして、そのとおりなのだ。

六週間前

「そろそろ休暇を取ろう」オーウェンが言った。「のびのびになっていたじゃないか」

真夜中だった。わたしたちはベッドに入っていて、彼の手がわたしの手を包みこんでいた。それが彼の胸の上に、心臓の上に置かれていた。

「一緒にオースティンに行こうよ」わたしは言った。「でもそれじゃあ休暇にならないかな」

「オースティンだって？」彼が言う。

「木工作家のシンポジウムがあるって話したじゃない。そこから旅をはじめない？　テキサス・ヒル・カントリーでしばらくゆっくりするとか……」

「オースティンだったのか。ぼくは聞いてないよ……」

それから彼はうなずき、それについて、わたしに同行するというアイデアについて考えているようだった——ただし、わたしは彼のなかで何かが変わったのを察知した。彼の身体が何かをこばんだ。

「どうしたの」わたしは尋ねた。

「なんでもない」彼は答えた。

その言葉とは裏腹に彼はわたしの手をどけて、自分の結婚指輪を触りはじめ、指の腹でくるくる回している。わたしが彼のためにつくった結婚指輪だ。わたしのものとまったく同じになるようにつくった。離れたところから見たら、きらめくプラチナリングにしか見えない、細身の指輪。素材はつや消しのステンレスと分厚いホワイトオークだ。素朴さとエレガントさを同時に表現したかった。指輪を作成するために、持っているなかでいちばん小さな旋盤を使った。わたしが作業をしているあいだ、オーウェンはそばの床に座っていた。

「ベイリーも、もうすぐ学校の研修旅行でサクラメントに行くから」彼が口を開いた。「それに合わせてぼくたちはニューメキシコに行くというのはどうかな。ふたりきりでホワイトロックをさまようんだ」

「いいね」わたしは言った。「もうずいぶんニューメキシコには行ってない」

「ぼくもだよ。大学のとき以来だ。タオスまで車を運転して、一週間を山のなかで過ごしたな」

「ニュージャージーからはるばる車で?」わたしは尋ねた。

彼はうわの空で指輪を回しつづけていた。「え、なんだって?」

「ニュージャージーからニューメキシコまでずっと車だったのかって訊いたの。ずいぶん時間がかかったでしょう」

それを聞いて彼は動きを止め、指輪から手を離した。「そういえば学生時代の話じゃなかったな」

「オーウェン！　大学生のときにタオスに行ったってさっきは言ったじゃない」

「うろおぼえなんだ。どこかの山だった。ヴァーモントあたりだったかな。空気がやたらと薄かったことしか覚えてないよ」

わたしは声を上げて笑った。「いったいどうしちゃったの？」

「なんでもない。ただ……」

彼が口に出さないことを理解しようと、わたしは彼を見つめる。

「ぼくの人生のなかでも、わけのわからない時代のことを思い出したからね」

「大学時代のこと？」

「大学時代。それに大学を出てからも」彼は首を振る。「おぼえてもいない山にずっとこもっていた」

「そう……それ、あなたから聞いたなかで、いちばんわけのわからないことね」

「そうだね」

オーウェンは身を起こしてライトをつけた。「まったく。ほんとうに休みを取らなきゃな」

「取ろうよ」わたしは言った。

「ああ、取ろう」

彼はまた横になってわたしの腹に手を置いた。彼の身体から力が抜けるのがわかった。ようやくわたしのもとに戻ってきてくれた。だから、それ以上は深追いしたくなかった。さっきわたしに言ったことを詮索したくはなかった。

「別にいま話さなくてもいいんだけど、念のために言っておくね」わたしは話しはじめた。「大学時代、わたしはジョニ・ミッチェルのカバーバンドでギターを弾いてばかりいたし、ポエトリー・スラムにだって参戦したし、革命を阻止するために政府がテレビを利用しているというのが持論の哲学専攻の大学院生とつきあっていた」

「彼の考えは否定しきれないな」オーウェンが言った。

「まあね、でもわたしが言いたいのは、以前のあなたがどうであれ、そのせいで何か変わるってことはないということ。とくにわたしたちの関係はね」

「へえ」彼がささやいた。「それはありがたいね」

ベイリーのまったくついていないさんざんな一日

学校から帰ってくるベイリーはしおれている。

わたしはいつものベンチに座ってひざに毛布を掛け、赤ワインを一杯飲んでいる。そして、今日一日を振り返っている。オーウェンがいないままはじまり、終わろうとしている一日が現実のものとは思えない。心のなかには怒りと悲しみ、緊張と孤独が渦巻いている。

ベイリーはうつむいたままとぼとぼと桟橋を歩き、家までやって来る。ベンチのところまで来ると、わたしの目の前で立ち止まり、その場に立ちつくす。目をらんらんとさせている。

「明日は行かない」ベイリーが言う。「学校には行かないから」

彼女の目をのぞきこむと、恐怖が浮かんでいる。そこにはわたしがいた――わたしたちはたがいを映す鏡なのだ。彼女とここで、こんな風に向き合うことになるだなんて。

「みんな、話していないふりをする」ベイリーが話しはじめる。「パパやわたしのことを。面と向かって言われるよりもひどいよ。一日じゅうひそひそ噂してる声だって聞こえてるのに」

「どんなことを話しているの」

「どの部分を聞きたい？」ベイリーが言う。「化学の授業後にブライアン・パドゥラがボビーにわたしのパパが犯罪者なのか訊いたこと？　それとも、ボビーがそいつの顔に一発お見舞いしたこと？」

「ボビーがそんなことをしたの」

「うん……」

わたしはうなずく。ボビーを少しだけ見直した。

「それからもっとひどくなった」

わたしは少し腰をずらして座れる場所をつくる。気が変わったらいつでも立ち上がれるようにベイリーはベンチの端に腰かける。

「明日は休んだほうがいいよ」

ベイリーは驚いてわたしを見る。「ほんとに？　だめって言わないの？」

「言ってほしい？」

「ううん」

「明日は学校から離れていたほうがいいと思う。もしあなたがわたしと同じような一日を過ごしたのなら、そうすべき」

ベイリーはうなずいて、指の爪を嚙みはじめる。「ありがとう」

わたしは手を伸ばして彼女の手を口から奪い、ぎゅっと握りしめたくなる。大丈夫だからと、そのうちどうにか楽になるからと言ってあげたい。そういう言葉には彼女を安心させる力があるだろう。でも、わたしが言ってもおそらく効果はない。

「料理する気力は残っていないから、今夜の栄養源はあと三十分かそこらで到着する、マッシュルームとオニオンのチーズ増量ピザ二枚になる予定」

ベイリーの顔がわずかにほころんだので、わたしはふと訊いてみなければと思う。ジェイクと電話で話してからというもの、わたしの心を占領しているものの正体をあばくことができるかもしれない質問を。

「ベイリー、お父さんの手紙についてあなたに言われたことを考えていたんだけど。〝何をいちばん大切にしているか、わかっているね〟という部分」

ベイリーはため息をつく。いつもなら目をぎょろっと回すところなのに、今日は疲れ切っていてできないようだ。

「それはもうわかってるよ。パパがわたしを愛してるってことでしょ。そう言ってたじゃん」

「もしかしたらちがっていたのかも。お父さんはそういうことが言いたかったんじゃなかったのかも。もっと別のことだったのかもしれない」

ベイリーは困惑した表情でわたしを見る。「それ、どういうこと？」

「あんな風に書いてあったのは、あなたが何かを知っているからじゃないかな。お父さんが自分のことで忘れてほしくないことを、あなたは知っているはず」

「いったいわたしが何を知っているって言うの？」

「わからない」

「ふーん、でもそれがわかってよかったよ」ベイリーはそこで言葉を切る。「学校のみんなも同じ考えみたいだけどね」

「どういうこと？」

「パパがいま何をしてるにせよ、わたしはその理由を知ってると思われてる」ベイリーは言う。「五億ドルを横領して姿をくらますつもりだ、と朝食を食べてるときにパパに言われたとかさ」

「お父さんがその件とかかわりがあるかどうかは、わからない」

「そうだね、パパがいまここにいないということしかわからない」

彼女の言うとおりだ。オーウェンはここにいない。わかっているのは、彼がどこにいてもおかしくないということだけだ。そのとき、今朝のグレイディ・ブラッドフォードの何気ない言葉を思い出した――彼と話しても大丈夫だとわたしに納得させようとして、わたしたちは同じ側に立っているとぽろっと漏らした。電話番号を教えてくれた。彼が属する支部の電話番号を。見おぼえのない地域番号からはじまっていた。五一二。わたしはお尻のポケットから〈フレッズ〉の紙ナプキンを取りだす。そこには電話番号が二つ書いてある――どちらも五一二ではじまっている。住所は書いていない。

わたしはティーテーブルに置いてある携帯電話を拾い上げて、携帯ではないほうの番号にかけてみる。呼び出し音が聞こえ、連邦保安官事務所につながったと自動音声に告げられて、わたしの胸は高鳴る。

連邦保安官事務所西テキサス支部。所在地はテキサス州オースティン。

グレイディ・ブラッドフォードはオースティン支部の所属だったんだ。なぜテキサスの連邦保安官がわざわざうちの玄関先までやって来たのだろう？　そのうえ、オマッキーとナオミを信じるのなら、連邦保安官には捜査の権限がないはずなのに。でも、そんな権限があるとしたらなぜだろう？　いったいオーウェンがどんなことをしたら、ブラッドフォードがこの件にしゃしゃり出てくるわけ？　この件とテキサスにどんな関係があるというの？

「ベイリー」わたしは口を開く。「お父さんと一緒にオースティンに行ったことはある？」

「オースティンって、テキサスの？　ないよ」

「ちょっと考えてみてほしいんだ。どこかに行く途中で寄ったとか。おそらく、あなたたちがサウサリートに引っ越してくる前に。まだシアトルに住んでいたときに……」

「それって、わたしが四歳ぐらいのとき？」

「思い出すのはむずかしいよね」

彼女は顔を上げて、ずっと忘れていたのに重要だから忘れている場合ではないと急に言われた記憶を頭のなかに探っている。でも、見つからなくていら立っているようだ。わたしは彼女をいら立たせたくはない。

「どうしてそんなことを訊くの？」ベイリーが言う。

「今朝、連邦保安官がオースティンから訪ねてきて」わたしは説明する。「お父さんがその街と何かつながりがあって、あなたも行ったことがあるんじゃないかと思っただけ」

「オースティンに？」

「ええ」

ベイリーはじっとして考え込み、何かを思い出そうとしている。

「もしかしたら」彼女が口を開く。「ずっと前だけど……結婚式で行ったかも。まだわたしが小さかったときに。写真のためにポーズを取らされたから、フラワーガールだったんだと思う。そのとき、いまオースティンにいるって誰かに言われたような気がする」

「それはたしかな記憶？」

「たしかじゃないよ」ベイリーが言う。「あなたと同じぐらいわかってない」

「じゃあ、その結婚式でおぼえていることは？」わたしは可能性の幅を狭めようとして、訊いてみる。

「わかんないよ……みんなでそこにいたってことしか、おぼえてない」

「お母さんも一緒だった？」

「うん、そうだったと思う。でも、いちばんおぼえているのはママといたときのことじゃない。わたしはパパと一緒に教会を出て散歩に出かけたの。フットボール・スタジアムに連れていってもらった。ちょうど試合をやっていた。あんなのはじめて見た。巨大なスタジアムで。どこもかしこも明るかった。すべてがオレンジ色だった」

「オレンジ色？」

「オレンジ色の照明に、ユニフォーム。そのころわたしはガーフィールドが大好きだったから、オレンジは好きな色だった。だから……それはおぼえてる。パパがオレンジ色を指さしてガーフィールドみたいだねって言ってた」

「それで、教会にいたのね？」

「うん、教会だった。テキサスでも、そうじゃなくても」彼女は答える。

「でも、その後お父さんに結婚式がどこで行われたのか尋ねなかったの？　細かいことをあとから訊いたりしなかった？」

「訊いてない。なんでそんなことしないといけないの」

「まあ、そうだね」

「それに、わたしが昔のことを話すとパパは傷つくから」

それは意外だ。「どうしてだと思う？」

「わたしがママのことをほとんどおぼえていないから」

わたしは黙り込む。そういえば、オーウェンも同じようなことを言っていた。幼いベイリーが心のなかから母親を消し去ったようだったので、セラピストのところに連れて行ったと。セラピストには、よくあることだと言われたそうだ。オリヴィアと死別した幼いベイリーにとっては親の喪失のショックをやわらげる防御機構なのだと。それなのに、オーウェンはもっと深刻な問題ではないかと考えて、なぜか自分を責めていたようだ。

ベイリーは目を閉じている。母親のことはもちろん、いまや父親のことを思い出すのもつらそうだ。彼女が目をごしごしすると、そこから涙が一筋こぼれ落ちたのをわたしは見逃さない。わたしが見ていることに彼女は気づいている。彼女は孤独を隠そうともしない。その瞬間、わたしもその痛みをよく知っていることに気づく。それを取りのぞくためなら、わたしはなんだってする。ベイリーを助けるためなら。彼女がまた元気になるためならわたしはなんだってする。

「別の話をしない？」ベイリーが言う。それから片手を上げる。「あのさ、やっぱりできないよ。いまは話したくない。何も話したくない」

「ベイリー……」

「だめ。いまはひとりにしておいてくれる？」

それから彼女はベンチの背にもたれかかる。ピザの到着とわたしが去るのを待っているのだ。どちらが先になっても、彼女はその両方を手に入れる。

思いだしたくないものは

ベイリー本人と、ひとりにしてほしいという彼女の希望を尊重して、わたしは家のなかに引っ込む。彼女にこれ以上何かを迫るつもりはない。家のなかに入るよう声もかけない。いま、彼女はわけがわからずに怒っている。父親が自分が考えていたような人だったのか、これまでずっと信じて疑わなかったその人となりをまだ信じていいものか自信をなくしている。穏やかで、やさしくて、彼女のものだった父親。それを疑わざるをえない状況に彼女は憤っている——父親に、彼女自身に怒っている。わたしにはその気持ちがよくわかる。

彼女を守って。

でも何から守ればいいの？　〈ザ・ショップ〉でオーウェンがかかわっていることから？　そこで彼が招いた事態から？　それとも、まったく別の何かからベイリーを守ってほしいの？　いまのわたしには理解できない何かから？　わたしがまだ理解したくないと思っている何かから？

わたしは寝室をうろうろする。ベイリーと対立はしたくない。でも、たぐれる糸があるのなら、引き寄せておかなければ。そうするしかない——オーウェンにまつわる、やさしくてぼんやりとした記憶を振り返ってみる（そして、ベイリーに思いだしてもらう）しか。そうしてわかったことを二十四時間以内のできごとと照らし合わせる。このふたつはどこで交わるのだろう？

ふいに交点がひとつひらめいた。オースティンだ。オーウェンとオースティンのことで、ほかにも知っていることがあった。わたしがサウサリートに引っ越す直前に、オースティンでの仕事の打診があった。ある映画俳優が、ウェストレイク・ドライブのオースティン湖畔にある自宅のランチハウスを改修していたのだ。

元夫の痕跡を一掃したいというのが彼女の要望だった。元夫はモダンなスタイルが好みで、素朴な雰囲気を毛嫌いしていた。それで、彼女のインテリア・デザイナーがわたしの木工作品を置いたらどうかと提案したのだ。でも、彼女は自らかかわりたがった。それはつまり、わたしがオースティンに二週間滞在して、すべてのプロセスを彼女とともに進めないといけないということだった。

一緒にオースティンに行こうという誘いをオーウェンは断った。サウサリートへの引っ越しが遅れるのに、わたしが別の場所に出かけることに彼はいら立っていた。そのせいで、それまでふたりで準備してきた新生活を実際にはじめるのが遅くなるからだ。

わたしだってはやくカリフォルニアに移りたかった。それに、口うるさい顧客と一緒に働くのはそこまで気が進まなかった。だから、わたしはその仕事を断った。とはいえ、オーウェンの態度はどこかおかしかった。威圧的で、焦っているようで、まったく彼らしくなかった。そう話すと、オーウェンは態度がよくなかったとわたしにあやまった。そして、引っ越しのことで不安になっていたのだと弁解した。わたしが家にやってくる状況にベイリーが適応できるか心配だったと。とにかく彼にとってはベイリーがいちばん大切なのだ。彼女を戸惑わせるどんなことにも彼は戸惑った。その不安をわたしはよく理解できた。だから何も言わなかった。

でも、ほかにもオーウェンの態度がおかしくなったことがあった。木工作家のシンポジウムがオースティンで開催されるから一緒に行こうと誘ったあのとき、オーウェンはふと暗い表情になった。あからさまにいやがってはいなくても引いていた。彼はまちがいなく引いていた。だからベイリーだけが理由ではなかったのかもしれない。オースティンそのものと関係する何かが原因だったのかもしれない。わたしにそこで出会ってほしくないものがあったのかもしれない。それは彼が逃げている何かだ。

わたしは携帯電話を手に取ってジェイクにかける。彼は筋金入りのフットボールファンなのだ。大学リーグやナショナル・リーグはもちろん、朝の八時からＹｏｕＴｕｂｅで昔の試合なんかも観ている。

「こっちはもう遅い時間なんだぜ」あいさつのかわりに彼はそう言う。

「オースティンのフットボール・スタジアムについて何か知ってる？」わたしは尋ねる。

「そういう名前で呼ばれていないってことはたしかだ」

「そこのフットボール・チームについては？」

「〈ザ・ロングホーンズ〉のことか？　何が知りたいんだ」

「チームカラーとか」

「どうして？」

わたしは何も言わずにそのまま待つ。

彼はため息をつく。「オレンジと白だ」

「ほんとうに？」

「ああ。くすんだオレンジと白。ユニフォームも、マスコットも、ゴールポストも、エンドゾーンもすべて。スタジアム全体が。あのな、いまこっちは夜中なんだぞ。真夜中すぎだ。おれは寝てたんだ。なんでそんなことを訊くんだ？」

正直に打ち明けたらきっとあきれられるから、言えない。うちに来た連邦保安官はオースティン支部の所属だ。ベイリーにはオースティンを訪れた記憶がある。おぼろげではあるが。それに、オースティンに行こうと誘ったらオーウェンの態度がおかしくなったことが二度あった。わたしがおぼえているだけでも、二度。

わかっているのはオースティンだけなのだと、ジェイクには言いたくない。

わたしは祖父を思い浮かべる。もし彼が生きていて、そばにいてくれたら打ち明けられるのに。彼だったらあきれたりしない。何をすべきなのか、わたしが自分で答えを見つけるまでそばにいて助けてくれる。だからこそ祖父は木工作家としてすぐれていた——木工のなんたるかをわたしに教えてくれた。仕事のことで祖父がいちばん最初に教えてくれたのは、木の塊を望みの形に整えるだけではないということだった。一枚一枚削っていって、木の奥になにが隠されているのか、そのもとの姿を探ることでもあると教えてくれた。それが美しい作品を生み出す一歩なのだと。無から何かをつくりだす一歩なのだと。

もしオーウェンがここにいたら、わかってくれるだろう。彼にも打ち明けられるだろう。きっと彼ならわたしを見て肩をすくめる。そして、〝失うものなんてあるのか？〟と言うだろう。わたしを見てわかってくれる——もう決心したのだと。

彼女を守って。

「ジェイク？　またかけるね」わたしは言う。

「明日にしてくれ！　電話なら明日に」

わたしは通話を終え、外に出る。さっきと同じところにベイリーが座っている。入り江を見つめ、まるで自分のもののようにワイングラスに口をつけている。

「何をしているの？」わたしは声をかける。

ワイングラスがほぼ空だ。わたしがそこを離れたときは、なみなみと注がれていたのに。いまではほとんど残っていない。彼女の唇にワインがついていて、口角が赤く染まっている。

「いけない？」ベイリーが言う。「ちょっと飲んだだけだよ」

「ワインのことじゃない」

「じゃあ、どうしてそんな風にわたしを見るの？」ベイリーが言う。

「家に戻って荷づくりをして」

「どうして？」

「あなたが言っていたことを、あの結婚式のことを考えていたの。オースティンのことをね。それで、行かなくちゃと思った」

「オースティンに？」

わたしはうなずく。

ベイリーは戸惑ってわたしを見る。「そんなの、どうかしてるよ。オースティンに行って何かいいことがあるの？」

彼女に正直に打ち明けられたらいいのに。祖父の言葉を教えて、これは一枚一枚削って探るようなものだと説明したら、わかってもらえるだろうか？　わかってもらえるとは思えない。それに、これまでにつかんだことをつなぎ合わせても、せいぜいぎこちない説明になるだけで、彼女は反発してついてきてくれないだろう。

だから、彼女にも受け入れられそうな、ほんとうのことを言おう。こういうときに彼女の父親なら言いそうなことを。

「ここでじっとしているよりましでしょ」わたしは言う。

「学校はどうするの」彼女が言う。「明日は休むの？」

「どうせ明日は行かないって言ってたじゃない」わたしは言う。「さっきそう言ったばかりだったよね」

「うん」ベイリーが答える。「そんな気がする」

わたしはすでに家のなかへと向かっている。すっかりその気になっている。

「じゃあ、準備して」

第二部

樹種によって特徴的な木目や色味があり、ボウルを削り出しているとそれらがあらわになるのです。

——フィリップ・モールスロップ

変わり者でいこう

午前六時五十五分サンノゼ空港発の便にわたしたちは搭乗する。

オーウェンが仕事に出かけてから四十六時間、彼と最後に言葉を交わしてから四十六時間がすぎた。

わたしはベイリーに窓側の席を譲り、自分は通路側に座る。飛行機後方のトイレに向かう乗客が身体を押しつけてくる席だ。

ベイリーはできるだけわたしから離れて窓にもたれかかり、胸のところで腕をぎゅっと組んでいる。ロックバンドの〈フリートウッド・マック〉のタンクトップ姿で、スウェットシャツを着ていないから両腕に鳥肌が立っている。

寒いのか、機嫌が悪いのかよくわからない。その両方かもしれない。これまで一緒に飛行機に乗ったことがなかったから、手荷物にスウェットシャツを入れておくよう注意するのを思いつかなかった。言ったところで、わたしからのアドバイスは聞いてもらえないだろうが。

それでも、ふと、こういうことがオーウェンの犯した最大の罪だという気がする。姿を消す前にどうして基本的なことを教えておいてくれなかったのだろう。ベイリーと接するときの基本的なルールをなぜ用意しておいてくれなかったのか。ルールその一、飛行機に乗るときはスウェットシャツを手荷物に入れるよう注意すること。長袖を着るように言っておくこと。

ベイリーは窓の外ばかり見て、わたしと目を合わせないようにしている。話す気はないと、態度で示している。それで、わたしは自分のノートにメモをとりはじめる。作戦を練ろう。現地時間の午後零時半に到着予定だから、オースティンのダウンタウンにあるホテルにチェックインするころには二時近くになっているはずだ。

オースティンにくわしかったらよかったのだが、大学四年のときにいちど行ったきりだ。ジュールズがそこではじめて写真撮影の仕事を依頼されて（八十五ドルの報酬とホテルの宿泊料が支払われた）、わたしも誘われたのだ。仕事の内容は、《オースティン・クロニクル》が主催する毎年恒例のホットソース・フェスティバルのようすをボストンのフードブログのために撮影することだった。わたしたちはオースティンに滞在中、ほぼすべての時間をそのフェスティバルで過ごし、多種多様なスパイスのきいたリブ肉やフライドポテト、燻製野菜、唐辛子ソースで口のなかをひりひりさせた。ジュールズが撮影した写真は六百枚になった。

オースティンを発つ直前にようやくわたしたちはイースト・オースティンにあるフェスティバル会場を抜け出せた。そして、街並みの眺めが素晴らしい丘を見つけた。高層建築と同じぐらいたくさんの木があって、空には雲はほとんどなく晴れ渡っていた。湖畔の心地よさも手伝い、都市というよりスモールタウンのような雰囲気だった。

卒業後はオースティンに引っ越そうと、そのときジュールズとわたしは誓いあった。生活費はニューヨークより断然安く、ロサンゼルスよりものんびり暮らせる。実際に卒業するときになってその計画をまともに考えたわけではない。でも、そのとき、オースティンの街を眺めていたらそんな気持ちになった。わたしたちの未来を眺めている気分だった。

こんな未来はまったく予想していなかったけど。

わたしは目を閉じて、頭のなかに繰り返し浮かんで苦しくなる疑問に呑みこまれまいとする。その答えが知りたくてたまらない。オーウェンはどこにいるの？　なぜ逃げないといけないの？　彼が伝える勇気がなかった、わたしがわかっていないことは何？

それもあって、いまこの飛行機に座っている。わたしが家を離れたら、宇宙のどこかで何かが変化してオーウェンが戻ってくることになり、答えを教えてくれるのではないかと妄想している。やかんから目を離したとたんに沸騰するように、世のなかはそういう仕組みになっているんじゃなかった？　わたしがオースティンに到着したらすぐにオーウェンからのメッセージが届いて、いまどこにいるのかと訊かれ、誰もいないキッチンに座ってわたしたちを待っていると言われるはず。その逆ではなくて。

「お飲み物はなんになさいますか？」顔を上げると、飲み物をのせた銀色のカートを引いた客室乗務員が通路に立っている。

ベイリーはあいかわらず窓の外を見ていて、紫のポニーテールだけがこちらを向いている。

「普通のコーラで」彼女は言う。「氷は多めで」

わたしは肩をすくめてベイリーの無礼をわびる。「わたしはダイエットコーラで」

客室乗務員は気にするようすもなく、ただ笑う。そして、「十六歳ですよね？」とささやく。

わたしはうなずく。

「わたしにも十六歳の子がいるんですよ」彼女が言う。「しかも双子なんです。もちろん、よくわかりますとも」

すると、ベイリーが振り向く。

「わたし、この人の子じゃありません」

ほんとうのことだ。以前も、何かの記録を訂正しようとして、ベイリーがそう言ったことがあったかもしれない。でも、いまそう言われると、そのときとはちがって、わたしは突き刺さった痛みを顔に出さないでおくのに苦労する。そんな風に言われたことだけが問題なのではない。そう言った直後に、いまや頼れる大人がわたししかいないこの状況では、わたしをきらったり、邪険にしたりしたところでまったくおもしろくないと、彼女が痛々しくも気づくことがわかっているからつらいのだ。

それに気づいた彼女の顔がこわばる。わたしは何も言わずに、前の座席についているテレビの画面を見つめている。ドラマの『フレンズ』が無音で映し出されていて、レイチェルとジョーイがホテルの一室で唇を重ねている。

わたしはベイリーが気落ちしていることには気づかないふりをするが、ヘッドフォンはつけないままでいる。必要なときはいつでもそばにいると彼女に知らせ、ひと息つける空間を与える、わたしなりの精一杯の思いやりだ。

ベイリーは何も言わずにしばらく鳥肌の立った腕をこすっている。そして、ようやくコーラに口をつけたかと思うと、顔をしかめる。

「あの人、わたしたちの飲み物をまちがえたみたい」ベイリーが言う。

わたしは振り向いて彼女を見る。「そっちは何？」

ベイリーは氷がたくさん入ったカップを持ち上げる。コーラがなみなみと注がれている。

「これ、ダイエットだよ。あの客室乗務員、あなたのをわたしに出したんだ」

ベイリーがわたしにそのカップを差し出したとき、わたしは驚きの表情を見せないようにする。反論もしない。わたしはベイリーに自分のカップを渡して、彼女が口をつけるまで待つ。

正しい飲み物を取り戻してほっとしたかのようにベイリーはうなずく。ただし、客室乗務員ははじめから正しい飲み物を渡したとふたりともわかっている。ベイリーがわたしたちのあいだに流れる緊張をやわらげようとしてひと芝居打ち、わたしたちは飲み物を交換したまでだ。

これがベイリーなりの歩み寄り方なら、わたしはその先で彼女を迎えよう。

コーラに口をつける。「ありがとう。なんだか変な味がするなって思ってたの」

「大丈夫だって……」ベイリーはそう言って、また窓の外を見る。「たいしたことじゃないし」

空港でウーバーの車に乗り込み、わたしは携帯電話でニュース記事をスクロールする。〈ザ・ショップ〉の記事は、CNNのサイトにも、《ニューヨーク・タイムズ》にも、《ウォール・ストリート・ジャーナル》にも出ている。最近の記事は、証券取引委員会が開いた記者会見についてのものが多く、〝〈ザ・ショップ〉は完全廃業の見通しか〟というような目を引く見出しがついている。

《ニューヨーク・タイムズ》の最新記事のリンクをクリックする。民事詐欺の容疑でアヴェット・トンプソンを告訴するという証券取引委員会の発表が報じられている。その記事で、〈ザ・ショップ〉の幹部社員と経営陣も参考人になる見通しが濃厚だというFBI関係者の言葉が引用されている。

オーウェンの名前は出ていない。とりあえず、いまのところは。

ウーバーの車はプレジデンシャル大通りに入り、コングレス・アヴェニュー・ブリッジの近くの、レディ・バード湖のそばにあるホテルへと向かう。オースティンの中心街から橋を渡ったところにある、街の喧騒から離れたホテルだ。

わたしはバッグを手に取って、ホテルの予約情報が印刷してある用紙を取り出し、ざっと目を通す。ジュールズの本名、ジュリア・アレクサンドラ・ニコルズがこちらを見返している。用心のために、ジュールズのクレジットカードで予約を取ったほうがいいと彼女に言われたのだ。さらなる安全策として、誰かに追跡されている場合に備え、わたしの財布のなかにはジュールズのクレジットカードと身分証明書が入っている。

もちろん、オースティンへのフライトの記録は残る。ジュールズが自分のクレジットカードを使って飛行機を予約してくれたが、航空券にはわたしたちの本名が記載されている。誰かがその気になれば、オースティンに到着したところまでは、はっきりと足取りをたどれる。でも、オースティンにいるとわかっても、市内のどこにいるかまではわかってもらわなくてもいい。ドアを開けたらそこにつぎなるグレイディやナオミが立っている事態はこれ以上ごめんだ。

運転手（バンダナを巻いた若者）が、バックミラーでベイリーをちらちら見ている。ベイリーと歳もあまり離れておらず、さっきからずっと目を合わせようとしている。気を引きたいのだ。

「オースティンははじめて？」運転手がベイリーに訊く。

「ええ」ベイリーが答える。

「これまでの印象は？」彼が言う。

「空港を出てからまだ十四分なのに？」彼女が言う。

運転手が笑う。ベイリーがジョークを言っていて、彼と話したがっていると勘ちがいしたようだ。

「ぼくはここで育ったから」彼が言う。「街のことならなんでも聞いてよ。期待以上の情報を伝えられるから」

「それはすごいね」ベイリーが言う。

ベイリーに話す気はまったくないということが、わたしにはよくわかる。それで、のちのち得るものがあるかもしれないから彼に話しかける。

「ここで育ったの？」

「生まれも育ちもオースティンです。ここがまだスモールタウンだったころからずっと住んでます」彼が言う。「いろんな意味でここはいまでもスモールタウンですけど、人がとにかくたくさん増えたし、高層建築も増えましたね」

車がハイウェイに入り、オースティンの街並みが見えてくると胸に迫るものを感じる。はじめからこういう計画だったのに、窓の外の見知らぬ街を眺めていると、ひどくばかげたことをしている気分になる。

運転手は窓の外の高層ビルを指さす。

「あれはフロストバンクタワーです。かつてはオースティン一の高さを誇るビルでした。いまではトップ5にも入らないんじゃないかな。聞いたことありますか？」

「はじめてよ」わたしは答える。

「そうなんですね。あのビルには不思議な話があるんですよ。ある角度から見ると、フクロウみたいに見えるんです。フクロウそっくりにね。ここからだとわかりにくいですけど、いったんわかるとすごいですよ……」

わたしは窓を開けてそのビルを眺める——階段状になった最上部が耳のようで、二つの窓が目のようだ。たしかにフクロウに似ている。

「ここはテキサス大学の街なんです。でも、かかわった建築家はみなライス大学の卒業生で、フクロウはライス大学のマスコットなんです。だから、テキサス大のマスコットのロングホーンと関係者への当てつけみたいなものです」彼が説明する。「そんなのは陰謀論だと言う人もいますけど、見てくださいよ。フクロウにしか見えないじゃないですか。偶然じゃないですよね？」

車がサウス・コングレス・ブリッジに差し掛かると、宿泊先のホテルが遠くに見えてくる。

「テキサス大の見学に来たの？」運転手が尋ねる。またしてもバックミラーで目を合わせようとしながらベイリーに訊いている。

「そういうわけじゃない」ベイリーが口を開く。

「じゃあ……ここには何をしに？」

彼女は答えない。これ以上話しかけられないように、窓を開けている。そんな彼女をわたしは責められない。この街にいる理由を他人にすらすらと説明できなくてもしかたがない——ここに前に来たことがあるかどうか確かめるために、失踪した父親の手がかりを求めて来たとは言えるはずもない。

「ただオースティンが好きなんですよ」わたしは言う。

「そうこなくっちゃ」運転手が言う。「ちょっとした気晴らしですね。いいですね」

車がホテルに入ると、完全に止まらないうちからベイリーがドアを開ける。

「ちょっと待って！　電話番号を教えるから。街にいるあいだに、案内できることがあるかもしれない」

「ないよ」ベイリーが言う。

それから肩のところでバッグをかけ直す。そして、ホテルのエントランスに向かって歩いていく。

わたしはトランクからスーツケースを出して彼女を追いかける。回転ドアのところで追いつく。

「あの人、すごくうざかった」ベイリーが言う。

彼はただ親切にしようとしていただけだと言いかけたが、彼女はそんな親切さには興味がないのだ。それに、わたしだって受けて立つ戦いは選ばなければ。これは応戦するほどのことでもない。

ホテルに入り、ロビーを見渡す。天井が高い吹き抜け、バー、隅にはスターバックスがある。それに何百もの客室。希望したとおりの、なんの変哲もないホテル。まぎれ込むには格好の場所だ。ただし、少々長めにきょろきょろしてしまったらしく、ホテルの従業員と目が合う。

〝エイミー〟という名札をつけた、ショートボブの女性だ。

フロントの列に並んだが、手遅れだった。満面の笑みを浮かべて彼女がこちらに歩いてくる。

「こんにちは。コンシェルジュのエイミーです。オースティンへようこそ！　チェックインをお待ちのあいだに、何かお役に立てることはありますか？」

「けっこうです。でも、大学のマップなんかあります？」わたしは言う。

「テキサス大学オースティン校の？　もちろんございます。キャンパス・ツアーもご用意できますよ。それに、そちらに行かれるのなら、ぜったいに寄っていただきたい素晴らしいカフェがあるんです。コーヒーは飲まれます？」

エイミーにつきまとわれ、ぺちゃくちゃ話しかけられているのはわたしのせいだと言わんばかりにベイリーが視線をよこす——おそらく彼女はまちがっていない。うるさいエイミーの申し出を断らずに、マップが欲しいと言ったのはわたしだ。でも、どうしてもほしかったのだ。マップを手にしていたら、少しは自分のしていることがわかっているように見えるから。

「大学までのシャトルサービスの予約をいたしましょうか？」

列の先頭まで来ると、スティーヴという名のフロント係がレモネードのグラスを二杯差し出す。

「やあ、エイミー」

「スティーヴ！　いまこちらのお客さまに大学のマップとおいしいミルクコーヒーをご案内しようとしていたところよ」

「素晴らしい」スティーヴが言う。「それでは、わたしはお部屋でくつろげるようにいたしましょう。どのようなご用件で、このような世界の果てまでいらっしゃったんです？　こちらをお気に入りの場所にするために、わたくしどもでお手伝いができることはございますか」

そこでベイリーが限界に達した。彼女はあきらめて、さっさと離れていく——スティーヴがとどめの一撃となった。立ち去るときにこれで最後だという顔をわたしに向けて、エレベーターの並びに向かって歩いて行く。それまでのやりとりや、家から遠く離れたこと、そもそもオースティンにいるという、彼女にはどうにもできないことにたいする非難の表情。機内で友好的に振舞おうとしたわたしの努力は水の泡となった。

「それではニコルズさま、レディ・バード湖の眺めが素晴らしい八階のお部屋にお泊まりいただきます」スティーヴが言う。「お部屋に入られる前に、旅の疲れを癒したいというご希望があれば、ホテル内に極上のスパもございます。それとも、遅い昼食をご用意しましょうか？」

わたしは降参して両手を上げる。

「スティーヴ、ルームキーを渡して」わたしは言う。「ルームキーだけでけっこう。できるだけ早くお願いね」

わたしたちは部屋に上ってスーツケースを置く。腹ごしらえをする時間はとらない。午後二時半にホテルを出て、コングレス・アヴェニュー・ブリッジまで戻る。歩いていくことにする。ベイリーに記憶があるとしたら、時間をかけて歩けばそのうち何かがよみがえるかもしれない。このまま歩きつづければ中心街を抜けて、市内で唯一のフットボール・スタジアム、ダレル・K・ロイヤルスタジアムのあるテキサス大キャンパスにたどりつく。

橋を渡り終えると、目の前にオースティンの中心街が広がる。まだ午後の早い時間なのに、にぎやかでせわしない雰囲気だ。ふと、もう夜なのではないかと錯覚する――音楽が流れ、バーは開いていて、ガーデンレストランは客でごった返している。

ベイリーはうつむいて携帯電話ばかり見ている。周囲に注意を向けずに、どうやって思いだすのだろう。五番通りで歩行者信号の〝止まれ〟のサインが点滅していたので立ちどまり、ようやく顔を上げる。

そのとき彼女がはっとしたのをわたしは見逃さない。

「どうしたの？」

「べつに」

彼女は首を振る。それでも、じっと見つめている。

視線の先には、青い文字で〈アントンズ〉と書かれた看板がある。下に〝ホーム・オブ・ブルース〟とある。入口のところでカップルが身を寄せ合い、セルフィーを撮っている。

ベイリーはそのクラブを指さす。「パパはジョン・リー・フッカーのレコードをたしかにあの店で買ってた」

それはほんとうだと、わたしにはすぐにわかる。そのアルバムのジャケットが頭に浮かぶ――表には流れるような書体の〈アントンズ〉のロゴがついている。帽子をかぶり、サングラスをかけたフッカーが、ギターを手にしてマイクに向かって歌っている。わたしは先週のある晩のことを思いだす（つい一週間前だなんて）。ベイリーは劇の練習で出かけていて、家にはわたしとオーウェンのふたりきりだった。オーウェンはギターをかき鳴らしていた。歌の内容は思いだせないが、歌っている彼の顔なら思いだせる。

「ええ、そうね」わたしは言う。「あなたは正しい」

「たいしたことじゃないって」ベイリーが言う。

「でも何がたいしたことなのか、まだわからないでしょう」わたしは言う。

「それって、元気づけてくれてるの？」

元気づける？　つい三日前、わたしたちはそろってキッチンにいた。この現実から百万キロ彼方のできごとのようだ。ベイリーはボウルに入ったシリアルを食べながら、週末の予定について父親と話していた。ボビーがモントレー周辺で自転車の遠乗りをしたがっていて、一緒に半島の先までドライブしていいかと訊いていた。すると、オーウェンは〝みんなで行ったらいいじゃないか〟と答えていた。意外な提案にベイリーは目をぐるっと回したが、前向きに考えているようだった。こっちに戻ってくる途中で〈カーメル〉に寄ろうとオーウェンが提案したからなおさらだった。サウサリートに越してきた直後からベイリーをしょっちゅう連れていく、その海辺の小さなレストランでクラムチャウダーを食べたいというのが彼の希望だった。

それが三日前のことだ。いま直面している新しい現実にオーウェンの姿はなく、わたしたちは時間をかけて彼の居場所を突きとめようとしている。それに失踪の理由も。この新しい現実で数々の疑問を解消しても、わたしが信じてきたオーウェン像はあまり変わらないはずだと思うのはまちがっているのかもしれないと、気持ちがぐらつく。

別に元気づけようとしているわけじゃない。わたしだって怒っていることをベイリーに悟られたくなくて、あたりさわりのないことを口にしているだけだ。

信号が切り替わったのでわたしは通りをさっさと渡り、コングレス・アヴェニューに入って歩くスピードを速める。

「ついてきて」わたしは言う。

「どこに行くの？」ベイリーが尋ねる。

「ここよりはましなところ」わたしは答える。

約一時間後、わたしたちは都心をぐるっと回り、サンジャシント大通りに入る。すると、スタジアムが見えてくる。数ブロック離れているのに、巨大で圧迫感のある建物だ。

そちらに向かって歩いていると、途中でケイヴン・クラーク・スポーツセンターが現れる。オレンジ色のラインが入った、似たような雰囲気の建物が立ち並ぶ、クラーク競技場や広大な競技用トラックを備えた学生向けのレクリエーション・センターのようだ。学生たちはタグフットボールをしたり、階段を全速力で駆け上がったり、ベンチでくつろいだりしている。キャンパスのこのあたりは周囲とはへだてられるいっぽうで街に溶け込んでもいる。街とキャンパスが渾然一体となっているのだ。

わたしはキャンパスマップに目を落として、最寄りのスタジアム入り口へと向かう。

すると、ベイリーの足が突然止まる。「こんなことしたくない」

わたしは彼女と目を合わせる。

「スタジアムに行ったたって、どうなるの？　それで何がわかるの？」

「ベイリー」

「ほんと、わたしたちこんなところで何してんの？」

わたしが昨晩遅くまで幼少期の記憶や忘却のメカニズムについて読んでいたと伝えたところで、ベイリーは心を動かされないだろう。記憶を取り戻す方法についても調べていた。その場所に戻り、はじめて訪れたときと同じ体験をすれば記憶はよみがえりやすい。だから、わたしたちはこうしてここにいる。ベイリーの勘を追跡している。以前ここに来たという彼女の記憶がたよりなのだ。それと、グレイディ・ブラッドフォードがどこから来たかに気づいた瞬間に、ここに来るべきだと判断したわたしの勘も。

「〈ザ・ショップ〉以外にも、あなたのお父さんがわたしたちに黙っていたことがあるみたいなの」わたしは言う。「それがなんなのか確かめたい」

「そんなの無謀としか思えない」ベイリーが言う。

「あなたが思いだしてくれたらそれだけ無謀じゃなくなる」わたしは言う。

「じゃあ……わたし次第ってこと？」

「いや、わたし次第よ。あなたをここに連れてきたのがそもそもまちがいなら、それはわたしのせいだから」

ベイリーは黙り込む。

「まあ、なかに入るだけでも入ってみたら。それはできる？」わたしは声をかける。「せっかくここまで来たんだし」

「わたしに選べるの？」ベイリーが言う。

「もちろん」わたしは言う。「どんなときも。わたしといるかぎり、あなたはいつでも自分で選べる」

彼女の表情がさっと変わる――わたしが本気でそう言っているのが意外なのだ。そう、わたしは本気だ。わたしたちはいま、いちばん近いスタジアムの入口、二番ゲートから三十メートルのところまで来ている。それでも、ベイリー次第だ。彼女がそのまま背を向けても止めたりしない。わたしがこういう態度でいれば、ベイリーは自力で前に進めるはず。そういう子だから。

ベイリーがゲートに向かって歩きだしたので、わたしは達成感を味わう。つづけてうまい具合にことが運ぶ。ちょうどスタジアム・ツアーの参加者が集まっていたので、わたしたちはそのグループについていき、やる気がなさそうな学生が担当するセキュリティチェックを難なく通過した。

「ダレル・K・ロイヤルスタジアムへようこそ」ツアーガイドがあいさつする。「今日みなさんをご案内するエリオットです。それでは、こちらへ！」

エリオットはグループをエンドゾーンへと案内し、参加者がスタジアム全体を眺められるように少し時間を取った。圧巻の眺めだ。十万人以上のファンのための座席が並び、フィールドのいっぽうの端には〝テキサス〟と、反対側には〝ロングホーンズ〟とある。広大なスタジアムは壮観で、いちど見たらぜったいに忘れられない場所だという気がする。幼い子ならなおさらだ。

グループを誘導しながら、試合が行われる夜のようすをエリオットが説明する――得点が入るたびに大砲が放たれ、ほんものの雄牛のマスコットのビーヴォは、テキサスのカウボーイたちにつき添われてフィールドまでやってくる。

エリオットがひとしきり説明を終え、グループを報道関係者席へと案内しだすと、わたしはここに残ろうとベイリーに目配せして、屋根のついていない観覧席へと向かう。

わたしが最前列に腰を下ろすと、ベイリーもそれにつづく。わたしはフィールドを見つめながら、目の端でベイリーが腰を下ろすのを確認する。席についたベイリーは背筋をすっと伸ばす。

「ほんとうにここに来たのか、よくわからない」ベイリーが言う。「わかんないよ。でも、わたしもいつかパパみたいにフットボールが大好きになるって言われたのはおぼえてる。マスコットの牛をこわがらないでとも言われた」

それは妙だ。牛のことならいかにもオーウェンらしい。でも、フットボールを好きになると言ったなんて。オーウェンはフットボールには見向きもしない。とにかく、彼とつきあいだしてから、彼が試合を最後まで観たことはほとんどない。週末の午後がフットボール観戦で潰れたことはない。月曜日の夜に試合のおさらいをすることもない。ジェイクと暮らしていたころからの新鮮な変化だった。

「でも、わたしの記憶がまちがっているのかも」ベイリーが言う。「パパはフットボールは好きじゃなかったよね？　だって……試合も観てなかったし」

「わたしも同じことを考えていた。でも、好きだったのかもよ。あなたにもファンになってほしいと願ったそのときは」

「わたしが小さかったころ？」

わたしは肩をすくめる。「あなたを〈ロングホーンズ〉のファンにできると思ってたんじゃない？」

ベイリーはフィールドに背を向ける。これ以上思いだすものは何もないようだ。「きっとそうだったんじゃないかな。フットボール全般じゃなくてさ。パパはこのチームが好きだったんだ」

彼女はそこで言葉を切る。「それか、ユニフォームがオレンジ色のほかのチームを……」

「ここがそのときの場所だと思って、わかることをすべて教えてくれる？」わたしは言う。「ここには結婚式のあとで来たの？　夜になっていた？」

「ううん、ここに来たのはまだ午後だった。それに、わたしはドレスを着たままだった。フラワーガールのドレスをね。それはおぼえてる。もしかしたら、結婚式からそのまま来たのかも。式が終わったあとで」

彼女はそこで言葉を切る。

「すべてがわたしの想像じゃなきゃね。それでもおかしくないけど」

ベイリーのいら立ちが伝わってくる。サウサリートにいても思いだすことはできただろう。動いたらいけなかったのかもしれない。オーウェンが消えて空っぽになった、わたしたちのフローティング・ホームから。オーウェンのいないわびしい空間にふたりでとどまっていればよかったのかも。

「なんて説明したらいいのかな」ベイリーが口を開く。「結局どんなスタジアムに来たって、同じ気持ちになったと思う」

「でも、ここに見おぼえがあるんでしょう？」

「うん、なんとなく」

そのとき、ふとひらめく。とっさの思いつきだが、ベイリーの返答次第ではその先の展望が開ける。

「それで、ここまで歩いてきたの？」

ベイリーは怪訝な顔をする。「うん、あなたとね」

「ちがう、ちがう。さっき結婚式から歩いてきたと言ってなかった？　お父さんと一緒にいたあの日。それがここだと思って……」

おかしなことを訊かないでほしいと言わんばかりに、ベイリーは首を振る。でも、それからはっと目を見開く。「うん、歩いてきた気がする。ドレスを着たままだったから、きっと教会からそのまま来たんだ」

話しているうちにつくられた記憶なのかどうか、わたしには判断できないが、ベイリーが急にしっかりした口調になる。

「パパとたしかにここに来てる。式が終わったあとで、ちょっと試合をのぞきにきたんだ。ここまで歩いて。はっきりおぼえてる……」

「じゃあ、この近くのはずね」

「何が？」ベイリーが尋ねる。

わたしはマップを見て、そこに記載された候補を確認する。ここからそう遠くないところにカトリック教会がひとつと、聖公会の教会がふたつある。もっと近くにシナゴーグがひとつ。ここに来る前にオーウェンがベイリーを連れていった場所はこのどれでもおかしくない。

「ところで、どういう式だったかまではおぼえていないよね？　どんな宗派のものだったとか」

「それ、冗談だよね？」

冗談なものか。「まあ、そうだけど」わたしは答える。

ツアーガイドは不要

わたしはマップ上の教会を丸で囲んで、別の出口からスタジアムの外へと出る。階段を下って、テキサス大のマーチングバンドをたたえる像と、その背後のエター・ハービン同窓生センターを通りすぎる。

「待ってよ」ベイリーが言う。「もうちょっとゆっくり……」

わたしは振り向く。「どうしたの？」

ベイリーはその建物を見上げている。正面には〝同窓生の家〟とある。

それからベイリーはスタジアムのほうへと戻りだす。「この風景には見おぼえがある」彼女は言う。

「まあ、ゲートなんてどこも似たりよったりだから」

「ちがう。ここの風景全体に見おぼえがある感じ」ベイリーが言う。「キャンパスのこのあたりに。ここにはなんどか来たことがある気がする。前にもここにいたことがあるって、感じるの」

ベイリーはあたりをきょろきょろ見渡す。

「わたしがどこにいるのか確認させて」ベイリーが言う。「なぜこのあたりを知ってる気がするのか考えさせて。それが目的なんだよね？　わたしに見おぼえのあるものが、ここにあるはずなんでしょう？」

「わかった」わたしは言う。「ごゆっくり」

ここで時間を無駄にしたくないが、わたしはベイリーのあと押しをする。でも、閉まってしまう前に教会に行っておきたい。誰か話の聞ける人を見つけたい。

わたしは無言で携帯電話に目を落とす。そして、頭のなかで時間の流れを整理する。ベイリーが何か思いだしかけていて、わたしたちの推測がそんなに外れていなければ、ベイリーがここに来たのは二〇〇八年のはずだ。当時、ベイリーとオーウェンはまだシアトルに住んでいて、オリヴィアも生きていた。ベイリーとオーウェンがサウサリートに引っ越したのはその翌年だ。それに、二〇〇八年以前だったら、ベイリーは幼すぎてほとんど何もおぼえていないだろう。

だから、二〇〇八年がいちばんあやしい。ベイリーの言っていることが正しいのなら、その年に彼女はここにいたはずだ。わたしはフットボールの試合のスケジュールを検索する。十二年前のホームゲームのスケジュールを。

スケジュールが画面に表示されるのと同時に携帯電話が鳴りだす。発信元は〝非通知設定〟だ。わたしは携帯を手に持ったまま途方に暮れる。オーウェンかもしれない。でも、知らない番号からかかってきたら出ないほうがいいとジェイクに忠告された。電話に出るのは危険かもしれない。誰からかかってきたのであれ、さらなるやっかいごとが持ち込まれるかもしれない。

ベイリーがわたしの携帯を指さす。「それ、出ないの？　ずっと見てるつもり？」

「迷ってる」わたしは答える。

でも、オーウェンだったらどうしよう？　万が一ということがある。わたしは〝応答〟をタップする。でも、そのまま何も言わずに、相手が何か言うのを待つ。

「もしもし、ハンナ？」

電話の向こうにいる女は舌足らずな甲高い声で、いら立っている。声だけで誰かわかった。

「ベル」わたしは言う。

「まったく、ひどい話よね」ベルが話しはじめる。「頭にくるったらありゃしない。あなたは大丈夫？　オーウェンの娘さんはどうしてる？」

ベルなりにやさしい言葉をかけようとしている。でも、ベイリーを名前で呼ばない。名前が思いだせないから、〝オーウェンの娘さん〟と言う。彼女にとってはおぼえる価値のない名前なのだ。

「あの人たち、こんなことしていないのに……」ベルは言う。

あの人たち。

「ベル、ずっと連絡しようとしていたの」わたしは言う。

「わかってる。何がなんだか、あなたもわからないでしょう。わたしもよ。わたしなんて、前科者みたいにセント・ヘレナで足止めをくらってる。玄関の外には撮影班が陣取ってるわ。家から出られないのよ！　食べ物を確保するために、〈ブション〉のローストチキンとチョコレートスフレをアシスタントに運んでもらってる」彼女は言う。「あなたはいま、どこにいるの？」

わたしははぐらかそうとするが、その必要はなかった。ベルは答えを待っていなかったから。

彼女はただ話したいだけなのだ。

「ほんと、こんなことばかげてる」ベルが言う。「アヴェットは起業家であって、犯罪者じゃないんだから。それにオーウェンは天才よ。ま、言わなくてもあなたはわかっているでしょうけど。

まったく、どうしてアヴェットがこんなことしなくちゃいけないわけ？　自分の会社からお金を横領するなんて。彼が興《おこ》した八番目の会社なのよ？　これだけ長くキャリアを積んで、いまさら価値の水増しだの虚偽報告だの横領に手を染めるようになったとでも言うの？　ほかにも彼がやったと言われていることを？　かんべんしてよね。お金なんて途方に暮れるほどあるんだから」

ベルは激しい口調でまくし立てる。だからと言って、彼女が触れないことや彼女が認めたくない事実が変わるわけではない。アヴェットはこれまで成功を重ねて思い上がっているから、今回の失敗を認めたがらないとも言える。

「ようするに、仕組まれたのよ」ベルが言う。

「いったい誰に？」

「そんなの知らないわよ。政府とか？　ライバルとか？　市場への一番乗りをもくろむ金の亡者とか。アヴェットはそう考えている。わたしたち、こんなことでへこたれないから。アヴェットはこれまでずっと頑張ってきたんだから、不正会計ぐらいでだめになったりしない」

その瞬間、パティ、カール、ナオミなどの他人がわたしと話している最中に聞き取っているにちがいないことをわたしは察知した。どうかしている。ベルは支離滅裂だ。きっと窮地に追い込まれると自制がきかなくなるのだろう。それで、他人と意味の通った会話ができなくなる。

「つまり、いま起きていることは、誰かが仕組んだか、会計ミスだと思っているのね？」わたしは少し間を置く。「それとも、アヴェット以外の人たちの責任だと言っているの？」

「なんですって」ベルが言う。

彼女は怒っている。でも、かまうもんか。彼女と話して時間を無駄にしている場合ではない。彼女が電話をかけてきたのは、わたしに何かを要求したいからだ。あげられるものなんて、もう何も残っていないのに。

ベイリーを見ると、不思議そうな目つきでこちらを見ている。わたしの口調がだんだんとげとげしくなるのはなぜか、父親の件とはどんな関係があるのか疑問に思っているだろう。

「もう行かなくちゃ」わたしは言う。

「ちょっと待って」ベルが言う。そのときようやくベルはそれを持ちだした。真の用件を。「アヴェットの弁護士がオーウェンと連絡がつかなくてこまっているの」ベルが言う。「わたしたちは確認したいだけ、はっきりさせておきたいの……彼、法執行機関に話したりしてないわよね？　そんなことされたらみんなこまったことになる」

「アヴェットがまちがったことをしていないのなら、オーウェンが何を話しても問題ないでしょう？」

「いい子ぶるのはやめて。世のなかはそんな風に回ってないんだから」ベルが言う。

アイランド型調理台のところで、わたしが製作したスツールに腰掛けたベルがあきれて首を振り、いつもつけているゴールドのフープイヤリングが頬の上部に当たっているのが見えるようだ。

「じゃあ、どういう風に回っているの？」

「それは……罠が仕掛けられたり、自白を強要されたりとか。オーウェンはそんなこともわからないの？」彼女はそこで言葉を切る。「彼は警察と話しているの？」

彼がわたしとは話していないってことしか、わからない。ベルにそう言ってやりたい。でも、その言葉は飲み込む。彼女に教えることなど何もない。いまや、わたしたちの立場はちがうのだ。ベルはアヴェットの身の安全を心配していない。政府にはめられたのかだとか、アヴェットが有罪なのか思い悩んだりもしていない。夫は有罪だとわかっているのだ。彼女の狙いは少しでも引きのばすこと。ベルはすべきことをしているだけで、アヴェットが自分の行いの報いを受けるのを阻止したがっている。

いっぽう、わたしはどうしたらベイリーがその報いを受けずにすむのか頭を悩ませている。

「アヴェットの弁護士がなるべく早くオーウェンと話したがっているの。つじつまを合わせるためにね」ベルが説明する。「あなたに助けてもらえないかと思って。こういうときは団結しなきゃ」

わたしはそれには答えない。

「ハンナ？　まだそこにいる？」

「いいえ」わたしは答える。「もういない」

それから通話を終了する。そして、テキサス大学オースティン校の、過去のフットボール試合一覧に戻る。

「誰だったの？」ベイリーが尋ねる。

「まちがい電話だった」わたしは答える。

「最近ベルはそう呼ばれてるの？」ベイリーが言う。

わたしは彼女を見上げる。

「なんでしらばっくれるの？」ベイリーが言う。

ベイリーは怒っているし、おそれている。そしてまちがいなく、わたしはその気持ちをなだめるどころか火に油を注いでいる。

「ベイリー、こんな事態からあなたを守りたいの」わたしは言う。

「でも、そんなの無理だって」ベイリーが反論する。「それが問題だよね。誰もわたしを守れない。だったら、わたしには正直に教えてくれる人になってくれない？」

急に彼女が年齢よりも大人びて見える。目は力強く、唇はきっと引き結ばれている。彼女を守って。オーウェンの唯一の願い。わたしにはできない、たったひとつのこと。

わたしはベイリーを見返して、うなずく。彼女はわたしに包みかくさず話してほしいのだ。彼女の口ぶりは、そんなの簡単でしょと言わんばかりだ。もしかしたら、わたしが思っている以上に簡単なのかもしれない。

「電話をかけてきたのはベルだった。アヴェットは有罪だとわかっているみたい。少なくとも、彼が何かを隠していると知っている。それで、オーウェンがアヴェットの企みに協力せずに、単独行動をしているから驚いているみたいだった。それで、あなたのお父さんがいったい何を隠しているのか、わたしはますますわからなくなった。その理由も」わたしは言葉を切る。「だから、このあたりの教会に当たって、わたしたちを残して逃げるしかないとまで彼が思いつめた理由を突きとめる手がかりを探りたいの。それが〈ザ・ショップ〉がらみのことなのか、それとも、わたしがそうじゃないかとにらんでいることが原因なのか確かめたい」

「それはどんなこと？」

「彼が逃げているのが、〈ザ・ショップ〉以前からの問題だということ」わたしは言う。「その問題が彼本人にかかわるものだということ。それに、あなたとも」

ベイリーは黙っている。胸のところで腕を組んだまま、わたしの目の前に立っている。そのうちふっと腕をほどいて、わたしのほうににじり寄る。

「あのさ……さっき正直に話してって言ったのは、電話の相手が誰だったのかごまかさないでって意味だったの」

「わたし、余計なこと言いすぎたかな？」

「いい意味でね」

それは、わたしが彼女からかけられた、いちばんやさしい言葉だ。

「まあ、あなたの希望に添うよう努力したってことね」

「それはどうもありがとう」

そう言うと、ベイリーはわたしの手からマップを取り上げてじっくり眺める。

「行こうよ」彼女は言う。

三カ月前

午前三時だった。オーウェンはホテルのバーカウンターに座り、ストレートのバーボンが注がれたトールグラスに口をつけていた。

わたしの視線に気づいて顔を上げる。

「そこで何をしているんだい」彼が尋ねる。

わたしはほほ笑む。「それはこっちの質問なんじゃない？」

わたしたちが滞在しているのは、サンフランシスコのフェリー・ビルディング向かいのブティックホテルだ。ひどい嵐だった。サウサリートではめずらしい暴風雨で高潮のおそれがあったため、わたしたちはフローティング・ホームからの退避を余儀なくされた。ゴールデン・ゲート・ブリッジの向こうに渡らなければならなかった――そのホテルはフローティング・ホームからの避難民でいっぱいになっていた。それなのに、オーウェンはほっとひと息ついているようすではない。

彼は肩をすくめた。「ちょっと下で飲もうと思ってね。仕事でもしようかと……」

「仕事って、どんな？」わたしは尋ねた。

あたりを見回した。ノートパソコンはどこにもない。書類も広げられていない。バーボン以外カウンターの上には何ものっていない。ほかにはひとつだけ。

「座るかい？」彼が言った。

わたしは彼のとなりのバースツールに腰掛け、腕を身体にぎゅっと巻きつけた。真夜中で気温が下がっていたから寒気がした。着ていたタンクトップとスウェットパンツではどうにもならなかった。

「震えてるじゃないか」オーウェンが言った。

「平気よ」

彼はフーディーを脱いで、わたしに頭からかけた。「これで大丈夫だ」

わたしは彼を見た。そして、待った。ほんとうはここで何をしていたのか、部屋を抜け出すほどの心配ごとがどんなものなのか、彼が説明してくれるのを。わたしをベッドに、娘をソファベッドに残して部屋を出た理由を。

「いま、仕事がちょっと忙しくてね。それだけだよ。でもうまくいってないわけじゃない。なんとかなるさ」

本気でそう思っているかのように、彼はうなずいた。でも、どこか疲れている感じだった。以前彼の姿を見たときよりも疲労の色を濃くしていた。避難するために荷物をまとめているとき、わたしは彼がベイリーの部屋にいて、ベイリーの子どものころのブタの貯金箱をダッフルバッグに入れているところを目撃した。わたしに見られたのがわかった彼は狼狽しているようだった。そして、その貯金箱は彼が娘に贈ったはじめてのプレゼントのひとつだからと説明した。そんな大切なものに万が一何かがあってはいけないからと。そのときは、それほど変だとは思わなかった――オーウェンが思い出の品（ベイリーがはじめて使ったヘアブラシや家族の写真アルバムなど）をすべてまとめて、旅行かばんに入れていたのは。でも、バーカウンターの上に飲み物のほかにはベイリーのブタの貯金箱しかないのは、変だった。

「なんとかなるのなら、どうして真夜中にここに座って、娘のブタの貯金箱を見つめているわけ？」

「こいつを壊してみようかと思ってね」彼は言った。「お金が必要になったときに備えて」

「オーウェン、どうしちゃったの？」わたしは言った。

「今夜、ぼくがベイリーに何を言われたか知っているかい？　避難しなきゃいけないと彼女に伝えたときのことだ。ぼくたちとじゃなくて、ボビーの家族と一緒に行きたいって言われた。一家はリッツホテルに泊まることになっていて、ベイリーはボビーと離れたくなかったんだ。それで大喧嘩になってね」

「そのときわたしはどこにいたの？」

「きみは工房にこもっていた」

わたしは肩をすくめてやさしい態度を取ろうとした。「あの子も成長してるのよ」

「ごく自然なことだってわかってるよ。理解しているつもりだ。でも……あの子にだめだと言ったあとで妙な気持ちになってね」彼は言った。「車に乗り込むとき、不機嫌そうな足取りであとからついて来るベイリーを眺めていた。そのときこう思ったんだ。〝いつかはこの子もぼくのもとからいなくなる〟ってね。ぼくはずっとシングルファーザーとして、彼女となんとか生きていこうと必死になっていた。でも、そういう事実ときちんと向き合ったことはなかった……というか、きっと考えたくなかったんだろうな」

「それが、真夜中に下の階で娘のブタの貯金箱を眺めている理由なの？」

「まあね。でも、いつもとちがうベッドだからかもしれない」彼は言った。「眠れなくてね」

彼はバーボンのグラスを持ち上げて、口に近づける。

「あの子がまだ小さくて、ぼくたちがサウサリートに来たばかりのころ、彼女は桟橋を歩くのをこわがっていた。ぼくたちが越してきた翌日、ミセス・ハーンがベイリーの目の前ですべって転んで、あやうく海に落ちそうになったのが原因じゃないかな」

「それはさぞこわかったでしょうに」わたしは言った。

「そうなんだ。それで、最初の数ヵ月間は、ぼくと手をつながなければ桟橋を歩けなかった。うちの玄関から駐車場までずっと。歩きながらこう言われたんだ。〝パパと一緒なら安全だよね、海に落ちないよね？〟と。家から車まで、毎回六時間半はかかった気がしたな」

わたしは笑った。

「おかしくなりそうだったよ。そういうことが百回重なって、ぼくはほんとうにおかしくなりかけていた」彼はそこで言葉を切った。「でも、それよりもつらいことがあった。ある日、ベイリーがぼくと手をつながなくなったんだ」

わたしはオーウェンの肘に手を添え、そのまま触れている。オーウェンの娘への愛に、胸がちょっとじーんとした。

「彼女を守ってやれなくなる日がいつかはやってくる。どんなものからもね。彼女にだめだと言えなくなる日もやってくるんだ」

「その気持ち、わかるよ」わたしは言った。「わたしなんて、いまでも彼女にだめって言えないもの」

彼はバーボンを手にしたままわたしを見て笑った。心から笑っていた——わたしのジョークが彼の悲しみを壊し、こなごなにしたのだ。

彼は飲み物を置いてわたしと向き合った。「ぼくがここに座っているのはどれぐらい変かな。一から十の数字で表したら？」

「ブタの貯金箱がなかったら？」わたしは言った。「二か三というところかな」

「ブタの貯金箱があったら？　六は超えるかな」オーウェンが訊いた。

「きっとね」

彼はブタの貯金箱を誰も座っていないスツールにのせてバーテンダーに合図した。「ぼくの素晴らしい妻に希望の飲み物をつくってくれるかい」彼は言った。「ぼくはコーヒーをもらおう」

それからこちらに身を寄せて、わたしの額に彼の額をつけた。

「すまなかったね」

「いいのよ。つらいことだって、わかるから。でもね、明日そうなるわけじゃない。あの子が明日出ていくわけじゃないから」わたしは言った。「それに彼女はあなたのことが大好きよ。あなたから完全に離れるなんてありえない」

「そんなの、わかるもんか」

「わたしにはわかる」

彼の額とわたしの額はずっと離れない。「ベイリーが目をさまして、ぼくたちがいないことに気づかないといいけど」彼が言った。「何しろ窓の外にはリッツホテルが見えるからね」

小さな白い教会

エレノア・H・マクガヴァンが遠近両用メガネの奥からベイリーを見つめている。

「それでつまり」彼女が口を開く。「何をお知りになりたいの？」

わたしたちが座っているのは、聖公会教会のなかにあるエレノアのオフィスだ。ここは大きな教会で、オースティンでも最古の、築百年以上になる聖堂を有している。フットボール・スタジアムから八百メートルほど離れている。さらに何より重要なのは、六つの候補のなかで、わたしたちがようやく足を踏み入れた唯一の教会だということ——ベイリーが見おぼえがあると言ったのはここだけだった。

「二〇〇八年のフットボールシーズン中にこの教会で行われた結婚式のリストを探してるだけです」ベイリーが言う。

七十代はじめで、身長が一八〇センチに迫るほどのエレノアはひどく困惑したようすでこちらを見ている。

「それほどややこしいことではないんです」わたしは言う。「二〇〇八年のホームゲームのシーズン中にこちらの司祭が執り行った結婚式のリストが必要なだけで。その週末以外に行われた結婚式は関係ないですから。式の日取りとロングホーンズのホームゲームの開催日がたまたま重なったケースだけを調べたいんです。それだけです」

「まあ、十二年前のホームゲーム中に行われた式をねえ。それだけかしら？」

彼女の口調にはおかまいなく、心変わりしてくれるようにわたしはさらに押してみる。「下調べはすませてあります」

そして、リストをテーブルの上にさっと出す。十二年前のロングホーンズの試合スケジュールを表にまとめたものだ。ジュールズに頼んで、《サンフランシスコ・クロニクル》の検索ツールを使い、ひとつの漏れもなくすべて網羅できているか照合してもらった。

可能性があるのは八日だけだった。幼いベイリーがオーウェンとスタジアムを訪れ、観客席に座っていた可能性があるのはたったの八日。

エレノアはそのリストをまじまじと見る。でも拾い上げようとはしない。

わたしはオフィスを見渡して、彼女の人となりがわかるものを探す——彼女を味方につけるのに使える手がかりがあるはずだ。デスクの上にはクリスマスカードやバンパーステッカーが置いてある。暖炉の棚の上には家族写真が並んでいる。大きな掲示板には教会員からの写真や手紙がところせましと貼ってある。このオフィスから伝わるのは、この教会で、この部屋で四十年にわたって築かれた人間関係だ。エレノアはここのことならなんでも知っている。わたしたちが必要なのはそのごく一部だ。

「ごちゃごちゃ書いてあるように見えると思うんですけど」わたしは言う。「でも、ご覧になれば、二〇〇八年のホームゲームの試合一覧をダウンロードしたものだとわかります。そのうちチェックする週末は十以下です。すぐに調べられるようにピックアップしておきました。週末に結婚式が二件行われたとしても、調べる夫婦は二十組以下です」

「あのね」エレノアが言う。「もうしわけないのだけれど。こういった情報をお伝えする権限がわたしにはないんですよ」

「そういうルールだとわかっています。ルールが存在する理由も」わたしは言う。「でも、今回の件は事情が事情なだけに、例外として認めていただかないと」

「もちろんですよ。ご主人が失踪しただなんて、聞くだけでおそろしい。彼がいなくなって、さぞたいへんな思いをされているでしょう。でも、だからと言って規則を曲げるわけにはいきません」

「どんな例外も認められないって言うの?」ベイリーがとげとげしい口調で言う。「わたしたちが連続殺人犯とかじゃないってすぐにわかるくせに。ここで結婚式を挙げた人たちには興味はないんだから」

わたしはベイリーのひざに手を置いて落ちつかせようとする。

「この場で名前を確認するだけでけっこうです」わたしは言う。「印刷物や住所などの情報を部屋から持ちだしたりしませんから」

エレノアはわたしたちを交互に見ている。助けるべきか、追い出すべきか決めかねているようだ。でも、どうやら追い出すほうに心が傾いたらしい。何かがわかりかけているというのに、それはこまる。オーウェンとベイリーが出席した結婚式がわかれば、オースティンとのしがらみがあきらかになる。そうすれば、グレイディの訪問の理由や、オーウェンがそのしがらみから背を向けて何をしているのか考えるヒントになるだろう。

「ベイリーは以前こちらの教会に来ているはずなんです」わたしは言う。「それが確認できたら、彼女にとって、わたしたちにとって、とてもありがたいのです。それに、彼女の父親がいなくなって今週わたしたちがどんな思いをしたかわかっていただけたら……まあ、人助けだと思って」

エレノアの目に同情が浮かんだのが見えたので、わたしの訴えが彼女の心を動かし、手を貸してくれるのではないかと一瞬期待する。

「助けてさしあげたいのはやまやまですよ。できることなら。でもね、わたしにはできません。電話番号を教えていただけたら、あとで司祭に聞いてみましょう。でも、教会員の個人情報ですから、伝えていいと言うかどうか」

「あきれた、おば《ジーザス》さん。ちょっとぐらい大目に見てくれたっていいでしょ」ベイリーが言う。

それはまちがいなく、彼女にとってお行儀のいい言葉づかいではない。

エレノアが頭を天井にぶつけんばかりの勢いで立ち上がる。「そろそろ失礼いたしますわ、みなさん」彼女は言う。「今夜は聖書講読の会があるので会議室で準備をしないといけないんです。ご自分たちだけで出て行っていただけます？」

「あの、ベイリーは好き好《この》んで失礼な態度を取ろうとしたわけじゃないんです。ただ、彼女の父親がいなくなったものですから。その理由が知りたいだけなんです。おかげでわたしたち家族はとんでもないストレスにさらされています。わたしたちにとっては家族がすべてですから。きっとあなたならおわかりいただけるでしょう」

わたしは炉棚に並んでいる家族写真に目をやる――彼女の子や孫が写っているクリスマスの写真、夫や飼い犬、農場のスナップ写真。エレノア自身の写真も何枚かある。そして、奇抜な髪で目立っている男の子は、おそらくお気に入りの孫なのだろう。彼の髪の毛は緑色だ。

「きっとあなただって、家族のためならどんな苦労も惜しまないでしょう？」わたしは言う。

「そういう方だってわかりますよ。ちょっと考えていただきたいんです。もし、わたしがそちら側に座っていて、あなたがこちら側に座っていたら、わたしにどんなことを期待しますか？　わたしだったら、期待にお応えしようとしますけど」

彼女は黙ったままワンピースをなでつける。それから、それまでの勢いがうそのように、椅子に座り直してメガネを鼻の上のほうへと押し上げる。

「わたしに何ができるのか考えてみましょう」彼女は言う。

ベイリーはほっとして笑顔になる。

「名前はこの部屋から持ち出せませんよ」

「このデスクだけにしておきます」わたしは言う。「わたしたち家族を助けてくれる人がいるかどうか確認するだけです。それだけです」

エレノアはうなずいて、わたしの作成したリストを引き寄せる。そして、手に取る。両手に持って目を落とすが、自分のしていることが信じられないようだ。ため息を漏らしたのでよくわかった。

彼女はパソコンに向かい、キーボードをタイプしはじめる。

「ありがとうございます」ベイリーが言う。「ほんとうにありがとう」

「あなたの義理のお母さんに感謝するのね」エレノアが言う。

そのとき、思いがけないことが起こる。わたしがそんな風に呼ばれてもベイリーはひるまなかった。わたしに感謝の言葉を伝えるわけではない。こちらを見ようともしない。でも、ひるまなかった。ということは、感謝しているも同然だ。

そんな気持ちを味わう間もなく携帯電話が鳴る。確認すると、カールからメッセージが届いている。

いま家の外にいる。なかに入れないか？　ずっとノックしてるんだが……

わたしはベイリーのほうを向いて、彼女の手に触れる。「カールから。用件を確認してくるね」

ベイリーはこちらにはほとんど注意を向けずに、ただうなずく。彼女はずっとエレノアを見ている。わたしは廊下に出て、いまから電話するとカールにメッセージを送る。

「やあ」電話に出たカールがそう言う。「なかに入れないか？　サラと一緒なんだ。散歩の途中でね」

玄関ドアの外に立っているカールの姿が頭に浮かぶ。ベビービョルンの抱っこ紐のなかには、パティの趣味で大きなリボンを頭につけたサラが入っている。娘との散歩を口実にしているのだ――パティには黙ってわたしに会いにきた口実に。

「いま外出中なの、カール」わたしは言う。「どうしたの？」

「電話で話せるようなことじゃない」カールが言う。「直接会って話したい。そのほうがいいなら、あとで出直せる。五時十五分にもサラを散歩させるから。夕食前に新鮮な空気を吸わせるために」

「言わなきゃいけないことがあるのなら、いますぐ聞きたい」わたしは言う。

カールはうろたえて、言葉につまる。対面のほうがぶちまけなければならないことを言いやすいから、仕切り直したほうがいいと押し通すべきか考えている。わたしにはお見通しだ――昨日の彼の顔つきを見たらわかる。彼は何かを知っている。でも、それを打ち明けるのがこわいのだ。

「あのな、きみが昨日うちに来たときのことはほんとうにすまなく思ってる」彼が言う。「いきなりだったからびっくりしたし、パティだってすでに相当怒ってた。でも、きみにあやまらなきゃならない。あんな対応はよくなかった、とくに……」

彼はそこで言葉を切り、その先を言うべきか逡巡している。

「まあ、きっとおれが助け船を出すべきなんだろうな。その……オーウェンからなんて聞いていたかはわからないが、あいつは仕事のことで悩んでいた。アヴェットとの関係のことで」

「彼、そんなことをあなたに話したの？」

「ああ、くわしいことは教えてくれなかったが、ソフトウェアを完成させろというプレッシャーがとにかく半端ないと言っていた」彼は言う。「そこまでは聞いている。アヴェットのもくろみどおりに順調に行っていないと。それで、にっちもさっちもいかないところまで来たと」

そこまで聞いてわたしはわからなくなる。「〝にっちもさっちもいかないところまで来た〟ってどういうこと？」

「あいつはこのまま手を引くようなまねはできないと言っていた。転職するとかはできないと。その状況をなんとかしないといけないと言っていた」

「その理由は言ってなかった？」

「そこまでは聞いてない。ほんとうだ。でも、おれはあいつを説得しようとした。そんなストレスに苦しんでまでする仕事じゃないと……」

わたしはエレノアのオフィスに目をやる。エレノアはあいかわらずパソコンの画面を見つめていて、ベイリーが行ったり来たりしている。

「教えてくれてありがとう」

「待て……まだある」

彼がためらっているのがわかる。どう説明したものか悩んでいるのだ。

「まだきみに言わなきゃならないことがある」

「早く言って、カール」

「おれたちは〈ザ・ショップ〉に投資していない。パティとおれは」彼は言う。

わたしはパティの言葉を思いだす――オーウェンを詐欺師呼ばわりして、財産を盗んだとなじっていた。

「どういうこと」

「あの金は別のことに必要だった。パティには言えないことに。カーラがらみだ」彼は言う。

カーラ。サラが生まれて以来、カールがときおり関係を持っている同僚だ。

「具体的には？」わたしは尋ねる。

「くわしいことは言いたくない。ただ言っておこうと思って……」カールが言う。

莫大なお金が入用となる、さまざまなシチュエーションがわたしの脳裏に浮かぶ――ベビーヨルンに入った赤ちゃんがもうひとりいるとか。彼の赤ちゃんが。ふたりのあいだの赤ちゃんが。

でも、それは想像にすぎないし、そんなことに時間を費やしている場合ではない。それに、どうだっていい。わたしにとって大切なのは、パティがオーウェンのせいだと非難していたことをオーウェンが実際にはしていなかったということだ。ある意味、それで証明されたようなものだ――そして、わたしも自分を納得させやすくなった――オーウェンがいまでもオーウェンのままだと。

「それじゃあ、こんな事態になっているのに、オーウェンのせいで財産が奪われたと妻に思わせておくの？　不正行為を行う会社に貯蓄を投資するよう説得したのは彼だと」

「たいへんなことになってしまったのはわかっている」カールが言う。

「へえ、そうなんだ？」

「なあ、正直に打ち明けたんだから、ちょっとは見直してくれないか」カールが言う。「こんな話、できればしたくなかった」

わたしはパティを思い浮かべる。自分は正しいと思い込んでいるパティ。読書クラブやワインクラブ、テニス仲間など女どうしの集まりで、オーウェンは詐欺師だと、聞きたがる人に言いふらしている。彼女の夫からのいつわりの情報を誰かれかまわず広げている。

「ちがうでしょう、カール。したくない話はこれからしてもらわないと。奥さん相手にね。あなたが自分で打ち明けるか、わたしがかわりに伝えるかのどちらかだから」

それだけ言って、わたしは通話を終了する。胸がドキドキしっぱなしだ。彼から聞いたことを咀嚼するひまもなく、ベイリーが部屋に戻るよう合図する。

わたしは気を取り直してエレノアのオフィスに入る。「ごめんなさいね」

「まったくかまいませんよ」エレノアが言う。「情報をすべて出してみたんですけど……」

ベイリーがデスクを回りこんでエレノアのほうに向かおうとするが、エレノアに手で制止される。

「記録を印刷しますね」エレノアが言う。「ご覧になれるように。でも、夜の集会もありますから、手短にお願いしますよ」

「ええ、そうします」わたしは言う。

でも、そこでキーボードをタイプするエレノアの手が止まる。困惑したようすで画面を眺めている。

「おたずねは二〇〇八年のシーズンでしたよね？」エレノアが言う。

わたしはうなずく。「ええ、最初のホームゲームは九月の最初の週末です」

「あなたのまとめた用紙からそれはわかりますよ」エレノアは言う。「確認したいのは、ほんとうにその年でまちがいないのかということです」

「まちがいありません」わたしは言う。「どうして？」

「ほんとうに二〇〇八年？」

ベイリーはいら立ちを見せないようにしている。「二〇〇八年、そうです！」

「その年の秋は、建物の工事で教会は閉鎖していたんです」エレノアは言う。「大がかりな改修工事でした。火事があったものですから。九月一日から閉鎖になり、それから三月まで礼拝はもちろん、いっさいの典礼は行われていません。結婚式も」

わたしたちがカレンダーを直接確認できるように、エレノアは画面をこちらへ向ける——空欄ばかりだ。わたしの心は沈む。

「年を勘ちがいしているんじゃない？」エレノアがベイリーに言う。「二〇〇九年もチェックさせて」

わたしは手を伸ばして彼女を止める。二〇〇九年を調べてもしかたがない。その年にオーウェンとベイリーはサウサリートに引っ越している。それは記録として残っている。いっぽう、二〇〇七年ならベイリーは幼すぎてほとんど何もおぼえていないだろう。当時のシアトルでの暮らしですら、彼女はまったくおぼえていないのだ。そのあいだにオースティンに出かけた週末のことなど記憶に残っているはずがない。正直なところ、二〇〇八年だってギリギリの線なのだ。でも、もし彼女の母親が結婚式に出席したのなら――ベイリーが出席したと思っているのなら――考えられるのは二〇〇八年だけだ。

「あの、二〇〇八年しかありえないんです」ベイリーが言う。

空欄ばかりの画面を見つめるベイリーの声はふるえだした。

「わたしは以前ここに来てます。考えられるのはその年だけなんです。ここに来てるんです。その年の秋でした。ママと一緒に来たのなら、二〇〇八年しかありえない」

「二〇〇七年じゃないの？」エレノアが言う。

「その年だったら幼すぎて、おぼえていられないはずです」

「それじゃあ、ここじゃなかったのよ」エレノアが言う。

「でも、そんなはずはないんです」ベイリーが言う。「その、わたし、ここの後陣を見たことがあります。おぼえてます」

わたしはベイリーに身を寄せようとするが、ベイリーはわたしから離れる。なぐさめてもらうことなどに関心はないのだ。関心があるのは、真相究明だけなのだ。

「エレノア」わたしは口を開く。「テキサス大キャンパスから歩いていけるところで、こことよく似た教会はありませんか？　わたしたちが気づいていないだけで、ベイリーにここだと勘ちがいさせる教会があったのかもしれません」

エレノアは首を横に振る。「こちらの聖堂と似た建物など、このあたりにはありませんよ」彼女は言う。

「閉鎖になった教会とか？」

「それはないですね。でも、電話番号を置いていかれたらどうです？　司祭や教会員に訊いてみますから。何か思い当たることがあれば、お電話します。かならずしますよ」

「思い当たることなんてあるの？」ベイリーが言う。「これ以上何もできないって、正直に言ったらどう？」

「ベイリー、やめなさ……」

「やめる？　わたしの記憶をたどろうと言いだしたのはあなたじゃない。それなのに、今度はやめろって？」ベイリーは言う。「いいかげんにして。もうこんなのうんざり」

ベイリーはいきなり立ち上がると、エレノアのオフィスからずかずかと出て行く。

エレノアとわたしは黙ったまま彼女を見送る。ベイリーが出て行ったあとで、エレノアはやさしい表情になる。

「いいんですよ」彼女は言う。「あの子がわたしにたいして腹を立てているのではないとわかっていますからね」

「もしかしたら、そうかもしれませんけど」わたしは言う。「でも、それは筋ちがいというものです。父親に怒りをぶつけないといけないのに、それを受け止める彼がここにいないから。それで、怒りをほかの人に向けているんです」

「よくわかりますよ」エレノアが言う。

「お時間をとっていただいて、ありがとうございました」わたしは言う。「何か思いついたら、どんなささいなことでもお電話くださいね」

わたしは携帯電話の番号をメモする。

「もちろんです」

彼女はうなずいて番号を書いた紙をポケットにしまい、わたしはドアへと歩きはじめる。

「こんなことを自分の家族にするのはどういう人なのかしら」エレノアが言う。

わたしは振り返って、彼女と目を合わせる。「いま、なんて?」

「こんなことを自分の家族にするのはどういう人か」彼女は繰り返す。

わたしが知るかぎり最高の父親。わたしはそう言いたい。

「そうするしかなかった人でしょう」わたしは言う。「そういう人です。自分の家族にこんなことをするのは」

「わたしたちはどんなときも選べるんですよ」エレノアが言う。

どんなときも選べる。グレイディもそう言っていた。それはどういうことだろう。していいことと、悪いことがあるということだ。単純だ。きめつけている。そんな疑問を投げかけられるのは、あやまちをおかした人というわけだ——大きなあやまちをおかした人と、そうでない人とのあいだで世界は二分される。

わたしはカールとの電話を振り返る。オーウェンが悩んでいたと教えてくれた。オーウェンはいまどこにいても、まちがいなく悩んでいるだろう。

怒りが湧いてくるのを感じる。

「おぼえておきますね」わたしはベイリーの口調をまねる。

そして、彼女のあとを追ってドアから外へと出て行く。

親切な人ばかりじゃない

わたしたちはホテルに戻って、ルームリービスでグリルチーズ・サンドウィッチとスイートポテト・フライを注文する。わたしはテレビをつける。地元のケーブル局で昔のラブコメをやっている——トム・ハンクスとメグ・ライアンがさまざまな困難を乗り越え、心を通わせはじめる。おなじみの展開に心がなごむ。観ていると落ちつく。ベイリーはベッドで眠ってしまった。

わたしは寝ないで映画のつづきを眺める。そうなるとわかっているシーンが現れるのを待つ。トム・ハンクスがメグ・ライアンに想いを打ち明け、愛しつづけると約束するシーン。ふたりが生きているかぎりずっと。それからエンドロールが流れる。そして、見知らぬ街のうす暗いホテルの部屋と、胸が張り裂けそうになる気持ちが戻ってくる。オーウェンがいなくなった。何も言わずに。いなくなった。

悲劇というのは、そういうところがやっかいなのだ。四六時中つきまとわれるわけではない。いっとき忘れていても、また思いだす。そして、わびしさに打ちのめされる。いま求められているのは、そういうことだ。これに慣れるしかない。

気持ちがたかぶって眠れないので、その日とったノートを見返して、結婚式の週末を足がかりにベイリーの記憶をよみがえらせるにはどうすればいいか、別の手を考える。オーウェンとベイリーは結婚式以外にオースティンで何をしていたのだろう。しばらく滞在していたのだろうか。ベイリーの勘は当たっていたのかも。だからキャンパスの風景に見おぼえがあったのだ。あの週末以外にもオースティンで過ごしたことがあるのだろうか。だとしたら、どんな理由で？

電話が鳴りだして考えが中断され、わたしはほっとする。いくら考えたって、数々の疑問にたいするまともな答えは浮かばない。

電話に出る。発信元は〝ジェイク〟だ。

「ずっとかけてたんだが」彼は言う。

「ごめんなさい」わたしは小声で言う。「長い一日だったから」

「いまどこにいる？」

「オースティン」

「テキサスのか？」

わたしは廊下へと向かい、ベイリーを起こさないように部屋のドアをそっと閉める。

「話せば長くなるんだけど。かいつまんで言うと、小さいころオースティンにいたってベイリーが思いだしたの。もしかしたら、わたしがそう思わせたのかもしれないけど。でも、それとグレイディ・ブラッドフォードがうちに来たこととのあいだに……とにかくここに来るしかないと思ったから」

「それで……手がかりを追っているというわけか」

「はっきり言って、うまくいってないけどね」わたしは言う。「明日には飛行機で帰る」

その言葉の意味するところは受け入れがたい。オーウェンのいない家に帰るだなんて、考えただけでぞっとする。ここにいるかぎり、オーウェンを連れ戻すために何かできると、ベイリーと力を合わせればそれができると、とりあえず思っていられる。

「あのな、話さなきゃならないことがある」ジェイクが言う。「きみは気に入らないかもしれないが」

「ジェイク、わたしの気に入ることから話して。でなきゃ電話を切る」

「きみの友人のグレイディ・ブラッドフォードだが、ほんものの連邦保安官だった。彼の仕事は高く評価されている。テキサス支部きっての切れ者だ。容疑者の行方がわからないと、ＦＢＩはよく彼に協力を要請しているらしい。だから、彼が本気でオーウェンを見つけだしたいと思えば、きっとできるだろうな」

「どうしてそれがいい報せなの？」

「オーウェンを見つけられるのは彼ぐらいしかいないからさ」ジェイクは言う。

「どういうこと？」

「オーウェン・マイケルズは存在しない」

わたしは吹きだしそうになる。そんなのはいかにもばかげている——ばかげているし、あきらかにまちがっている。

「ジェイク、あなたが自分の話していることがわかってないとは言わないけど、彼がちゃんと存在するってわたしが保証する。四メートル離れたところで彼の娘が眠っているんだから」

「言い直そう」ジェイクが言う。「きみのオーウェン・マイケルズは存在しないということだ。オーウェンと娘の出生証明書と社会保障番号は確認がとれている。でもそれ以外の点はすべてでたらめだ」

「どういうことなの」

「以前話していた私立探偵だよ。彼の仕事に抜かりはない。その男が、きみの夫の経歴とぴったり一致するオーウェン・マイケルズは存在しないと言っているんだ。マサチューセッツ州ニュートンで育ったオーウェン・マイケルズは何人かいる。なかにはプリンストン大学に進んだものもいる。だが、オーウェンの故郷の町出身でプリンストン大を出た、記録のあるオーウェン・マイケルズは七十八歳で、パートナーのセオ・シルヴァースタインとともにケープコッドのプロヴィンスタウンで暮らしている」

　息がうまくできない。わたしはカーペット敷きの廊下に座り込み、壁にもたれかかる。それを感じる。誰かがわたしの頭をノックしている。心をノックしている。きみのオーウェン・マイケルズとぴったり一致するオーウェン・マイケルズは存在しない。その言葉は落ちつく先を見つけられないまま、わたしの身体のなかをかけめぐる。

「先をつづけてもいいか？」ジェイクが言う。

「やめて」

「ワシントン州シアトルで二〇〇六年に家を購入したか、所有していたオーウェン・マイケルズはいない。その年に娘のベイリーをプレスクールに入れてもいない。それに、二〇〇九年より前の所得税申告は行われていない……」

　わたしははっとする。「それはオーウェンとベイリーがサウサリートに引っ越してきた年だ」

「そのとおりだ。きみのオーウェン・マイケルズの記録はそこからはじまっている。それ以降はきみが教えてくれたこととほぼ一致する。彼らの家やベイリーの学校。オーウェンの仕事。それに、ほんものの家じゃなくてフローティング・ホームを購入したのは抜け目がなかった。記録に残りにくいからな。土地だって所有せずにすむ。レンタルしているようなものだ。追跡が困難になる」

わたしは目を両手でおおう。頭がくらくらするのをなんとかしたい。しゃんとしなきゃ。

「ふたりがサウサリートで暮らしはじめる前は、きみが夫から聞かされていた経歴を裏づけるデータは一切見つからなかった。別の名前を使っていたのか、いまの名前だったとしても、それ以外のことはすべてでたらめだったんだ。彼は自分の正体をいつわっていた」

はじめ、わたしは言葉が何も出てこない。それからなんとかして聞きたいことを口にする。

「どうして？」

「どうしてオーウェンが名前を変えたのかということか？　これまでの人生も？」彼が尋ねる。

彼が見ているかのように、わたしはうなずく。

「おれもその探偵に同じ質問をした」ジェイクが言う。「その男によれば、人が身元をいつわる理由は通常二つある。どちらもきみは気に入らないだろうが」

「そんな」

「信じられないかもしれないが、いちばん多いのは、別の家族がどこかにいるケースだ。別の妻や子どもが。あるいは、子どもたちが。そして、ふたつの人生を分けている場合」

「ジェイク、そんなのありえない」わたしは言う。

「いまおれたちが相談を受けてる顧客にそう言ってくれよな。石油で財を成したこの大金持ちは、ノースダコタの家族の農場に妻がいる。そして、別の妻がサンフランシスコのパシフィック・ハイツの豪邸に住んでる。作家のダニエル・スティールと同じ通りにな。その男は二十九年間ふたりの女性と過ごしていた。それぞれ五人の子どももうけた。それなのに家族はまったく気づいていない。出張が多いだけだと思っているそうだ。素晴らしい夫だと信じ切っている。彼が家庭をふたつ持っていることをおれたちが知ったのだって、彼の依頼で遺書をひとつにまとめたからだ……なかなかおもしろい財産分与になりそうだ」

「オーウェンがこんなことをしたもうひとつの理由は？」わたしは尋ねる。

「どこかに別の妻がいないとして？」

「ええ、そう考えて」

「ひとまずの仮説だが、身元をいつわるもうひとつの理由は犯罪行為がからんでいるケースだ。それで、問題に巻き込まれるのを避け、新しい人生をはじめて家族を守るために逃げる。だが、だいたいの犯罪者は問題を起こすし、元も子もなくなる場合が多い」

「ということは、オーウェンは以前も法をおかしたことがあるの？〈ザ・ショップ〉の一件だけじゃなくて、ほかの件でも有罪なの？」

「それなら彼が逃げている理由も説明できる」ジェイクが言う。「オーウェンは〈ザ・ショップ〉が破綻したら自分の正体がばれるとわかっていた。自分の過去があばかれるのを何よりもおそれていたんだ」

「でも、その線だと、彼が犯罪者じゃないという可能性もある」わたしは言う。「名前を変えて誰かから逃げているとか？　彼や、ベイリーにまで危害を加えようとする人から」

彼女を守って。

「ああ、それも考えられる」ジェイクが言う。「でも、もしそうなら、そもそもなぜきみに打ち明けなかったんだ？」

わたしはうまく答えられない。でも、別の考えが必要なのだ――オーウェンがオーウェンのままでいられなくなった理由を説明する考えが。

「わからない。証人保護プログラムで守られているとか」わたしは言う。「それならグレイディ・ブラッドフォードのことも説明できる」

「それはおれも考えた。だが、おれの仲間のアレックスをおぼえているか？　あいつは連邦保安官事務所の上層部にツテがあるから調べてくれたんだ。その結果、オーウェンは保護プログラムの対象になっていないと判明した」

「アレックスにそう言われたの？」

「ああ」

「それはどんな種類の保護プログラムなの」

「そんなにたいしたものじゃない。とにかく、証人保護プログラム対象者のプロフィールとは一致しなかったそうだ」彼は言う。「高給取りの仕事も、サウサリートも。保護されている証人はたいていアイダホのどこかでタイヤを売ってる。しかも、そういう連中はまだましなほうだ。映画の世界とはちがうんだ。証人の多くはへんぴな場所に連れていかれて、わずかばかりの現金と新しい身分証明書を渡され、あとは幸運を祈ると言われて終わりだ」

「それで？」

「おれの考えか？　二番目の可能性だな。オーウェンはなんらかの罪を犯して、長年それから逃げている。おそらくそのせいで、〈ザ・ショップ〉から離れられなかった。あるいは関係ないかもしれんが、よくわからん。だが、逮捕されたら過去がばれるから、それがいやで逃げたんだ。それか、きみが言うように、ベイリーを救うのにいちばんいい方法だから逃げた。彼の過去の行いの影響が彼女におよばないように」

はじめてジェイクがしっくりくることを言った。それはわたしも何度も考えた。過去のあやまちに追われているだけなら、オーウェンはわたしたちから離れなかっただろう。待ち受ける厳しい運命に立ち向かったはずだ。でも、ベイリーも巻き添えにするとなると話はちがう。

「ジェイク、あなたの言っていることが正しくて、わたしが結婚相手のことをすべてわかっているわけでなくても……ぜったいにそうしなきゃならないとき以外、彼はベイリーを置き去りにしない。それはわかる」わたしは言う。「わたしのことはひとまず置いておいて、もし彼がもう戻らないつもりで逃げるのなら、ベイリーも連れて行くはず。オーウェンにとってベイリーはすべてだから。オーウェンはベイリーから離れられるような人じゃない。それなのに、いなくなるなんて」

「なあ、彼がこれまでの人生をそっくりいつわるようなやつだと二日前に思っていたか？　実際にそうしてたんだぞ」

わたしは何か心なごむものを見つけられないかと、ホテルの廊下に敷いてある、けばけばしいフューシャピンクのカーペットの柄を見つめる。

こんなのありえない。いちいちすべてがありえない。夫がかつての自分から、わたしが名前すら知らないその人から逃げているという考えに、いったいどうしたら向き合えるっていうの？　誰かが物語を勘ちがいしたのだと言いたくなる。わたしの物語を読みまちがえたのだと。わたしがそらんじているその物語では、このどれもが意味をなさない。物語のはじまりも、その方向性も。そして、それが迎えるしかない結末も。

「ジェイク、このまま部屋に戻って、お父さんはあなたが思っている人とはぜんぜんちがったと、いったいどうしたらベイリーに伝えられる？　あの子になんて言ったらいいのかわからない」

ジェイクは柄にもなく押し黙る。「何か別の説明をすればいい」

「たとえば?」

「彼女がこの状況から離れていられるように、きみに考えがあるとか」彼は言う。「とりあえず、すべてが片づくまで」

「でも、そんなこと考えてない」

「考えられるさ。かならず彼女をこの状況から遠ざけておける。ニューヨークに来いよ。おれのところに。きみたちふたりとも。ひとまず片がつくまで。おれの友人にドルトン・スクールの理事がいる。ベイリーはその学校でいまの学年を終えられる」

わたしは目を閉じる。どうしてまたこういうことになったのだろう。なぜジェイクと電話で話しているの? ジェイクがわたしを助けてくれようとしている。関係を終わらせたとき、わたしが彼にたいしていつもどこかうわの空だったと言われた。わたしはそれに反論しなかった——できなかったのだ。たしかにわたしはちょっとうわの空だったから。ジェイクといても、何かが欠けているとずっと思っていた。その欠けた部分は、オーウェンと一緒にいると満たされた。でも、ジェイクの言っていることが正しいのなら、オーウェンとわたしのあいだにあると思っていたものはまぼろしだったのだ。それに近いものすら存在しなかったのだ。

「申し出には感謝するわ。いまならそれも悪くないと思うけど」

「けど……」彼が言う。

「あなたの話をまとめると、わたしたちがいまここにいるのは、オーウェンが逃げたせい」わたしは言う。「だから、わたしまで逃げるわけにはいかないの。真相を究明するまでは」

「ハンナ、いまはベイリーのことを第一に考えないと」

わたしは客室のドアを開けてなかをのぞきこむ。ベイリーはベッドでぐっすり眠っている。胎児のように体を丸め、枕の上に広がった紫の髪の毛がミラーボールのようだ。わたしはドアを閉めて廊下へと戻る。

「それしか考えてない」わたしは言う。

「いや、まだそうじゃない」彼は言う。「そうでなきゃ、おれの考えでは彼女から遠ざけておくべき人間を探そうとしたりしないさ」

「ジェイク、オーウェンは彼女の父親なのよ」わたしは言う。

「誰かがそれをあいつに教えてやらなきゃな」彼が言う。

わたしは何も言わない。ガラスの仕切り越しに吹き抜けの下をのぞく。仕事仲間（会議の参加者であることを示す、おそろいのラミネート加工された名札をぶら下げている）がホテルのバーで談笑し、レストランからカップルが手をつないで出てきたところで、疲れ切った両親が、眠ってしまった子どもたちと店が開けるぐらいの大量の〈レゴランド〉のお土産を運んでいる。こうして離れた場所から眺めていると、みんなしあわせそうだ。もちろん、ほんとうのところはわからない。でも、いまのわたしではなく、あそこにいる誰かになれたらいいのにという思いがよぎる。八階上のホテルの廊下でこそこそ隠れているのではなくて。自分の結婚が、人生がでたらめだったという事実を何とか受け入れようとしているのではなくて。

内側で怒りが湧きあがるのを感じる。母親が出ていってからというもの、わたしはどんなささいなことでも見逃さない注意深さに自信があった。だから、もし三日前に誰かに訊かれたら、オーウェンのことならすべてわかっていると答えていただろう。とにかく大事なことはすべて。でも、もしかしたらわたしは何もわかっていなかったのかもしれない。なぜならわたしはいまここで、いちばん基本的なことを理解しようと悪戦苦闘している。

「すまん」ジェイクが言う。「少しきつく言いすぎた」

「あれが少しだけきついですって？」

「なあ、その気になれば身を寄せる場所があると言ってるだけなんだ」彼は言う。「きみたちふたりとも。下心はなしで。だが、おれの提案に乗らないにしても、ひとまずどうするか決めておいたほうがいい。あの子の人生を滅茶苦茶にする前に、きみがしっかり考えていると彼女を安心させないと」

「ねえ、こんな状況でしっかり考えられる人なんているの？」わたしは言う。「それに、そもそもこんな状況に向き合わないといけなくなる人なんているのかな？」

「まちがいなく、きみがそうだろう」彼が言う。

「ご親切にどうも」

「ニューヨークに来いよ」彼が言う。「おれなりに親切になろうとしてるんだ」

八カ月前

「ここに来てもいいとは言ってない」ベイリーがそう言った。

わたしたちはバークリーのフリーマーケット会場の外にいた。オーウェンとベイリーの意見が対立するなんてめずらしい。オーウェンは会場に入りたがっている。ベイリーはとにかく家に帰りたい。

「いいと言ったじゃないか」オーウェンが言った。「サンフランシスコに行ってもいいと言ったときに。それなのに、どうしていまさらごねるんだ」

「点心を食べに行くとは言った」ベイリーが言った。

「点心はおいしかっただろう?」オーウェンが言った。「ぼくの最後の肉まんをあげたじゃないか。それどころか、ハンナからももらっていた。肉まんを二つも余分に食べたんだぞ」

「何が言いたいの」ベイリーが言った。

「三十分かそこら、大人しくつきあってくれてもいいじゃないか」

ベイリーは踵《きびす》を返して会場に入り、さっさと歩いていく。わたしたちと一緒に来たと思われないように、最低三メートルは距離をとらないといけないらしい。

父親との話はそれでおしまい。そして、どうやらわたしの誕生日のお祝いも、彼女のなかではすでに終わったものになっているらしい。

オーウェンはもうしわけなさそうに肩をすくめた。「四十代へようこそ」

「あら、わたしは四十じゃない。二十一よ」

「ああ、そうだったね！」彼は笑顔になった。「素晴らしい。ということは、それまでにあと十九回誕生日を祝えるというわけか」

わたしが彼の手を取ると、彼の指がわたしの指にからまった。「そろそろ家に帰ってもいいんじゃない？」わたしは言った。「ブランチは大満足だった。もしベイリーが帰りたいのなら……」

「あの子は平気だよ」

「オーウェン、言ってるじゃない、わたしはそれでもかまわないって」

「ああ、かまわないね」彼が言った。「ベイリーが文句を言わずに楽しいフリーマーケットを満喫するのはね。三十分も歩いたら機嫌を直すだろう」

そう言うと、彼は身をかがめてわたしにキスをして、わたしたちは会場へと向かった。ベイリーを探すために。正面ゲートをくぐっていると、なかから出てきた大柄な男が立ちどまってオーウェンに呼びかけた。

「うそだろ」その男が言った。

男は野球帽を被り、おそろいのジャージが腹に沿って伸びている。ランプシェードを運んでいるところだ――値札がついたままの、黄色いベルベットのランプシェード。

彼は腕を伸ばしてオーウェンを抱きしめたので、ランプシェードがオーウェンの背中にぎこちなく当たった。

「まさかおまえに会えるとはな」彼は言った。「何年ぶりだ？」

オーウェンはランプシェードに気をつけながらそっと彼の腕から抜け、身を離した。

「二十年か？　それとも二十五年？　プロムキングが同窓会にまったく顔を出さないなんて、どういうことだよ」

「あの、言いにくいんですけど、人ちがいじゃないですか」オーウェンが言った。「ぼくはどんなキングにもなったことないですよ。妻に聞いてください」

オーウェンはわたしを示した。

すると、その知らない男はわたしにほほ笑みかけた。「お会いできてうれしいです。おれはウェイロン」

「ハンナです」わたしは言った。

それから、彼はオーウェンに向き直った。「待てよ。ということは、ルーズベルト・ハイスクールの卒業生じゃないのか？　一九九四年の卒業生じゃない？」

「ちがいます。ぼくはマサチューセッツ州のニュートン・ハイスクール出身だから」オーウェンは言った。「でも卒業年はあってる」

「なんてこった。同級生とそっくりだったから。そういえば髪型はぜんぜんちがうし、あいつはあなたよりも血の気の多いやつだった。悪く思わないでくださいよ。当時はおれもそんな感じだった」

オーウェンは肩をすくめた。「みんなそうでしょう」

「それにしてもよく似ているなあ」彼は首を振った。「でも、あなたがあいつじゃなくてよかったのかもしれない。いけすかないやつだったから」

オーウェンは笑った。「お気になさらず」

「あなたも」ウェイロンが言った。

それから、彼は駐車場のほうへと歩いて行った。でも途中で振り返った。

「テキサスのルーズベルト校に通ってた知り合いはいませんか？　いとことか。何か血縁関係があるんじゃないですか」

オーウェンはおだやかにほほ笑んだ。「あいにくですけど。がっかりさせてすみません、でも、おたずねの人とはまったく関係ありませんね」

あいにく営業中です

ジェイクの言葉が頭のなかでぐるぐる回っている。オーウェン・マイケルズは存在しない。オーウェンはオーウェンじゃなかった。人生のいちばん大切な事実をオーウェンはわたしにかくしていた。娘の人生のいちばん大切な事実を彼女にかくしていた。どうしてそんなことができる？わたしが知っているオーウェンがそんなことをするだなんて、想像すらできない。わたしには彼がわかっている。いくらそれを否定する証拠があっても、いまだにそう信じている。こうして彼を（わたしたちの関係を）信じてやまないわたしは忠実なパートナーか、大ばか者かのどちらかだろう。結局どちらも大差ないということにならなければいいけど。

そもそも、わたしが理解していたのはこういうことだ。二年と四カ月前に、スポーツジャケットとコンバースのスニーカー姿の男がニューヨークのわたしの工房に現れた。その晩、劇場に行く前に彼はわたしをディナーに誘った。十番街にあるこぢんまりしたタパスレストランで彼はこれまでの人生を語りだした。マサチューセッツ州ニュートンではじまり、ニュートン・ハイスクールで四年、さらにプリンストン大学で四年を過ごしたあと、大学時代からの恋人とワシントン州シアトルに移り、その後娘とともにカリフォルニア州サウサリートに落ちついた。わたしと出会うまでに仕事を三つ経験、学位を二つ取得、そして妻がひとりいたが、彼女は交通事故で亡くなった。それから十年以上になるのに、彼は事故のことになると言葉少なになり、顔をくもらせ、ふさぎ込んだ。つぎに登場するのが娘のベイリーだ。その物語のハイライトであり、彼の人生のハイライトでもある、頑固で個性的な娘のベイリー。彼が北カリフォルニアのスモールタウンに引っ越すことにしたのは、娘が地図でそこを指さしたからだった。〝ここを試してみようよ〟と言ったそうだ。そして、彼は娘ののぞみをかなえてやった。

彼の娘が理解していたのはこういうことだ。彼女は人生のほとんどをカリフォルニア州サウサリートのフローティング・ホームで、サッカーの試合や学校の劇にはかならず来てくれる父親とともに暮らしていた。日曜日には彼女が選んだレストランでディナーを楽しみ、毎週のように映画を観にでかけた。サンフランシスコの博物館に足しげく通い、近所の人たちとの持ちよりパーティーも頻繁で、バーベキューは毎年の恒例行事となっていた。サウサリートに越す前のことは、ぼんやりした記憶の断片が残っているだけだ。派手なマジシャンが来た誕生日パーティー、ピエロを見て泣きだしたサーカス、テキサス州オースティンのどこかで行われた結婚式。記憶の空白は父親の言葉で埋めた。無理もない。人はそうやって空白を埋めるものだ——愛する人の語る物語や記憶によって。

それでは、オーウェンがそうしていたように、もしその相手がうそをついていたら、自分はいったい誰になる？　その相手は誰？　よく知っていると思っていた人、自分にとってかけがえのない存在であるその人は、姿が見えなくなって、まぼろしの存在となる——大事なことだけは結局変わらないのだと思えなかったら、そうなる。愛はほんものだったと。彼の愛はほんものだと。そう思えなかったら、すべてうそで塗り固められていたということになる。そんな状況とどう向き合えばいい？　こんなことになって、わたしたちはいったいどうしたらいい？　ばらばらの断片をつなぎ合わせてオーウェンが完全に消えてしまわないようにするには、どうすれば？　彼の娘が自分もすっかり消えてしまうと思わなくてもいいようにするには、どうしたらいいの？

午前零時をすぎてすぐにベイリーが目をさます。

ごしごし目をこすっている。それからあたりを見回して、安っぽいホテルのデスクの椅子に腰かけて彼女を見つめているわたしに気づく。

「わたし寝ちゃったの？」ベイリーが言う。

「ええ」

「いま何時？」

「もう遅い時間。そのまま寝たほうがいいよ」

ベイリーは上体を起こす。「そんな風に見られてたら眠れないよ」

「ベイリー、お父さんが子どものころに住んでいたボストンの家には行ったことある？」わたしは言う。「その家をあなたに見せるためにお父さんが連れていったことは？」

ベイリーは怪訝な表情でこちらを見る。「パパが育った家のこと？」

わたしはうなずく。

「ないよ。ボストンにはいちども連れて行ってもらってない。パパひとりでもほとんど帰らないし」

「それと、おじいさんやおばあさんに会ったことは？」わたしは言う。「一緒に過ごしたことはない？」

「わたしが生まれる前に死んじゃったから」彼女は言う。「それは知ってるでしょ。どういう風の吹きまわし？」

誰がこの子の空白を埋められるだろう。穴がぽっかり空いているというのに。どこから手をつけたものか、さっぱりわからない。

「お腹すいてない？」わたしは言う。「すいてるよね。夕食にはほとんど手をつけてなかったでしょう。それに、わたしも腹ぺこなんだ」

「なんで？　夕食をふたり分食べてたじゃん」

「服を着てね、いい？」わたしは言う。「服を着てくれる？」

ベイリーは蛍光色で時刻が表示されるホテルの電波時計に目をやる。「真夜中だよ」

わたしはセーターを着て、彼女にスウェットシャツを放り投げる。脚のあいだに広がって落ちたそのシャツを彼女は見下ろす。フードの下からコンバースのスニーカーがのぞいている。

彼女はスウェットシャツを頭からかぶり、フードを下げて紫の髪の毛を外に出す。

「ビールぐらい飲んでもいいよね」ベイリーが言う。

「だめにきまってるじゃない」

「だめじゃなくなる、にせの身分証明書を持ってるんだけどな」彼女は言う。

「とにかく服を着て」わたしは言う。

〈マグノリア・カフェ〉はオースティン名物のレストランで、終夜営業を売りにしている。そのせいでこんな時間でも客でにぎわっている。音楽が流れ、ボックス席はすべて埋まっている——

いまは午前零時四十五分だ。

わたしたちはラージサイズのコーヒー二杯とジンジャーブレッド・パンケーキを注文する。バターとココナッツシュガーがたっぷりかかった、スパイスの効いたパンケーキをベイリーはお気に召したようだ。バナナが添えてある。彼女がパンケーキをぱくつくのを見ていると、ひとまずいいことをしたと思えてくる。

わたしたちが座っている席のそばには入口ドアがあり、頭上では〝あいにく営業中です《ソーリー・ウィー・アー・オープン》〟のネオンサインが光っている。まぶしい光に目をしばたかせながら、ジェイクから聞いたことをベイリーにどう伝えたものか考える。

「あのね、あなたのお父さんはずっとオーウェン・マイケルズという名前だったわけではなかったみたいなの」わたしは言う。

ベイリーは顔を上げてわたしを見る。「どういうこと？」

わたしはおだやかな口調で、でも包みかくさず事実を伝える。オーウェンが変えたのは名前だけではなかったと。どうやら人生のエピソードを、人生の物語をまるごと変えていたと。マサチューセッツで育っておらず、プリンストン大学も卒業しておらず、二十二歳のときにシアトルに移ってきたのではないと。少なくとも、はっきりと証明できる方法でそうしなかったのはたしかだと。

「それ、誰に聞いたの？」

「ニューヨークにいる友達に。こういうケースを扱う私立探偵に協力してもらっている。その探偵は、あなたのお父さんがサウサリートに引っ越した直前に別人になりすましたと見ている。それはたしかだって」

ベイリーは困惑して皿をじっと見つめる。聞きまちがいだと思っているかのようだ——こんなこと、とても受けとめられないと感じているのだろう。

「どうしてそんなことをしたの？」わたしとは目を合わさずにベイリーは言う。

「あなたを遠ざけておきたい何かがあったんだと思う」

「それ、何？　パパがしたこと？　もし何かから逃げているのなら、それはたいてい自分から逃げているんだって、パパなら真っ先に言いそうだよ」

「そこまではまだわからない」

「わかったよ。確実に言えるのは、パパがわたしにうそをついたってことなんだね」ベイリーが言う。

それが彼女のなかで湧きあがる。怒りの感情。自分の人生のいちばん基本的な事実を知らされていなかったことにたいする、もっともな怒り。たとえ彼女のためにしたことでも。そうするしかなくて、したことであっても。いずれにせよ、それを許せるどうかベイリーが決めるのは、まだ先だ。わたしたちふたりともがその判断を下すのは。

「彼はわたしにもうそをついていた」わたしは言う。

ベイリーが顔を上げる。

「彼はわたしにもうそをついていた、って言ったの」

彼女は首をかしげて、それを信じたものか、言葉どおりの意味に受けとってもいいか考えているようだ。無理もない。こうなった以上、誰ひとりとして信じられないだろう。それでも、彼女を何とか安心させないと——わたしは信頼できると、彼女をだましたりしないとわかってもらわないと。すべては彼女がそう思えるかどうかにかかっている気がする。

でも、ベイリーが打ちひしがれた表情でこちらを見るので、切り出しにくい。彼女の視線に耐えられる自信がない。

その瞬間、彼女にたいするそれまでのわたしの態度はまちがっていたと気づいた――彼女と心をかよわせたいと思うあまり、見当はずれなことばかりしていた。感じよく、やさしく接したら、信頼を勝ち取れると思っていた。でも、人はそんな風に誰かを信頼するものではない。みんな疲れ切っていて、やさしくなる余裕などなく、そういう気力も起こらないときにこそ信頼が生まれる。そういう状況で人にしてもらったことが信頼につながるのだ。

そして、わたしがこれから彼女にするのは、かつて祖父がわたしにしてくれたことだ。彼女が安全だと思えるようになるのなら、わたしはなんだってする。

「それじゃあ……パパだけじゃないよね」ベイリーが口を開く。「パパがそんなことをしていたのなら、わたしだって、パパに聞いたとおりじゃないんでしょう？　わたしの名前やなんか、すべてが……どこかの時点で全部変えられた」

「ええ」わたしは言う。「ジェイクの言っていることが正しければ、そう。あなたは昔は別の名前だった」

「それに、いろいろ細かいところもちがうんだよね？」ベイリーが言いにくそうにする。「たとえば……わたしの誕生日とかも」

それを聞いてわたしははっとする。そうやって訊いてくる彼女の声から、傷ついているのがわかる。

「わたしの誕生日は、ほんとうのわたしの誕生日じゃないんだよね？」

「ええ、多分ちがう」

ベイリーはうつむく。わたしと目を合わさないようにしている。「それ、人が自分のことで、かならず知ってないといけないことだよね」

わたしは泣きださないように、テーブルの端をぎゅっとつかむ。オースティンの、陽気なレストランの小さなテーブル——壁にかけられた絵はどれも明るい色で、いまのわたしの気持ちとは正反対だ。わたしはなんとかして涙をこらえようとする。どうやらわたししか頼れる人がいない、十六歳の女の子は、ここでわたしに泣かれることなど望んでいない。彼女が求めているのは、寄り添ってくれる存在なのだ。わたしは気を引きしめて、彼女が感情を吐き出せるようにする。それをするのは彼女にゆずる。

テーブルの上で両手を重ねる彼女の目に涙が浮かんでいる。つらい気持ちに耐えている彼女を目の当たりにして、わたしは無力感をおぼえる。

「ベイリー、こんなのありえないって思っているでしょうね」わたしは言う。「でも、あなたはあなただから。どういう事情があったとしても、お父さんが言っていなかったことがあっても、あなたは変わらない。おおもとの部分ではね」

「でも、どうしてほかの名前で呼ばれていたときのことが思いだせないの？　住んでいた場所も。そういうの、おぼえてないのはおかしいんじゃない？」

「自分でも言ってたじゃない、まだ小さかったからって。ちょうどものごころつくころに、ベイリー・マイケルズになったから。あなたのせいじゃない」

「全部パパが悪いの？」

バークレーのフリーマーケット会場で出会った男を思い浮かべる。オーウェンを〝プロムキング〟と呼んでいた。オーウェンは冷静に対応していた。まったく挙動不審にならずに。そこまで見事な演技ができるものだろうか？　もしそうだとしたら、彼はいったいどんな人なのだろう。

「お父さんが別の名前で呼ばれていたのはおぼえていない？　サウサリートに引っ越す前に」

「ニックネームみたいな？」ベイリーが言う。

「そうじゃなくて、たとえば……まったく別の名前で呼ばれていたとか」

「おぼえてない。わかんないよ……」彼女はテーブルの向こうにコーヒーカップを押しやる。

「こんなことが起こってるだなんて、信じられない」

「そうね」

彼女は手で髪の毛をいじりだしたので、暗い色のマニキュアと紫色がからみあう。目を大きく見開いて、考えようとしている。

「パパがどういう名前で呼ばれていたか、さっぱりわかんない」彼女は言う。「当たり前だよ。そんなこと気にしたこともなかったから」

彼女はシートにもたれかかり、父親のことや自分の過去についてあれこれ考えている。そうしなきゃいけないと思うあまり、ひどく疲れている。誰が彼女を責められるだろう？　不慣れなオーステインのレストランに座って、かけがえのない人が他人になりすましていたと考えたい人などいるものか。そして、彼がいなくなってどれだけさみしいのかも。彼がほんとうは誰だったのかも。

「あのね、もう行かない？」わたしは言う。「遅い時間だし。ホテルの部屋に戻って、少し眠りましょう」

わたしが立ち上がりかけると、ベイリーに止められる。「待って……」

わたしは座り直す。

「そういえば、何カ月か前にボビーが言ってた」彼女が口を開く。「彼は大学に出願しようとしていて、プリンストン大の卒業生推薦をしてもらえるか、パパに聞いてほしいって言っていた。でも、ボビーが卒業生名簿を調べても、オーウェン・マイケルズという名前はどこにもなかったって。工学部の名簿にも、学部生全体の名簿にも。調べる場所をまちがえたんじゃないのってわたしは言ったんだけど、そうこうするうちにシカゴ大に合格したから推薦は必要なくなった。パパに言ったかどうかはおぼえてないけど、ボビーが卒業生データベースか何かを使いこなせなかったせいだと思ってた」ベイリーはそこで言葉を切る。「あのときパパに聞いておけばよかったのかも」

「ベイリー、そんなこと聞けたかな？　お父さんがうそをついているなんて思いもしなかったでしょう」

「でも、そのままでパパはいつか打ち明けてくれた？」ベイリーが言う。「あるときわたしを散歩に連れ出して、わたしが誰なのか教えるつもりだったのかな。わたしが自分の人生だと思い込んでいたものはそもそも全部うそだったと正直に話してくれたかな？」

薄暗い照明のなかでわたしはベイリーを見る。オーウェンとの会話を思い浮かべる。休みをとってニューメキシコに行こうと話していたときのことを。あのときオーウェンは、わたしに何か打ち明けようとしていなかっただろうか。わたしがもうちょっとねばったら、教えてくれたのかもしれない。

「それはわからない」わたしは答える。

そんなのずるいとベイリーは言いだすだろう。また怒りだすだろう。でも、彼女は押し黙ったままだ。

「パパは何をそんなにおそれているんだろう」ベイリーが口を開く。

そこではっとする。そういうことじゃないか。それがすべての鍵を握っている気がする。オーウェンは、おそれている何かから逃げている。その何かから逃げることに自分の人生を費やしている。そして何よりも、全人生をかけてベイリーをそれから遠ざけようとしている。

「それがわかれば、彼がどこにいるのかもわかるんじゃないかな」わたしは言う。

「へえ、それなら簡単だね」ベイリーが言う。

そして、笑い声を上げる。でも、その笑いはすぐに、両目にあふれる涙となる。もう帰りたいと——ホテルの部屋に、サウサリートに戻りたいと——ベイリーが言いだすのではないかとわたしは身構えたが、彼女はどうやら自分の軸となるものを見つけたようだ。覚悟ができたようだ。

「で、わたしたち、これからどうする？」ベイリーが言う。

わたしたち。わたしたちはこれからどうする？　どうやら、わたしと一緒にこの状況に向き合っているということらしい。それに気づいて、わたしは胸が熱くなる。そのせいで、わたしたちの家から遠く離れた南オースティンの終夜営業のレストランにいる羽目になっても。そのせいで、かかわりたいとは思いもしない領域に足を踏み入れることになっても。ベイリーがそんな領域とはかかわらずにすむのなら、わたしはなんでもする。わたしたちはここにふたりでいて、このまま前に進みたいのだ。わたしたちふたりの目的はオーウェンを見つけること——彼が何を隠しているのであれ、いまどこに身を潜めているのであれ。

「これから」わたしは言う。「わたしたちでなんとかしよう」

このゲームはふたり用です

彼に電話をかけるのは朝まで待った。心を落ちつかせて、しなければならないことを確実にできると思えるまで待った。

わたしはそれまでにとったメモをかき集めて、サンドレスをさっと着る。ベイリーを起こさないようにホテルの部屋のドアをそっと閉める。それから階下《した》に向かい、人でにぎわうロビーを突っ切って外に出るとそのまま通りを歩き、彼がわたしの背後に聞きとる音が不自然にならない場所を探す。

外はまだ静かだった――湖面はおだやかで平和そのものだ。すでに朝のラッシュがはじまっていて、人びとはコングレス・アヴェニュー・ブリッジを渡ってオフィスや子どもの学校に向かい、しあわせなことに、いつもと変わらない一日をはじめようとしている。

わたしはポケットに手を伸ばして〈フレッズ〉の紙ナプキンを引っ張りだす。グレイディの携帯電話番号には二重線が引いてある。

わたしは自分の携帯電話を取り出して、番号を入力する前に＊六七を押す。こうしておけば、発信元を追跡されたとしても少しは時間をかせげる――グレイディが本気で非通知設定を解除してわたしの居場所を突きとめようとしたらいけないから。

「グレイディです」電話に出た彼がそう言う。

わたしはうそをつく心の準備をする。とにかく、もうこうするしか手は残されていないのだ。

「ハンナです。オーウェンから連絡がありました」

それがあいさつ代わりだ。

「いつ？」グレイディが言う。

「昨晩、午前二時ぐらいでした。盗聴されているおそれがあるから、くわしくは話せないと言ってました。誰かがこの通話を追跡しているかもしれないって。公衆電話か何かからかけてきたんです。非通知設定になっていて、オーウェンは早口でした。わたしやベイリーが無事かどうか確かめたかったって。それから、〈ザ・ショップ〉の件にはかかわっていないときっぱり言ってました。アヴェットが何かたくらんでいるのには薄々勘づいていていたけど、それがどれだけのものなのか知らなかったそうです」

電話の向こうから、がさごそする音が聞こえる。わたしがこれから手がかりを口にすると思って、書きとめるためのメモ帳を探しているのだ。

「彼がなんと言ったのか正確に教えてくれますか……」彼が言う。

「電話で話すのは安全じゃないと言ってました。でも、わたしはあなたに電話しないといけないって」わたしは言う。「そうすれば、あなたがほんとうのことを教えてくれるからと」

がさごその音が止まる。「ほんとうのこととは？　なんについてですか」

「わかりません。オーウェンの口ぶりだと、あなたは答えを知ってるみたいでしたけど」

グレイディはしばらく黙り込む。「カリフォルニアではまだ朝早い時間ですよね。こんな早朝から何をしているんですか？」

「午前二時に夫から電話がかかってきて、トラブルに巻き込まれたと言われて、また眠れますか？」

「ぼくは寝つきはいいほうだから……」グレイディが言う。

「何が起きているのか知りたいんです、グレイディ。いったいどうなってるんですか」わたしは言う。「どうしてテキサス支部所属の連邦保安官が、容疑者でもない人を探して、わざわざサンフランシスコまで足を運んだりするの」

「オーウェンはそんなことをするはずがないのに、なぜ連絡があったなんてうそをついたのか、ぼくは知りたいですね」

「どうしてサウサリートに引っ越す前のオーウェン・マイケルズの記録がないの？」わたしは言う。

「誰に聞いたんです？」

「友人に」

「友人？　どうやらそのお友達はまちがった情報をあなたに伝えたようですね」彼は言う。

「そんなことありません」わたしは言う。

「いいでしょう。そうですね、〈ザ・ショップ〉の新しいソフトウェアの主要機能は個人のオンライン上の履歴を変えることだと、あなたはそのお友達に教えてあげましたか？　残したくない履歴を消せると。そうでしたよね？　オンライン上の個人情報を消去できるんでしょう。それには大学や不動産の所有のデータベースなんかも含まれると――」

「ソフトウェアの機能ぐらいわかってます」

「それでは、誰かがオーウェンの記録を消去したとすれば、それができるのはひとりしかいないとお気づきではなかった？」

　オーウェンだ。オーウェンが自ら記録を消したと彼は言っているのだ。「どうしてそんなことをするの？」わたしは言う。

「自分が開発したソフトウェアを試したんでしょう」彼は言う。「わかりませんがね。あなたのお友達がオーウェンの過去について何を発見したにせよ、しなかったにせよ、それについてはいくらでも別の説明ができるのに、あなたはごたいそうな物語をでっち上げていると言いたいだけです」

　グレイディはこっちの調子を狂わせようとしている。そうはさせない。彼の思惑どおりの筋書きに持っていかせるものか。そっちのほうがますますうさんくさいではないか。

「グレイディ、オーウェンはいったい何をしたの？　こうなる前に。〈ザ・ショップ〉の件が問題になる前に。どうして別人になったの？　名前まで変えて」

「何をおっしゃっているのか、わかりませんね」

「あら、わかると思ったんですけど」わたしは言う。「それなら、捜査の管轄権もないのに、あなたがわざわざサンフランシスコまで来た理由が説明できますから」

　彼は笑う。「管轄権はたしかにありますよ。だからこそ、ぼくはこの捜査にどっぷりかかわっているんです」彼は言う。「そんなことよりも、もっと別の心配をされたらいかがです」

「どんなことを？」

「あなたのお知り合いのＦＢＩ特別捜査官ナオミ・ウーがオーウェンを正式な参考人にしようと動いていることとか」

わたしは息を潜める。彼女の名前は出していないのに。グレイディは知っていた。すべて把握しているというわけか。

「彼女の率いるチームが捜査令状を手にあなたの家に現れるまでに、あまり時間が残されていません。いまのところはなんとかその動きを牽制していますが、ずっとこのままでいられるという保証はできませんよ」

家に帰ったベイリーが、彼女の部屋が荒らされているのを――彼女の世界が荒らされているのを目の当たりにする光景を思い浮かべる。

「どうしてなの、グレイディ？」

「はい？」

「どうしてそれを阻止しようとしてくれているの？」

「それがぼくの仕事ですから」彼が言う。

彼はさも当然のように言うが、だまされるもんか。それでぴんと来た。グレイディはわたしと同じぐらい、オーウェンの身にそんなことが起こってほしくないのだ。オーウェンをそんな運命から遠ざけたがっている。でも、いったいなぜ？　グレイディがただオーウェンを捜査しているだけで、警察に身柄を引き渡すことしか考えていないのなら、この事態を終わらせたいだけなら、そんな配慮はしないはず。ということは、別の何かが――オーウェンが単なる詐欺との関与を疑われるよりも、もっとひどい何かが進行しているということだ。そして突然、その何かは、わたしが想像できないようなものではないかと思えてきて身がすくむ。

彼女を守って。

「オーウェンはお金のつまったバッグを残したんです」わたしは言う。

「なんのことです？」グレイディが言う。

「ほんとうです、ベイリーのために残したんです。大金が入ってます。あなたがわたしを脅そうとしてちらつかせている、捜査令状を持った人たちに見つけてほしくありません。わたしをベイリーから引き離す根拠として利用されたくないんです」

「そんなことにはなりませんよ」

「そんなことになるかどうか、まだこういうことには不慣れでよくわからないんです。だからとりあえず、あなたにお金のことを伝えてるんです」わたしは言う。「キッチンの流し台の下に入れてあります。そのお金とはかかわりあいになりたくない」

グレイディは押し黙る。「教えていただいてありがとうございます。ＦＢＩに発見されるよりも、こちらで預かったほうがいいでしょう」彼が言う。「サンフランシスコ支部のものに取りに行かせます」

わたしはレディ・バード湖の向こうに見える、オースティンのダウンタウンを眺める。落ちついた雰囲気のビルが並んでいるのが目に入り、木々のあいだからは朝の光がこぼれている。きっとグレイディはもうあのビルのどれかに出勤していて、一日をはじめようとしているのだ。思いがけず彼の近くに来てしまった。

「いまはちょっと都合が悪くて」

「どうして？」

身体じゅうが、彼にほんとうのことを打ち明けるべきだと訴えている。わたしたちはいまオースティンにいると。でも、彼が敵なのか味方なのか、まだ判然としない。その両方なのかも。きっと誰もが少しずつ敵であり味方なのだ。オーウェンですら。

「ベイリーが目をさますまでに片づけておかないといけない仕事があるんです」わたしは言う。「それに、これはずっと考えていたんですけど……ほとぼりが冷めるまで、ベイリーをどこか別の場所に移したほうがいいんじゃないかと」

「たとえば、どこに？」

ジェイクの提案を思いだす。ニューヨークを思い浮かべる。

「まだわかりません」わたしは言う。「でも、サウサリートにいなくちゃいけないわけじゃないですよね。その、わたしたちがそっちにとどまらないといけない法的根拠はないはずでしょう？」

「公式にはそうですが、心象はよくありませんね」グレイディは言う。それから沈黙する。気になることを耳にしたかのように。

「ちょっと待って。なぜ〝そっち〟なんですか？」

「え？」

「いま、〝そっちにとどまらないといけない〟と言いましたよね。自宅のことを、サウサリートのことを話していて。もし家にいるのなら、〝ここに〟と言うはずじゃありませんか。〝ここにとどまらないといけない〟と」

わたしは何も答えない。

「ハンナ、同僚をひとりそちらに派遣してようすを見に行かせます」

「コーヒーの用意をしておきますね」わたしは言う。

「これはジョークじゃありませんよ」グレイディが言う。

「そんな風には思ってませんけど」

「それじゃあ、いまどこにいるんです？」

グレイディは通話を追跡しようと思えば、やってのけるだろう。もしかしたら、すでに試みているかもしれない。わたしはグレイディの故郷の町を見渡して、ここが夫にとってどんな意味があったのか考える。

「グレイディ、わたしがどこに行くのをそんなに心配してるの？」わたしは言う。

それから、彼の答えを待たずに通話を終了する。

一年前

「あなたは神出鬼没なの？」わたしは言った。

ジョークのつもりだった。でも、平日の昼間からオーウェンがわたしの工房に突然やって来て、こっそり近づいてきたから驚いた。普段の彼はそんなことはしない。パロアルトにあるオフィスに一日こもりきりで、ときたま会議でサンフランシスコに出るぐらいだ。ベイリーの用事がないかぎりは、平日はめったに家にいない。

「神出鬼没だったらここに入りびたるけどな」彼は言った。「で、ぼくたちはいま何をつくっているんだい？」

わたしと工房にいられるのがうれしくて、彼は両手をすり合わせていた。彼はわたしの作品が大好きで、製作過程にかかわりたがった。本気でそう思っている彼を目の当たりにするたびに、この人を愛せてわたしはどれだけラッキーなのかと思い知らされる。

「こんなに早く帰ってきて、どうしたの」わたしは尋ねる。「すべて順調？」

「ケースバイケースだね」彼は答えた。

オーウェンはわたしのフェイスシールドを上げて、あいさつ代わりのキスをした。わたしはハイネックの上着とフェイスシールドという仕事着姿で、そういういでたちだと過去と未来に同時にいるような雰囲気だった。

「ぼくの椅子は完成した？」

わたしは彼の肩に腕を回してキスを返す。

「まだよ。それに、あれはあなたの椅子じゃない」

それは、サンタバーバラのある顧客のために製作していたウィンザーチェアで、彼女のインテリアデザインのオフィス用だった。でも、彫り込みのある濃い色のニレ材が使われていて、湾曲した大きな背もたれのついた製作中のその椅子を見るやいなや、彼はそれを手放すだなんて考えられなくなった。それで、自分のものだと勝手に決めた。

「それはまだわからないさ」オーウェンが言った。

そのとき、彼の携帯電話が鳴りだした。発信元を確認したオーウェンの顔がくもった。そして、〝応答しない〟をタップした。

「誰から？」わたしは言った。

「アヴェットだよ。またあとでかける」

それについて彼が話したくないということははっきりとわかった。でも、わたしはそのままにしておけなかった——彼が急に元気をなくしたからなおさらだ。応答しなかった電話のせいでようすがおかしくなったから。「彼と何かあったの？」

「アヴェットはちょっと意固地になっている。それだけだよ」

「なんのことで？」

「新規株式公開がらみさ。でも、たいしたことじゃない」

ところが、そのとき彼の目にそれがよぎった——怒りといら立ちがないまぜになったものが。その二つの感情を彼はめったに見せなかった。でも、最近では以前よりもちょくちょく出すようになっていた。そして何よりも、そのとき彼は自分のオフィスではなく、わたしの工房に立っていた。

彼を助けたかった。でも責めたくなかったから、わたしは慎重に言葉を選んだ。わたしはオフィスで働かなくていいし、仕えなければいけない上司、しかも、アヴェット・トンプソンのようにそりが合わないかもしれない人物のもとで働くときには必要となる、さまざまな駆け引きをしなくてもすむ。それでも、それをどう伝えたものか考えたかった——わたしの見たところ、オーウェンのストレス度がどんどん上がってきていると。ただの仕事じゃないかと。わたしの知るかぎり、オーウェンだったらいくらでもつぎの仕事が見つかるはずだと。

わたしが口を開く前に、携帯がまた鳴った。発信者は〝アヴェット〟と表示されているのが見えた。彼は携帯の画面に目をやる。指が動いて、いまにも通話をはじめそうだ。でも、彼はまた〝応答しない〟をタップして、携帯をポケットに突っ込む。

そして首を振った。「ぼくが何度同じことを言っても意味がない。アヴェットは聞く耳を持たないから」彼は言った。「ことをうまく運ぶためにどうしたらいいかというアドバイスをね」

「うまくいく方法があっても、ほとんどの人は耳を貸したがらないって祖父がよく言ってた」わたしは言った。「どうしたら楽にできるのかということばかり知りたがるって」

「それで、そういうときはどうしたらいいって彼は言ったの？」

「相手を変えろって。ほら、手はじめにね」

彼は首をかしげ、わたしをじっと見た。「ぼくに何を言えばいいのかきみはいつも心得ているんだね」

「そんな。でも祖父はほんとうにそう言っていたから、もちろん……」わたしは言った。

手を伸ばしてわたしの手に触れた彼の顔に笑顔が広がった。まるで何ごともなかったかのように。もしくは、ひとまずは思っていたほどひどいことではなかったかのように。

「この話はもうおしまいだ」彼は言った。「さて、ぼくの椅子を見にいくとするか」

彼はわたしの手を引いて、ドアから裏庭に出て、やすりをかけられ、塗装されたその椅子を乾燥させてあるデッキへと向かった。

「あの椅子はあなたのものにはならないって、わかってるくせに」わたしは言った。「別の人が発注したんだから。彼女はたんまり支払ってくれるんだから」

「彼女に幸運を祈るよ」彼は言った。「法的には、所有していればこっちのものさ」

わたしはほほ笑んだ。「そこまで法律にくわしかったっけ？」

「あの椅子に座りさえすれば」彼は言った。「誰にも取り上げられないということぐらいは、わかっているさ」

すべての履歴を消去せよ

午前十時。ホテルのカフェはすでに客でにぎわい、照明は薄暗い。

わたしはバーカウンターに座ってオレンジジュースを飲んでいるが、まわりにいる客のほとんどは朝のカクテルを楽しんでいる――ミモザ、ブラッディ・メアリ、シャンパン、ホワイトルシアン。

並べられたテレビが映し出す別々のニュース番組を見つめる。字幕で内容がわかる。ほぼすべての番組が〈ザ・ショップ〉について報じている。公共放送サービスは、手錠をかけられたアヴェット・トンプソンが連行される映像を流している。MSNBCでは、ニュース番組《トゥディ》の予告が流れ、インタビューに応じたベルがアヴェットの逮捕は司法の茶番だと訴えている。CNNで繰り返し流れるテロップは、今後さらなる起訴が見込まれると警告する。グレイディが予言したとおり、オーウェンがじきに深刻なトラブルに巻き込まれる予兆のようだ。彼が何から逃げているにしろ、追手はそこまで迫っている。

夫のことを考えると、そればかりが心に浮かんでつらくなる――オーウェンが食い止められない何かが彼に、わたしたち家族に迫っている。それをなんとかして阻止する役目をオーウェンはわたしに託した。

　わたしはメモ帳を取り出して、グレイディが電話で話したことを振り返る――すみずみまで思いだして、重要な箇所に焦点を合わせようとする。オーウェンが自分のオンライン上の履歴をすべて消したと彼が言っていたことが、どうしても引っかかる。そんなことはあるはずがないと思いつつも、もしそうだとしたらそこから何がわかるか考えてみる。

　そして、ふとひらめく。消せないものだってあるはずだ。たとえば、まったく意識せずに、身近な人に漏らしたこと。

　オーウェンが何気なしにわたしだけに漏らしたことがいくつかある。

　それで、わたしは別のリストをつくる。オーウェンの過去についてわたしが知っていることのリスト。ニュートン、プリンストン、シアトルなどのにせの事実ではない。それ以外の、事実とされない事実。彼のそばにいてたまたま知ったこと。いまにして思えば、奇妙な出会いだったと思えること。たとえば、ルーズベルト・ハイスクールを卒業したあの男性。ルーズベルト・ハイスクールを検索してみると、全米で八十六校あるとわかった。マサチューセッツ州周辺にはひとつもない。いっぽう、サンアントニオやダラスなど、テキサス州内には八校ある。

　そこまで調べて、また考える。そして、オーウェンがバーでブタの貯金箱と座っていた、ホテルに泊まったあの晩のことを思い浮かべる。あのブタの貯金箱、何か引っかかる――なんとかして思いだそうとする。これは正確な記憶だろうか。それとも、やけになって記憶をでっち上げただけ？　それについて裏づけをとってほしいとジュールズにメッセージを送って、引きつづき考える。

　わたしだけが知っていることをつぎつぎとリストアップする。オーウェンが深夜に教えてくれた話やエピソードを。ふたりきりのときに。自分で選んだ、人生の目撃者にだけそうするように。

誰かに打ち明けているとオーウェンが意識せずに口にしたその手の話が、すべてうそであるはずがない。そんなのはありえない。わたしがまちがっていると証明されないかぎり、信じられない。

オーウェンから聞いた、人生のベストヒットを思い浮かべる。十六歳になるかならないかのころ、お父さんとヨットで東海岸を下った。それは、父親とふたりきりで数日間を過ごした唯一の機会だった。ハイスクールの最高学年のときに、当時のガールフレンドの飼い犬を遊ばせるために連れ出したら、逃げられた。はじめてのアルバイトをクビになったのは、仕事をすっぽかして午後じゅうその犬を探していたからだ。友達と一緒に『スター・ウォーズ』の深夜上映にもぐりこみ、午前二時四十五分に家に帰ったら両親が起きて待っていた話。

そして、大学時代の話。当時、工学に打ち込むようになったきっかけ。十九歳になるころ、大学一年だったオーウェンは、ある教授の数学の授業をとった。オーウェンはその教授を尊敬していて、いまの仕事をしているのは彼のおかげだと言っていた。ところが、その教授に、それまで教えたなかで最悪の学生だと酷評されたそうだ。オーウェンは教授の名前を教えてくれたっけ？　トビアスなんとかだった。ラストネームはニュートン？　それとも、ニューハウス教授？　ニックネームでも呼ばれていなかった？

わたしは急いで階上《うえ》に行き、ホテルの部屋に戻ってベイリーを起こす。その教授の話をわたしよりも聞かされている可能性のある唯一の人物だから。

わたしは掛けぶとんをはがして彼女のベッドの端に腰かける。

「寝てるんだけど」ベイリーが言う。

「もう起きてるでしょ」わたしは言う。

彼女はしぶしぶ上体を起こしてヘッドボードにもたれかかる。「いったい何?」

「お父さんがよく話してた教授の名前、おぼえてない? ほら、大好きだった教授で、一年生のときに教えてもらった」

「誰のことなのか、さっぱりわかんないよ」ベイリーが答える。

わたしははやる気持ちを抑える。この話を聞くと、ベイリーはいつも目をぎょろっと回していたではないか。オーウェンはこの話を通じてベイリーに教えたいことがあったのだ。自分にとって大切なことをあきらめずに、計画どおりにやりとげることが肝心だと。大切でないことでもそれは同じだと教えていた。

「知ってるはずだよ、ベイリー。ゲージ理論と大域解析の、むずかしい授業を教えていた教授。オーウェンは教授の話をするのが好きだったじゃない。教えたなかでいちばんできの悪い学生だと言われたって。そのおかげで、オーウェンはもっとできるようになりたいと思えた。それで目がさめたって」

ようやくわかってきたベイリーはうなずく。「パパの中間試験の答案を掲示板に貼りだした人のことだよね……?」彼女が言う。「そこから伸びしろがあるって、パパが忘れないように」

「そう、その人!」

「情熱にはときに努力が必要で、簡単じゃないからといってあきらめたらいけない……」ベイリーはオーウェンの口調をまねる。「さらなる高みに到達するには、一生懸命にならないといけないときがある」

「そう。あってる。その教授。ファーストネームはトビアスだと思ったんだけど、フルネームが知りたくて。お願い、おぼえてるって言って」

「なんで?」ベイリーが言う。

「なんでもいいから。思いだしてくれる、ベイリー?」

「パパはときどきその教授のことをラストネームで呼んでいたよね。彼のラストネームにちなんだニックネームで。〝J〟ではじまっていたような……ちがった?」

「どうかな。わたしはわからない」

「ううん、やっぱりそうじゃない……クックだよ……パパはその人のことクックと呼んでた。だから、〝クッカー〟とか?」ベイリーが言う。「それとも、〝クックマン〟?」

わたしは笑顔になって、思わず笑いだしそうになる。彼女の言うとおりだ。それを聞いて、わたしも思いだした。わたしが思いついた名前はまったくの見当ちがいだったとわかってよかった。

「何がそんなにおかしいの?」ベイリーが言う。「こわいんだけど」

「なんでもない。素晴らしい。それが知りたかったから」わたしは言う。「もう寝ていいよ」

「寝てなんかいられないよ」ベイリーが言う。「何がわかったのか、教えてよ」

わたしは携帯電話の画面を開いて、検索バーにその名前を入れる。大学で数学を教えるトビアス・クックマンという名の教授が何人いるだろうか。さらに、ゲージ理論と大域解析を教えている教授となると、どうか。

検索結果に表示されたのは、数学理論を教える人物だ。教育活動が高く評価されていて数々の受賞歴もある。表示された写真を見ると、オーウェンが言っていたとおりの外見だ。眉間にしわを寄せて、気むずかしそうな顔をしている。そしてなぜか、赤いカウボーイブーツを履いて写っている写真がたくさんある。

トビアス・〝クック〟・クックマン教授。
プリンストン大学で教えたことはない。
でも、過去二十九年間テキサス大学オースティン校で教鞭をとっている。

それが科学というものです

今度はタクシーを使うことにした。

ベイリーはうつむき、まばたきもせずに手をじっと見つめている。かなりぼうっとしている。わたしも目まいがするので、気をしっかり持つ。素人探偵の勘では、夫は名前も、これまでの人生もいつわっている。でも、もしこれからすることがうまくいったら――もしオーウェンがほんとうにクックマン教授の授業をとっていたら――オーウェンが自分の人生についてうその説明をしていた、わたしたちにとって最初の確たる証拠となる。彼のほんとうの物語はオースティンにはじまり、オースティンに終わるらしいというわたしの勘を裏づける最初の証拠に。真実に近づくと、勝利に向かっている気分になる。でも、その真実によって望まないところに連れていかれるのなら、よくわからない。ほんとうに勝ちたいのか、わからなくなる。

タクシーは自然科学研究科の建物の前で停まる。そこに集まっている建物は、わたしの母校のリベラルアーツ・カレッジのキャンパスと寮を含んだ敷地全体よりも大きくて広々としている。

わたしは振り返ってベイリーを見る。ベイリーは建物をじっと見ている――のんびりした雰囲気の緑の芝生が建物と建物のあいだや周辺に広がっている。

こんな状況のさなかでも、その場の雰囲気に感銘を受けずにはいられない。タクシーから降りて芝生を歩き、数学科の建物につながる小さな橋を渡っているときなど、なおさらだ。

その建物はオースティン校の数学、物理学、天文学の拠点になっている。関係者の実績が紹介されている壁には、この建物から毎年アメリカきっての優秀な科学や数学専攻の学生が何百名と世に送り出されることが誇らしげに説明されている。さらに、ノーベル賞、ウルフ賞、アーベル賞、チューリング賞、フィールズ賞受賞者も輩出しているらしい。

そのなかには、フィールズ賞受賞者であるわれらがクックマン教授もいる。

彼のオフィスに行くためにエスカレーターに乗っていると、クックマン教授の顔の大きなポスターが目に入る。おなじみの、眉間にしわを寄せたしぶい顔つきをしている。

ポスターには、〝テキサスの科学者が世界を変える〟とある。さらに、クックマン教授の研究実績や受賞歴が紹介されている。フィールズ賞受賞者で、ウルフ賞の最終候補者。

オフィスの前まで来ると、ベイリーが自分の携帯電話でオーウェンの写真を探す。わたしたちがテキサスに持ってきたなかで、いちばん古い写真だ。クックマン教授がこころよくその写真を見てくれる人でありますように。

写真は十年前のものだ。はじめての学校の劇が終わって、オーウェンがベイリーを抱きしめている。ベイリーは舞台衣装のままで、オーウェンは得意げに彼女の肩に腕を回している。ベイリーの顔はオーウェンがプレゼントした大きな花束の陰にほとんど隠れている。ガーベラ、カーネーション、百合などが入ったその花束は彼女の身長よりも大きい。オーウェンはカメラを見つめている。しあわせそうだ。笑っている。

オーウェンの姿に目を留めると、写真をそれ以上見ていられなくなる。彼の目は輝き、生き生きとしている。まるでここにいるようだ。ここにいてもおかしくない。

わたしはベイリーを元気づけようとほほ笑みかけて、オフィスのなかへと向かう。オフィス正面のデスクに大学院生がひとり座っている。黒いメタルフレームのメガネをかけて、山のような学生のレポートを採点する作業に没頭している。

彼女は目を上げず、ペンも置かない。でも、咳払いをする。

「何かご用ですか？」やる気がなさそうにそう言う。

「クックマン教授とお話ししたいのですが」わたしは言う。

「そのようですね」彼女は言う。「どういったご用件で？」

「わたしのお父さんは以前教授に教えてもらっていたんです」ベイリーが言う。

「いま講義中です」大学院生が言う。「それに、アポを取ってもらわないとこまりますよ」

「もちろんです。でも、ベイリーが言いたいのは、彼女も学生になりたいってことです。こちらの大学の。父親みたいにね。それで、入試事務局のナイロン・サイモンソンさんが、クックマン教授の講義を見学したらどうかとすすめてくださったものですから」

大学院生は顔を上げる。「入試担当事務局の誰です？」

「ナイロンだったかな？」とっさにでっち上げた名前がそれらしく聞こえるようわたしは必死になる。「その人に言われたんです。クック教授にお会いしたらベイリーもこちらの大学に進みたくなるはずだって。今日の授業を見学したほうがいいと言われたものですから」

大学院生は眉毛をひょいと上げる。わたしがクックとニックネームで呼んだのに気づいて、こちらを信じる気になったのだ。

「そうですね。講義はもう半分終わっています。でも、後半部分をお聞きになりたいのなら、ご案内できないこともないですけど……」

「うれしいです」ベイリーが言う。「ありがとうございます」

大学院生は無関心に目をぎょろっと回す。「じゃ、そうしましょう」

わたしたちは彼女についてオフィスを出て、階段をいくつか下りて、大きな講堂にたどりつく。

「いまからなかに入ると、講堂の最前列に出ます」院生が説明する。「立ち止まらないでくださいね。クックマン教授を見てもだめです。階段を上がって、まっすぐにうしろまで行ってください。わかりましたか？」

わたしはうなずく。「ええ」

「どんな形であれ彼の講義の邪魔をしたら、出ていくように言われます。ほんとうですから」

彼女はドアを開けたので、わたしはありがとうと言いかける。でも、彼女は指を口に立てて、「シーッ」と言う。

「いま、言いましたよね？」

それだけ言うと、そのままドアを閉めて、わたしたちをなかに残してさっさと消える。

わたしたちは閉ざされたドアをじっと見つめる。それから彼女に言われたとおりにする。まっすぐ前を見据えて階段を上がり、八十数名の学生が席を埋める横を講堂のうしろへと向かう。

わたしは後方の壁の前にあるスペースを指さして、目立たないようにしてそちらへ向かう。そこまできてようやくうしろを向き、その空間を眺める。

クックマン教授はいちばん前にある小さな演壇のうしろに立っている。実際の教授は六十歳ぐらいで、赤いカウボーイブーツを履いているから、おそらく数センチ高くなっているにもかかわらず、身長は百七十センチもないぐらいだ。

そこにいる全員の目が彼に向けられている。誰もが集中している。となりの学生とこそこそ話しているものはいない。誰もメールチェックなどしていない。メッセージも送信していない。大きな黒板に何か書くためにクックマン教授がうしろを向くと、ベイリーがわたしのほうに身を寄せる。

「ナイロン・サイモンソンって？」彼女はひそひそ声で話す。「あれ、でっち上げたの？」

「わたしたちはいまここにいるんだよね。ちがった？」わたしは言う。

「いるけど」

「じゃあ、別にいいじゃない？」

そっと話していたと思ったのに、後列に座っている学生が振り返ってこちらを見るほどには大きな声だったらしい。

さらに悪いことに、クックマン教授も板書する手を止めて、こちらを振り向いた。彼がわたしたちをにらみつけたので、クラス全体も彼にならう。

わたしはかあっと赤くなるのを感じてうつむく。彼は何も言わないが、わたしたちから目をそらしもしない。ゆうに一分間まるまる。それ以上に感じる。

さいわい、やがて彼は黒板に向き直って講義をつづけた。

残りの講義のあいだ、わたしたちはひとこともしゃべらずに眺めている。そうしていると、学生たちがクックマン教授に意識を集中する理由が手に取るようにわかる。背はそこまで高くないのに、彼は堂々としている。講義をショーのように展開して、学生の心をつかんでいる。そしておそらく、こわがらせてもいる。指名するのは、手を挙げない学生だけだ。その学生が正しい答えを言っても、無言で目をそらす。答えがまちがっていると、その不届きものをじっと見つめる。

気まずくなるまでずっと。さきほどわたしたちも同じようなことをされた。そうやって見つめてから、教授はつぎの学生を当てる。

最終方程式を黒板に書き終えた教授が、今日の講義はそこまでだと告げて学生たちを解放する。学生たちがぞろぞろと教室を出ていくなか、わたしたちは階段の下の、デスクのところで肩掛けかばんに道具をつめている教授のところへと向かう。

教授はわたしたちに気づいていないかのように、淡々と書類をかばんに入れている。それからおもむろに口を開く。

「きみたちは授業妨害の常習犯なのか。それとも、わたしの授業だけ特別なのかね？」

「クックマン教授」わたしは口を開く。「さきほどはすみませんでした。まさか声が聞こえるとは思わなかったものですから」

「それはあやまっているつもりなのか」教授は言う。「きみたちはいったい何者なんだ。どうしてわたしの講義にいた？」

「わたしはハンナ・ホール。こちらは、ベイリー・マイケルズです」わたしは言う。

教授はわたしとベイリーを交互に見て、さらに何かあるのかと考えている。「それで」

「あなたの昔の教え子について調べています」わたしは言う。「助けていただけないかと思って」

「どうしてわたしがそんなことを？」彼は言う。「こちらのお嬢さんがたに講義を邪魔されたというのに」

「頼れる人はあなたしかいないんです」わたしは食い下がる。

はじめてわたしに気づいたかのように、彼はわたしの目を見る。わたしがベイリーをつつくと、彼女は父親と一緒に写っている写真が表示された状態の携帯電話をクックマン教授に手渡す。

教授は胸ポケットに手を伸ばしてメガネを取り出し、写真に目を落とす。

「きみのとなりに立っている男性かな？」彼は言う。「彼がわたしの昔の教え子だと？」

ベイリーはうなずくだけで、何も言わない。

彼は首をかしげてその写真に見入っている。本気で思いだそうとしているようだ。彼の記憶を刺激するためにわたしは助け舟を出す。

「わたしたちが把握している彼の卒業年が正しければ、二十六年前にあなたの授業をとっています」わたしは言う。「彼の名前をご存じだとありがたいのですが」

「二十六年前にわたしの授業に出ていたとわかっているのだな」教授は言う。「それなのに名前がわからないとは？」

「いま彼が名乗っている名前はわかってますけど、本名がわからないんです」わたしは言う。

「話せば長くなります」

「短いバージョンを聞く時間ならある」教授が言う。

「わたしの父親なんです」ベイリーが言う。

ベイリーがはじめて口にした言葉を聞いて、教授は黙り込む。そして顔を上げ、ベイリーと目を合わせる。

「彼とわたしの関係がどうしてわかったのかな？」彼は言う。

わたしはベイリーを見て、自分で答えたいか確かめようとするが、彼女はまた黙り込む。それに、疲れ切っているようだ。十六歳には荷が重い。彼女は顔を上げて目配せをする。助けて、と。

「夫は自分の人生のことを……いろいろとごまかしていたとわかったんです」わたしは説明する。

「でも、あなたのことだけは話してくれました。影響を受けたって。あなたとの思い出を大切にしています」

教授はまた写真を見る。オーウェンを凝視するその目のなかに何かがゆらいだ気がする。ベイリーを見ると、彼女もそれに気づいたようだ。願ってもいない展開だ。

「彼はいま、オーウェン・マイケルズと名乗っています」わたしは言う。「学生時代は別の名前でした」

「なぜ名前を変えたのかね?」教授が言う。

「それを突きとめようとしているんです」わたしは答える。

「そうだな、わたしは長年大勢の学生を教えてきた。彼を知っているとは言えない」

「彼を教えたのは、あなたが教えはじめて二年目だったはずです。これがヒントにならないでしょうか」

「わたしの記憶の働きは、あなたのものとはちがうのかもしれませんな。わたしの経験では、昔のできごとほど思いだしにくい」

「わたしのつい最近の経験でも、同じですよ」わたしは言う。

彼はわたしを見つめながら、ほほ笑む。おそらく、わたしたちが置かれている状況を理解してくれたのだろう。急に声がおだやかになる。

「たいして役に立てず、もうしわけない……」彼は言う。「教務課に当たってみてはどうだろう。正確な情報が得られるかもしれない」

「それで、何を訊けと?」ベイリーが言う。

彼女はつとめて冷静になろうとしている。でも、わたしにはわかる。彼女のなかに怒りが湧きだしている。

「いま、なんと?」教授が言う。

「そこで何を訊けばいいのかと言ったんです。いまはオーウェン・マイケルズという名前でも、昔は別の名前だった学生の記録があるとして」彼女は言う。「どうやら蒸発して消えてしまった人の記録があったとして」

「ああそうだ。きみの言うとおりだ。教務課では埒が明かないだろうな……」彼は言う。「こういうことはわたしの得意分野ではない」

彼はベイリーに携帯電話を返す。

「あなたたちに幸運を祈ります」彼は言う。

それからかばんを肩にかけて、出口へと歩いていく。

ベイリーは戻ってきた携帯を手に持って、じっと見つめている。おびえているようだ。おびえているし、やけになっている――オーウェンにはちっとも近づけていないというのに、クックマン教授が去っていく。近づいていると思っていた。オーウェンが話していた教授が見つかったのだから。ここまで来たのだから。でも、いまやオーウェンはさらに遠ざかった気がした。きっとそれで、わたしはクックマン教授に呼びかけたのだ。そのまま帰したくなかった。

「わたしの夫は、あなたが教えたなかでいちばんできの悪い学生でした」わたしは言う。

クックマン教授の足が止まる。歩みを止めて、こちらを振り向き、もういちどわたしたちに向き合う。

「どういうことかな?」教授が言う。

「彼はあなたの授業で苦労していて、中間試験のために必死になって勉強したんです。それなのに、後輩へのいましめとして試験の答案を額に入れて飾っておくとあなたに言われたとよく話していました。勉強に集中する大切さを教えるのではなく、少なくとも自分はこいつよりもましだと思えるように」

教授は黙ったままだ。わたしは話しつづけて沈黙を埋める。

「そういうことは毎年されているのかもしれないですけど。とくに、夫はあなたの初期の学生でしたから、いちばんできの悪い学生であるはずがないんですが。でも、それが彼に効いたんです。彼はあなたに言われたことを真に受けました。それで、くさったりせずに、もっと勉強しようと奮起したんです。あなたに認めてもらおうと」

それでも教授は黙ったままだ。

ベイリーはさも当然というように、わたしの腕に手を触れる。もうそこまでにして、教授を解放してあげてと。

「この人にはわからないよ」ベイリーは言う。「もう行こう」

彼女は不気味なまでに落ちつき払っている。落ちつきを失いかけているときよりも、こっちのほうが深刻だ。

クックマン教授はお役御免になったにもかかわらず、動こうとしない。

「たしかに額に入れた」教授は言う。

「え？」ベイリーが言う。

「その学生の答案だよ。たしかに額に入れた」

彼はこちらに向かって歩いてくる。

「あれは教えはじめて二年目のことで、わたしは学生たちとそんなに歳も離れていなかった。威厳を示したかったんだ。あとになって妻がその答案を外させ、片づけさせた。出来の悪い中間試験結果を、その学生が語り草になるように飾っておくだなんて意地が悪いと言って。わたしは最初、そんな風には考えていなかった。彼女のほうがわたしよりよくわかっていた。それはしばらく飾ってあった。ほかの学生たちを震え上がらせたから、狙いどおり効果てきめんだったよ」

「そこまで悪い成績をとりたくないから？」わたしは訊く。

「その後、彼がどれだけ優秀になったかを説明してもな」彼は言う。

教授がベイリーの携帯に手を伸ばしたので、ベイリーは携帯を渡す。わたしたちふたりが見守るなかで彼は何かをつなぎ合わせようとしている。

「何をしたんだ？」教授が訊く。「きみのお父さんは」

教授はベイリーに訊いている。〈ザ・ショップ〉で起きていることやアヴェットとの関係を手短に説明して、それ以外はまだわからないと言ってくれるだろう。詐欺行為にどんなかかわりがあるのか、どうして事件をきっかけにいなくなったのか、まだいろいろとつなぎ合わせて考えている最中なのだと。わかりにくい断片と断片をつなぎ合わせていると。でも、そんなことは言わずに、ベイリーは首を振って、オーウェンがした最悪なことを教授に告げる。

「わたしにうそをついた」

それでよくわかったというように、教授はうなずく。クックマン教授。ファーストネームはトビアス。ニックネームはクック。受賞歴のある数学者。わたしたちの新しい友人。

「ついてきなさい」彼は言う。

なかには優秀な学生もいる

クックマン教授はわたしたちをオフィスへと案内する。そこで自らコーヒーを淹れてくれる。彼のデスク担当の大学院生のシェリルはさっきとは打って変わって親切だ。彼女が教授の執務スペースに並んでいるコンピュータの電源を入れているあいだ、もうひとりの大学院生のスコットが書類整理棚の調査を開始する――ふたりともできるだけきびきびと動いている。

シェリルは教授のノートパソコンにオーウェンの写真のコピーをダウンロードする。そのあいだスコットは棚から大量のファイルを取り出して扉を閉め、デスクに戻ってくる。

「教授がここで行った試験は二〇〇一年の分までしか残っていません。こちらが二〇〇一年から二〇〇二年にかけての試験です」

「それならどうしてこんなものを渡すんだ」教授が言う。「これをどうしろと？」

口もきけないほど縮こまるスコットを尻目に、シェリルは教授のデスクにノートパソコンを置く。

「ファイル保管庫内の棚に当たれ」教授は指示を出す。「それから教務課に電話して、一九九五年の授業登録者の名簿を持ってくること。念のために九四年と九六年のものも」

指示を受けたスコットとシェリルはオフィスを出ていく。そして、クック教授はオーウェンの写真が画面に大写しになっているノートパソコンに向き合う。

「それで、きみのお父さんはどんな種類の問題に巻き込まれているのかね？」彼は言う。「さしつかえなければ教えてくれないか」

「父は〈ザ・ショップ〉で働いてます」ベイリーが答える。

「〈ザ・ショップ〉だって？　あのアヴェット・トンプソンの」

「そうです」わたしは言う。「夫はおもにプログラミングを担当していました」

教授は怪訝な顔をする。「プログラミング？　それは意外だ。もしお父さんがわたしが考えている学生と同一人物なら、彼は数学理論のほうに興味があった。大学で働きたかったんだ。学問の世界でな。それを考えたら、プログラミングというのはいかにも不自然だ」

だからこそその仕事を選んだんですと、わたしはもう少しで言いそうになる。それが、興味のある分野に近くても、彼がそこにいるとは誰にも思われないほどに離れているところに身を隠す彼なりのやり方なのだと。

「彼は公式に容疑者になっているのか？」

「いいえ」わたしは答える。「公式ではないです」

教授はベイリーのほうを向く。「きみはお父さんを見つけることとしか考えていないだろうな。いずれにしても」

ベイリーはうなずく。それから、クックはわたしに注意を向ける。

「それで、そのことと名前を変えたことが具体的にどう結びつくのかな？」

「それを突きとめようとしているんです」わたしは言う。「〈ザ・ショップ〉の一件以前にトラブルに巻き込まれたのかもしれません。わかりませんが。つじつまが合わないことに気づきはじめたばかりなんです。彼が言ったことと……」

「真実とのあいだに？」

「はい」わたしは言う。

それからベイリーのほうを向いて、彼女が事態を受け止めきれているか確認する。彼女がこちらを見返すようすは〝平気だよ〟と言っているようだ。いま進行しているできごとが平気なのではなく――そんな状況にあって、わたしが真相を解明しても平気だと言っているようだ。

はじめ、クックマン教授は無言のまましばらく画面を見つめている。「すべての学生をおぼえているわけではないが、彼のことは忘れていない」彼は口を開く。「でも、おぼえている学生は長髪だった。それに、もっと太っていた。いまは別人のようだ」

「でも、ちっとも似ていないわけではないでしょう？」わたしは言う。

「ああ。面影はある」

わたしは彼の言ったことを受け入れる――彼が言ったとおりの姿でオーウェンがこの世界に存在したと考えてみる。別人として世界に存在していたオーウェンを。ベイリーのほうを見ると、表情からそれがわかる。むずかしい顔をしているからわかる。彼女もわたしと同じことを考えている。

クックマン教授はノートパソコンを閉じて、デスクにもたれかかり、わたしたちのほうを向く。

「これがどんなに大変なことなのか、わかっているふりはしたくない。でも、こんなことを伝えても役に立つかどうかわからないが、長年教えてきたなかで、こんなときに何よりも気持ちを落ちつかせてくれる言葉に出会った。もともとはアインシュタインの理論だから、ドイツ語のほうが響きがいいのだが」

「英語でお願いします」ベイリーが言う。

「アインシュタインはこう言った。〝数学理論が現実についてのものであれば、それは不確かなものとなる。数学理論が確実なものであれば、それは現実についてのものではない〟」

ベイリーは首をかしげている。「英語での追加説明をお願いします、教授」

「だいたいのところは、わたしたちはまったく何もわかっていないということだ」彼は説明する。

ベイリーは声を上げて笑う。かすかな笑いでも、心から笑っている。ここ数日で彼女が笑ったのははじめてだ。こんな事態になってから、彼女が笑ったのは。

わたしはうれしさのあまり、デスクの向こうに身を投げ出して、クックマン教授を抱きしめたくなる。

それを実行する前に、スコットとシェリルがオフィスに戻ってくる。

「こちらに一九九五年春学期の学生名簿があります。九四年は四年生向けの別々のゼミをふたつ教えていました。九六年は大学院生だけのクラスでした。学部生を教えていたのは九五年の春学期だけです。その学生がいるとしたら、こちらの授業でしょう」

シェリルはその学生名簿をうやうやしく差しだす。

「授業に登録したのは七十三名です」彼女は言う。「初日には八十三名いましたが、その後十名が脱落しました。学生の自然減としては、きわめて妥当な数字ですが。いなくなった学生の名前は必要ないですよね？」

「ああ」

「そう思ったので、当該学生の名前は消しておきました」まるで原子よりも小さな存在を見つけたかのように説明する。でも、わたしの物語のなかでは、彼女はそうしたも同然なのだ。

クックマン教授がそのリストに目を通しているあいだ、シェリルはこちらを振り向く。「オーウェンという名前はリストにありませんでした。マイケルズも」

「とくに意外ではないな」教授が言う。

彼はリストをずっと見ているが、首を振る。

「すまない。あの学生の名前が思いだせない。彼の答案を長いこと頭の上に飾っていたのだから、おぼえていて当然だと思うでしょうな」

「ずいぶん昔のことですから」わたしは言う。

「でも、それだけでも思いだせたら、ずいぶん助かるはずだ。ところが、名前を眺めていても結局何も出てこんのです」

クックマン教授がその名簿をこちらに手渡したので、わたしはにこやかにすばやく受け取る。彼の気持ちが変わらないうちに。

「七十三人の名前なら、十億人よりも楽になりますから。どこから手をつけたらいいのかわからない状況にくらべたら、ずっと楽です」

「彼がそこにいるとすればな」教授が言う。

「ええ、いるとすれば」

わたしは印刷された用紙に目を落とす。七十三人分の名前がこちらを見返している――そのうち男性は五十人。ベイリーもわたしの肩越しにのぞいている。ここにいる人たちをできるだけ早く調べるにはどうしたらいいか考えないと。それでも、とっかかりができて、以前よりも前向きな気持ちになれた。いずれかの名前が該当する名簿を手に入れた。オーウェンはこのなかにいる。

それはまちがいない。

「ほんとうに、どう感謝したらいいのか」わたしは言う。「ありがとうございました」

「礼にはおよばんよ」教授が言う。「それが役立つといいが」

わたしたちが立ち上がると、教授も同じように腰を上げる。その日の仕事を進めなければという雰囲気はとくにない。この件にかかわったいまとなっては、これからどうなるのか興味津々なのだ。オーウェンが昔は誰だったのか、どこであれいまいる場所にどんないきさつで逃げる羽目になったのか知りたいのだ。

わたしたちがオフィスのドアに向かって歩きはじめると、教授が呼び止める。

「これだけは言わせてほしい……いまどんな事情を抱えているのかはわからんが、当時の彼はやさしい学生だった。頭もよかった。記憶があいまいになってきているが、教えはじめたばかりのころの学生は何人か印象に残っている。教えはじめはとくに力を入れるから。それで、彼のことはおぼえている。ほんとうにいい学生だった」

わたしは教授を振り返る。オーウェンのことを、わたしの知っているオーウェンらしいことを聞けてほっとする。

教授は笑顔を浮かべて、肩をすくめる。「すべてが彼のせいとは言い切れない。あのさんざんだった中間試験はね。彼はクラスにいたある女性に熱を上げていた。彼だけじゃなかった。ほとんど男ばかりのクラスで、彼女は目立っていた」

それを聞いてわたしの心臓は止まりそうになる。ベイリーも振り返ってクックマン教授を見つめている。息もできないぐらいに驚いているのがわかる。

オーウェンがめずらしくオリヴィアについてなんども語っていることで、その言葉をたよりにベイリーが母親がどんな人だったのか想像しているのが、オーウェンと彼女が学生時代に恋に落ちたということなのだ。四年生のときだったと言っていた——アパートメントの部屋がとなり同士だったと。それもうそだったのだろうか？　ほんものの過去の痕跡を消すために細かい事実を変えたのだろうか。

「その女性は……ガールフレンドだったんですか？」ベイリーが尋ねる。

「それはわからない。わたしが彼女のことをおぼえているのは、テストの出来がさんざんだったのは彼女が理由だと彼が言い張ったからだ。恋をしたのだと。そういう事情を長々と手紙に書いてきたので、成績が上向かなければ、その手紙も答案のとなりに掲示すると言ってやったんだ」

「そんなの、ひどい」ベイリーが言う。

「ところが効果てきめんだった」教授は言う。

わたしは名簿に目を落として、女性の名前をざっと見る。全部で二十三名。オリヴィアという名前を探すが、どこにもない。でも、もちろん、わたしが見つけなければならない人はオリヴィアという名ではない可能性が高い。

「いろいろお尋ねして恐縮ですが、彼女の名前はおぼえてないですよね？　その女性の名前は」わたしは言う。

「あなたのお連れあいよりも優秀だったということはおぼえている」教授は言った。

「みんなそうだったんじゃないですか？」わたしは言う。

クックマン教授はうなずく。「ああ、そういうことでもある」

十四カ月前

「それで、どんな気分？　誰かの妻になるのは」オーウェンが尋ねた。

「誰かの夫になるのはどんな気分なの？」わたしは言った。

わたしたちが座っていたのは、ささやかな結婚披露宴を行った、カストロ地区にあるアットホームなレストラン、〈フランセス〉の農家風テーブルだ。その日は市役所での結婚式ではじまった。わたしはショート丈の白いワンピース姿、オーウェンはネクタイを締め、新調したコンバースのスニーカーを履いていた。もう真夜中に近く、わたしたちふたりだけになって、宴《うたげ》は終わりつつあった――シャンパンを飲み干し、靴も脱いでいて、数えるほどしかいなかった招待客もすでに帰っていた。

ジュールズが来てくれた。カールやパティなどオーウェンの友人数人も。そして、ベイリー。もちろん、彼女もいた。しかも、めずらしくわたしにも愛想がよかった。市役所にはきちんと時間どおりに現れたし、ケーキ入刀が済むまでレストランに残っていた。友人のローリーの家に泊まるために帰るときですら、わたしにほほ笑みかけてくれた。今日のことを彼女が少しでもよろこんでくれているといいな。でも、オーウェンにシャンパンを飲んでもいいと言われたから、ちょっとうれしかったのだろう。

いずれにせよ、わたしは達成感を味わっていた。

「誰かの夫になるのは、素晴らしい気分だよ」オーウェンが言った。「でも今夜はどうやって家に帰ればいいのか、さっぱりわからない」

わたしは笑った。「それはたいした問題じゃないでしょ」

「そうだな」オーウェンは言った。「問題っていうわけでもないな」

彼はシャンパンボトルを手に取って、自分のグラスに注ぎ、わたしのグラスにもなみなみと注いだ。それから自分の椅子を動かして、わたしのすぐうしろに座った。わたしは彼にもたれかかり、息を吸い込む。

「ぼくの車でディナーに行くのを拒否されたあの二度目のデートから、よくここまで来たもんだ」オーウェンが言った。

「それはどうかな」わたしは言った。「あのときからすでに、わたしはあなたに夢中だった」

「きみの愛情表現は変わっているよね。あの晩のあとでまたきみに会えるかどうか、ぼくはまったくわからなかった」

「そういえば、あのときはやたらと質問されたよね」

「きみについて知っておかないといけないことがたくさんあったからね」

「ひと晩でつめこみたかったの?」

彼は肩をすくめた。「〝残念ボーイズ〟のことは知っておくべきだと思ったんだ……」彼は言った。「それが、ぼくもその一員にならずにすむ秘訣だと思ったから」

わたしは彼に向き合って頰に触れた――最初は手の甲で、それから手のひらで。

「あなたはまったくちがう」

「それは最高のほめ言葉だね」

「ほんとうよ」わたしは言った。

そして、そのとおりだった。オーウェンはまったくちがっていた。工房で出会ったあの日から、わたしはそう感じていた。それはいまや、直感以上のものとなった。元彼たちとはまったくちがうと、彼は身をもって証明した。一緒にいると気楽だということだけではなく（実際に気楽なのだが）、これまでの相手とは感じなかった、自分が深められる感覚があるというだけでもない。見逃しかねない、ちょっとしたことで通じ合える——たとえば、ふとした表情から相手の求めていることがわかるとか——そういうことでもなかった。**そろそろパーティーを切り上げましょう。わたしに触れて。ひと息つかせて。**

そのすべてがちょっとずつ集まっていて、そのすべてよりも大きかった。それまでの人生でずっと待っていた誰かにようやく会えたと、どうやったら説明できる？　これがいわゆる運命というものだろうか。でも、そんな言葉では足りない。それは、家に帰る道を見つけるようなもの——心に思い描き、ひそかにあこがれつづけていても、どうしても手に入らなかった場所に通じる道を。

家。そんなものが手に入るとは思ってもみなかった。

それが、わたしにとってのオーウェンなのだ。それが彼という人だ。

オーウェンはわたしの手のひらを自分の唇につけて、そのままじっとしている。「で、どんな気分なのか教えてくれないの？」彼は言った。「誰かの妻になったのは」

わたしは肩をすくめた。「まだよくわからないな。時期尚早ね」

彼は笑った。「わかったよ。そうだな、きみの言うとおり」

わたしはシャンパンのグラスに口をつけた。一口飲んで、笑った。笑わずにはいられなかった。しあわせだった。ただ……しあわせだった。

「わかるまで、しばらくかかりそうだね」彼は言った。

「わたしたちの残りの人生をかけてかな？」わたしは言った。

「それよりも長いといいけどね」彼は言った。

プロムキングと結婚したら

七十三人の名前が並んでいる。男性は五十人。

そのうちのひとりがオーウェンかもしれない。

わたしたちはキャンパスを足早に歩き、大学図書館へと向かう。そこに大学のイヤーブックがあるはずだとシェリルが教えてくれたのだ。オーウェンが在学中のイヤーブックを入手できたら、この名簿を手っ取り早く調べられる。イヤーブックには学生の名前だけでなく写真も掲載されている。大学時代にオーウェンが数学の試験で失敗する以外の活動をしていたら、若いころの彼の写真がきっとそこにある。

わたしたちはペリー・カスタニェダ図書館へと足を踏み入れる——本、地図、カード、コンピュータ室をそなえた六階建ての巨大な建物だ。そして、司書のデスクへと直行する。それほど前のイヤーブックのハードコピーを閲覧するにはアーカイブで請求しなければならないが、アーカイブ内の資料は図書館のパソコンで見ることができると彼女に教えてもらう。

それで、わたしたちは人気《ひとけ》のない二階のコンピュータ室に向かい、隅のパソコン二台に陣取る。わたしは、オーウェンが一年生のときと二年生のときのイヤーブックを画面に表示する。ベイリーは三年生と四年生のときのイヤーブック担当だ。それから、ふたり並んで、クックマン教授の講義名簿をアルファベット順にひとりひとり当たっていく。最初の候補者は、メリーランド州バルチモア出身のジョン・アボットだ。スキー部の、きめの粗い写真のなかに彼が写っているのをわたしは発見する。写真のなかの彼はオーウェンとあまり似ていない――分厚いメガネをかけて、もじゃもじゃのあごひげを生やしている――それでも、その写真だけでは完全に候補から外せない。グーグルで名前を検索してみたら、おびただしい数のヒットがあった。そこで、スキー関連の用語を入れてさらに絞ってみたら、バルチモア育ちでオースティン校卒業生のジョン・アボットにたどりついた。彼はいま、パートナーとふたりの子どもとともにコロラド州アスペンに住んでいる。

つぎの男子学生数名はもっと簡単に候補から外せた。ひとりは身長百五十センチぐらいの赤い巻き毛の持ち主。そのつぎは身長百九十センチほどのプロのバレエダンサーで、いまはパリ在住。そして、ホノルル在住で、ハワイ州上院議員選に出馬している人。

〝E〟からはじまる名前を調べている最中に、わたしの携帯電話が鳴る。発信元は〝自宅〟だ。一瞬、オーウェンかと思う。オーウェンが家に戻って電話をかけてきたんだ。すべて解決したから、すぐに帰っておいでと言われるんだ。それで、不可解だった部分をひとつ残らず説明してくれる。いままでどこに身を潜めていたのか、わたしたちが知り合う前の彼が何者だったのかを明かしてくれる。それをずっと黙っていた理由も。

でも、電話をかけてきたのはオーウェンではない。ジュールズだ。

サウサリートの家に行って、ブタの貯金箱を探してほしいというメッセージをわたしはホテルのバーで送っていた。彼女はそれに応えてくれたのだ。

「いまベイリーの部屋にいるんだけど」電話に出るなり、彼女はそう言う。

「誰か外にいる?」わたしは尋ねる。

「いないと思う。駐車場でも不審な人は見かけなかったし、桟橋には誰もいなかった」

「家のなかにいるあいだはブラインドを閉じてくれる?」

「もうそうしてる」ジュールズが言う。

わたしはベイリーのほうを見る。イヤーブックを調べるのに忙しくて、こちらを気にする余裕がありませんように。でも、彼女がこちらを盗み見て、話の内容を気にしているのがわかる。この電話がきっかけとなって父親のもとに戻れると、見込みのない希望を抱いているのかもしれない。

「で、あなたの言うとおりだった」ジュールズが言う。「表面に〝レディ・ポール〟って書いてあった」

それがなんなのか、もちろん彼女は口にしない。彼女がわたしたちの家に取りに行ったのはブタの貯金箱、あのベイリーの貯金箱だとけっして口に出さない。言ったところで、たいした害はないだろうが。

まったく思いがけなかった。オーウェンの遺書の最後のページのいちばん下に、指定財産管理人として〝L・ポール〟と小さな字で書いてあったのは。それは、ベイリーの部屋に置いてある青いブタの貯金箱に書いてある名前だった――リボンの下に黒字で〝レディ・ポール〟とある。嵐で避難したあの日、オーウェンが家から持ち出して、真夜中にホテルのバーでわたしが見かけたときにそばに置いていた貯金箱。思い出にひたっていたのだと思っていた。でも、そうじゃなかった。どうしても守らなければならないものだったから持ちだしたのだ。

「でも、ちょっと問題があって」ジュールズが言う。「開けられないの」

「開けられないって、どういうこと？」わたしは言う。「金づちを振ったら一発でしょう」

「そういうことじゃなくて。ブタの貯金箱の内側に金庫があってね」ジュールズが説明する。

「金属でできてる。金庫破りができる人を探さなきゃ。誰か知ってる？」

「ぱっと思いつかない」わたしは言う。

「わかった。それはこっちでなんとかする」ジュールズが言う。「ところで、ニュースフィードはもうチェックした？　ジョーダン・マーヴェリックが起訴された」

ジョーダンは〈ザ・ショップ〉の最高執行責任者で、アヴェットの右腕だ。社のビジネス面担当で、オーウェンと同じぐらい重要な地位にある。最近離婚したばかりで、たまにうちに来ていた。彼と気が合うかもしれないと、わたしはジュールズをディナーに招待した。気は合わなかった。ジュールズはジョーダンが退屈きわまりないと思ったらしい。わたしは退屈なのは大きな欠点ではないと思っていたのだが――彼のことは、どうやらわたしの見込みちがいだった。

「断っておくけど」ジュールズが言う。「お膳立てはもうけっこうですから」

「わかった」わたしは言う。

こんな状況じゃなかったら、それを聞いて、同僚のマックスとはどうなっているのか突っ込んでいただろう。彼女がそういう出会いに興味がない別の理由は彼なんじゃないかと冗談交じりで言っていただろう。でも、いまやマックスといえば、内部情報をもたらしてくれる存在だ。オーウェンのことで力になってくれるかもしれない人なのだ。

「ジョーダンの件以外にマックスは何かつかんでる？」わたしは尋ねる。「オーウェンの新情報は？」

ベイリーは首をこちらにかしげている。

「とくに何も」ジュールズは答える。「でも、ＦＢＩ内部の情報提供者が、あのソフトウェアが完成したばかりだったと言っていたって」

「それ、どういうこと？」わたしは尋ねる。

でも、どういうことかぐらい見当はつく。つまり、オーウェンは危険な状況からは脱したとおそらく思っていたはずだ。用意する必要に迫られた非常事態用プランは引っ込めても大丈夫だと思っただろう。ジュールズがオーウェンに電話をかけて、捜査が迫っていると知らせたときは信じられなかったはずだ。もう少しで逃げ切れると思っていたのに、捜査の手が迫っているだなんて信じられなかっただろう。

「マックスにメッセージを送ってもらうことになってる」ジュールズが言う。「金庫破りが見つかったら、また電話するね」

「そんな言葉を自分が口にする日が来るなんて、思わなかったでしょ？」

ジュールズは笑う。「まさかね」

わたしは別れを告げて、ベイリーと向き合う。「ジュールズだった」わたしは言う。「家に残してきたものを確認してもらったの」

ベイリーはうなずく。ほかにも父親のことで何か聞いたのではないかとは言ってこない。もしそうなら、わたしがかならず伝えるとわかっているのだ。

「進んだ？」わたしは尋ねる。

「いま〝Ｈ〟を調べてるところ」ベイリーが答える。「まだ見つからない」

「〝Ｈ〟だなんて、ずいぶん進んだじゃない」

「うん。パパがこの名簿に入ってればの話だけど」

そのとき、またわたしの携帯が鳴る。ジュールズがかけ直したんだろうか。でも、知らない番号だ――地域番号は五一二。テキサスからだ。

「誰かな？」ベイリーが言う。

わたしは首を振ってわからないと伝える。それから電話に出る。かけてきた相手はすでにしゃべりだしている。わたしがずっと聞いていると思って、何かを言いかけている。

「練習試合よ」その女性は言う。「それも考えないといけなかったの。練習試合を」

「どなたですか？」

「エレノア・マクガヴァンです」女性が答える。「聖公会教会の。あなたの義理の娘さんが出席した結婚式が特定できたかもしれません。うちの古くからの教会員のソフィーに、オースティン校でフットボールをプレーしている息子さんがいて。彼女、試合には欠かさず駆けつけるんですって。新入会員歓迎朝食会の準備をさっきまで手伝ってくれていたんですよ。それで、わたしが何かを見落としているのなら、相談する相手は彼女しかいないと思って。ロングホーンズは夏のあいだは練習試合をしていると、彼女が教えてくれました」

わたしは喉がつかえそうになる。「それはスタジアムで行われるんですか？　通常シーズンの試合と同じように」

「ええ、通常シーズンと同じようにね。たいてい観客もたくさん入りますよ。みんな、実際の試合と同じような感覚で観戦するんです」エレノアが説明する。「わたしはあまりフットボールに興味がないものだから、最初は気づかなくて」

「でも、その方に訊いてみようと思ってくださいました。すごいことです」わたしは言う。

「まあ、そうかもしれませんね。でもすごいのはここからですよ。この教会がまだ開いていた期間に行われた練習試合の日程を確認してみたんです。それで、二〇〇八年のシーズン中の最後の練習試合と同じ日に行われた結婚式があったんですよ。義理の娘さんが出席したかもしれない結婚式が。ペンはお持ち？　書き留めたほうがいいでしょう」

エレノアは得意げだが、それも当然だ。オーウェンにつながるヒントが見つかったのかもしれないのだから。これがきっかけで、大学卒業から何年もたって、オーウェンがその週末にオースティンで何をしていたのかわかるかもしれない。どうしてベイリーを連れてきたのかも。

「書き留めます」わたしは答える。

「レイエスとスミスの結婚式でした」エレノアが言う。「わたしの目の前に、その結婚式の情報がそろっています。それによると、式が行われたのは正午でした。披露宴は教会外で行われました。どこで行われたかは書いてありません」

「エレノア、ここまでわかるだなんて、素晴らしい。どうお礼したらいいか」

「お安いご用ですよ」彼女は言う。

わたしはベイリーに手を伸ばして、クックマン教授の名簿を拾い上げる。あった。レイエスはいない。でも、スミスがひとり。

キャサリン。キャサリン・スミス。わたしが彼女の名前を指さすと、ベイリーが素早くタイプして、イヤーブックの索引を検索する。キャサリン・スミスが出てくる。〝スミス　キャサリン〟彼女の名前が登場するのは合計十ページだ。

オーウェンの友達だったのかもしれない——それとも、ガールフレンドだったのかも。クックマン教授がおぼえていたあの女子学生。オーウェンがオースティンに来たのは、キャサリンの結婚式に出るためだったのかもしれない。昔の友人を祝うために、家族とともに帰ってきた。キャサリンを見つけられたら、オーウェンが以前は誰だったのか、ヒントがもらえるかもしれない。

「彼女のファーストネームはキャサリンではありませんか、エレノア？」

「ちがいます。キャサリンではありません。ちょっと待ってね。花嫁のファーストネームはアンドレアですね」エレノアが言う。「あと……そう、あったわ。アンドレア・レイエスとチャーリー・スミスです」

花嫁がキャサリンではなかったのでがっかりしたが、チャーリーと何か関係があるのかもしれない。少なくとも、そこにつながりがあると判明するかもしれない。でも、それを伝える前に、ベイリーはディベート同好会と部長のキャサリン・〝ケイト〟・スミスを紹介するページを開いている。

そして、その写真が現れる。

それはディベートチームの集合写真だ。よくあるパブというよりも、カクテルラウンジのような昔ながらの狭いバーで、部員たちがバースツールに腰かけている。木の梁、長い煉瓦の壁、贈り物のように並べられたバーボンのボトル。バーカウンターの上にはランタンが並び、バーボンのボトルやその上にあるワインボトルに光を投げかけている。

写真の下のキャプションにはこう書いてある。「ディベートチームのリーダー、キャサリン・スミスが、家族が経営するバー、〈ザ・ネバー・ドライ〉で州大会の優勝を祝っている。メンバーは左から……」

「うそでしょ！」ベイリーが言う。「このバーかも。結婚式のお祝いがあったのは」

「どういうこと？」

「言ってなかったけど、きのう深夜にマグノリア・カフェでいろいろ質問されて、結婚式の日にバーにいたのを思いだしたの」ベイリーは説明する。「それとも、小さなレストランだったのかも。でも、もう遅い時間だと思ったし、何かが……それがどんなことでも……わかるようでわからなかったから、そのままにしておいた。だから言ってなかった。でも、この写真の店、この〈ザ・ネバー・ドライ〉がそのときのバーとそっくり」

わたしは携帯の送話口を手でふさいで、信じられないと興奮してその写真を指さしているベイリーを見下ろす。彼女の指の先には店の隅に置いてあるレコード・プレーヤーがある。証拠としては変わっている。

「冗談なんかじゃないから」ベイリーが言う。「たしかにこのバーだった。見おぼえがある」

「こことよく似ているバーはいくらでもあるよ」

「わかってる。でも、わたしがオースティンでおぼえていることが、ふたつある」ベイリーは言う。「このバーがそのうちのひとつ」

そう言いながら、ベイリーは写真を拡大する。ディベート部員の顔が見やすくなり、キャサリンの顔立ちが鮮明になる。よく見える。

わたしたちはふたりとも黙り込む。バーのことなど、どうでもよくなる。オーウェンのことだって、どうでもよくなる。

問題は、その顔立ちだ。

わたしがベイリーの母親だと思っている女性の写真とは似ても似つかない——何よりも、ベイリーが母親だと思っている女性の写真とは。オリヴィア。赤毛で少女みたいなそばかすのあるオリヴィア。わたしとどことなく似ているオリヴィア。

ところが、こちらを見返しているその女性――キャサリン・〝ケイト〟・スミスという名の女性は――ベイリーとそっくりだ。うりふたつ。濃い色の髪の毛なのも同じ。ふっくらとした頬も同じ。そして、真っ先に気づくのが、燃えるような目が同じということ――やさしいというより、射抜くようなそのまなざしが。

わたしたちを見つめているこの女性がベイリーであってもおかしくない。

これ以上見ていられなくなって、ベイリーがとっさに画面を閉じる。自分とそっくりのケイトが写っているその写真を。ベイリーがこちらを見て、わたしがどう反応するかうかがっている。

「この人、知ってる?」ベイリーが尋ねる。

「いいえ」わたしは答える。「あなたは?」

「知らない」ベイリーが答える。「知らないってば!」

「もしもし」エレノアの声がする。「まだそこにいらっしゃる?」

わたしはスピーカーを手でふさぐが、エレノアの声が漏れ聞こえる。甲高い大きな声で問いかけている。そのせいで、ベイリーの気はますます高ぶる。肩に力が入る。両手で髪の毛に触れて、耳のうしろでぎゅっと引っ張っている。

こんなことをするのは失礼きわまりない。でも、わたしはそのまま通話を終了する。

それからベイリーに向き直る。

「いますぐここに行かなきゃ」ベイリーが言う。「このバーに……このネバー・ドライに……」

彼女はすでに立ち上がっている。荷物をまとめている。

「ベイリー」わたしは言う。「気が気でないのはわかる。きっとそうでしょうね。わたしだって同じだから」

わたしたちはどちらもその言葉を口に出さない。キャサリン・スミスが誰だと思っているのか――彼女が誰だと、ベイリーがおそれ、期待しているのかを。

「ちょっと話しましょう」わたしは言う。「真相を解明するには、学生名簿を調べるのがいちばんだと思う。お父さんが昔は誰だったか知るのに、あと四十六人調べればいいいんだから」

「そうかもしれない。でも、そうじゃないかもしれないでしょ」

「ベイリー」わたしは言う。

彼女は首を振る。座り直すことはない。

「別の言い方をするね」ベイリーが言う。「わたしはいますぐそのバーに行く。あなたは一緒に来るか、わたしをひとりで行かせるかのどちらかにして」

彼女はそこに立ったまま、わたしの答えを待っている。勢いのままに飛び出したりしない。わたしがどうするか、答えを待っている。選ばせてあげると言っているみたいだ。

「もちろん、あなたと一緒に行く」わたしは答える。

それから立ち上がる。そして、ふたりでドアに向かって歩いていく。

〈ザ・ネバー・ドライ〉

〈ザ・ネバー・ドライ〉に向かうタクシーの車内で、ベイリーはしきりに下唇を引っ張っている――不安になったときの癖が急にはじまったようで、目を落ちつきなく動かし、うろたえ、おびえている。

彼女が口に出さない疑問がわたしには聞こえるが、はっきり言ったらどうかと促したくはない。でも、そこにただ座って彼女が苦しんでいるのを見ていられないから、キャサリン・〝ゲイト〟・スミスやチャーリー・スミスについて携帯電話で何度も調べる――なんでもいいから伝えられる新情報が見つかったら、彼女も少しは落ちつくかもしれない。

でも、情報がありすぎる。スミスというのはラストネームとしてはありふれているから、〝テキサス大学オースティン校〟、〝オースティン出身〟、〝ディベートチャンピオン〟という言葉をつけて検索しても絞り切れない。何百もの情報や画像がヒットする。それなのに、図書館で出会ったキャサリンはそこにはいない。

そのときふとひらめく。アンドレア・レイエスとチャーリー・スミスを一緒に調べてみると、ようやく役立ちそうな結果が得られる。

チャーリー・スミス本人のフェイスブック・プロフィールが現れたのだ。二〇〇二年に美術史の学位を取得してテキサス大学オースティン校を卒業。その後二学期間は大学院で建築学を学んでおり、オースティンのダウンタウンにある景観設計事務所でインターンシップの経験もある。

その後の職歴はなし。

二〇〇九年から基本情報や写真のアップデートは行われていない。

でも、妻はアンドレア・レイエスになっている。

「ここだ」ベイリーが言う。

タクシーの車窓から、周囲にツタのからまる青いドアを指さしている。うっかり見逃しそうだ――小さな金色のプレートに〈ザ・ネバー・ドライ〉とある。西六番通りの斜め向かいにひっそりとたたずんでいる。となりにはカフェがあり、反対側は路地になっている。

タクシーから降りて、わたしが運転手に支払いをしていると、レディ・バード湖の向こうにわたしたちが泊まったホテルが見える。なぜか引きつけられる。すべてを投げ出して、あそこに戻れたらいいのに。

ベイリーがドアを開けようと歩いていく。

そのとき、これまでに経験のないことが起こる。母性本能とでも言おうか。わたしは思わず彼女の腕をつかんでいた。

「なんなの?」ベイリーが言う。

「あなたはここで待っていて」

「なんで? やだよ」

言えるはずのない真実がとっさに頭をよぎる。店のなかに入って彼女と出くわしたら? キャサリン・スミスと。もしお父さんが彼女とあなたを引き離していたら？　彼女があなたをわたしから引き離したら？　言えるはずはないのに、そんなことをごく自然に、真っ先に考えている。

「あなたには店のなかに入ってほしくない」わたしは言う。「あなたがいないほうが店の人もわたしの質問に答えやすいだろうから」

「そんなの理由にならないよ、ハンナ」ベイリーが言う。

「じゃあ、これならどう？　このバーが誰のものなのか、わたしたちは知らない。どういう人のものなのか、まったくわからない。その人たちが危険かどうかも。わかっているのは、お父さんがあなたをここに近づけないようにしていたらしいということ。オーウェンのことだから、何かからあなたを守りたかったんだと思う。誰かからあなたを守りたかった。だから、わたしが確かめるまでなかに入らないでほしい」

ベイリーは黙っている。不満げにこちらを見ているが、何も言わない。

わたしはとなりのカフェを指さす。午後の混雑する時間帯をすぎて、ひっそりしているようだ。

「この店に入ってパイでも食べてて、いい？」

「パイって気分じゃないんだけど」ベイリーが言う。

「それじゃあ、コーヒーを飲みながら、クックマン教授の名簿を調べる作業をつづけて。誰か検索で引っかかる人がいないか確かめて。まだ先は長いんだから」

「この計画にはあんまり乗り気じゃない」ベイリーが言う。

わたしは肩掛けかばんから学生名簿を取りだす。そして、それを彼女に差しだす。「確認したら、あなたを迎えにいくから」

「確認するって、何を。なんではっきり言わないの？　なかに誰がいると思っているのか、はっきり言ったらどう?」

「あなたがその言葉を口にする準備がまだできていないのと同じように、わたしもできない」

これは伝わったようだ。ベイリーはわかったとうなずく。

それから彼女は学生名簿をわたしの手から取って、カフェへと向かう。そして、「時間がかかりすぎないようにしてね」そう念を押す。

ベイリーはカフェのドアを開け、紫色の髪をさっとたなびかせてなかに入る。

わたしはほっとしてため息を漏らす。そして、〈ザ・ネバー・ドライ〉の青いドアを開ける。なかに入ると螺旋階段になっている。ろうそくが灯されたホールを上にのぼっていき、二番目の青いドアにたどりつく。そのドアにも鍵がかかっていない。

わたしはドアを開けて、手狭なカクテルラウンジに足を踏み入れる。そこには誰もいない。カエデ材の梁に、黒っぽいマホガニーのバーカウンター、小さなバーテーブルのそばにはベルベットのふたり掛けソファ。学生街のバーという雰囲気ではない。目立たないドアに隠れ家のような室内。もぐり酒場みたいだ——隙がなく、妖艶で、秘密の場所という雰囲気。

バーカウンターの向こう側には誰もいない。カクテルテーブルの上にティーライトキャンドルの灯りが揺れ、古いレコード・プレーヤーからビリー・ホリデイの歌声が流れてくるから、かろうじて人がいるとわかる。

わたしはカウンターに近寄りながら、そのうしろの棚をながめる。暗い色をした酒やビターズが所狭しと並べられている。そして、重厚なシルバーのフレームに入った写真にまじって、額に入れた新聞の切り抜きがいくつか並べられた棚がある。ケイト・スミスが写っている写真が何枚かある。やせて背の高い、濃い色の髪の毛の男と一緒に写っているものが多い。オーウェンではない。オーウェンではない誰か。そのやせた男だけの写真もある。わたしはカウンターに身を乗り出して、新聞記事の内容を読み取ろうとする。記事にはドレス姿のケイトと、タキシードを着たやせた男の写真が使われている。年配の夫婦がその両側に立っている。わたしは写真の下にある名前を読みはじめる。メレディス・スミス、ケイト・スミス、チャーリー・スミス……

そのとき足音が聞こえる。「ああ、いらっしゃい」

振り向くとそこにチャーリー・スミスがいる。写真のやせた男だ。ぱりっとしたボタンダウンシャツを着て、シャンパンのケースを抱えている。豪華なフレームに入った写真よりも老けて見える。それほどやせてもいない。濃い色の髪には白髪がまじっていて、肌もくすんでいる。でも、まちがいなく彼だ。彼がベイリーとどんな関係にあるにせよ。ケイトがベイリーにとってどんな存在であっても。

「まだ開店時間じゃないんです」男が言う。「いつもは六時近くになるまで酒は出さないんで」

わたしは入ってきた方向を指さす。「ごめんなさい。ドアが開いていたものだから。忍び込むつもりはなかったんです」

「大丈夫ですよ。カウンターに座って、カクテルメニューでも眺めててください」彼は言う。「あとちょっと片づけなきゃならないことがあるんで」

「それは助かります」わたしは言う。

シャンパンのケースをカウンターの上にのせて、男は愛想よくほほえむ。わたしはなんとかほほ笑み返す。ベイリーと雰囲気が似ている、この知らない男のそばにいると落ちつかない——彼がわたしに向けた笑顔はベイリーそっくりだった。口角の上げ方や、くっきりとしたえくぼなんかが。

わたしはスツールに座る。彼はカウンターの向こうで作業をつづけ、シャンパンを取り出している。

「ちょっと聞いてもいいですか。オースティンには不慣れで、ちょっと迷っちゃって。大学のキャンパスを探してるんです。ここから歩いていけます？」

「ええ。四十五分もあればね。もしお急ぎなら、ウーバーに乗ったほうが楽ですよ」彼は言う。「どこに行くんですか？」

わたしは調べたばかりの彼の経歴を思い浮かべる。「建築研究科に用があって」

「そうなんですか？」彼は言う。

わたしはたいした女優ではないから、こんな風にうそをついて、素知らぬふりをするのは苦手だ。それでも、やってみただけのことはある。狙いどおり、彼はがぜん興味が湧いたようだ。チャーリー・スミス。三十代後半。建築家を目指していた。アンドレア・レイエスと結婚。ベイリーとオーウェンが出席した結婚式で。

「ずっと前におれも建築研究科で授業をとっていたんです」

「狭い世界ね」わたしは言う。胸の鼓動を鎮めて落ちつこうと、あたりを見回す。「この店も自分で設計を？　しゃれてますね」

「おれが設計したわけじゃないですけど。ここを継いだときにちょっと手を入れました。でも骨組みは変わってませんよ」

シャンパンを取り出す作業を終えて、彼はカウンターに身を乗り出す。

「建築家なんですか？」彼が尋ねる。

「景観設計が専門です。いま教職に応募していて」わたしは言う。「教員の産休中の臨時雇いだけど。でも、教員の食事会に出てほしいと言われて。だから期待してます」

「それじゃあ、景気づけにちょっと一杯どうです？」彼は言う。「お好みは？」

「おまかせで」わたしは言う。

「そいつは危険だな」彼は言う。「とくに、おれに多少の時間があるときは」

チャーリーはうしろを向いて、そこに並べてあるボトルを眺め、限定生産のバーボンに手を伸ばす。彼が氷、ビターズ、砂糖をマティーニグラスに仕込むのをわたしは眺めている。それがすむと、彼は芳醇なバーボンをそこにゆっくりと注ぐ。仕上げにオレンジピールを一切れ飾る。

そのグラスをこちらにすべらす。「当店のおすすめです」彼が言う。「オールド・ファッションド・バーボン」

「あんまり素敵だから飲めないわ」わたしは言う。

「祖父はビターズを手づくりしていたんです。いまではおれもたいてい自分でつくるようにしてます。まだそこまでうまくできないけど、それでもやっぱりちがいますよ」

わたしはグラスに口をつける。なめらかで、よく冷えていて、パンチがある。脳天を直撃する味だ。

「それじゃあ、ここは家族でやってらっしゃるバーなんですか？」

「ええ、ここはもともと祖父がはじめたんです。仲間とトランプで遊ぶ場所欲しさにね」

そう言って、彼は隅にあるベルベットのボックス席をあごでしゃくる。そこには〝予約席〟とある。座席の上に飾ってあるモノクロ写真のなかには、その席に座る男たちを写した印象的な一枚もある。

「おれが継ぐまで、祖父はカウンターのこっち側に五十年間立ちつづけたんです」

「お父さんはどうされたんです？」


「まあ」わたしは言う。「それはすごい。お父さんはどうされたんです？」

「親父がなんですって」彼が言う。

わたしはそれを見逃さない——父親の話題を出したとたんに彼の機嫌が悪くなった。

「なんで一代飛ばすのかなって思ったから……」わたしは言う。「お父さんはお店に興味がなかったの？」

彼の表情がやわらぐ。他意のない質問だと思ってもらえたらしい。

「そうです。親父には向いてないから。この店は母方の祖父がやってたんです。おふくろもまったく興味がなかった……」彼は肩をすくめる。「しかも、おれは仕事を探していた。妻が、いまでは元妻ですけど、双子を妊娠しているとわかったばかりで。それでおれもいよいよ学生ではいられなくなった」

わたしはつくり笑いをして、彼に子どもがいたという事実に動揺しないようにする。それも、複数。この会話をどう進めたら、彼の妻のことを、結婚式のことを切り出せるだろう。どうやったら必要なことを聞き出せる？　ケイトのことを。

「ああ、それで見おぼえがあったんだ」わたしは言う。「突拍子がないと思われるかもしれないけど、ずっと前にお会いしたことがある気がするんです」

彼は首をかしげてほほ笑む。「そうなんですか？」

「というか、つまり……ここに来たことがあると思うんですよ。このバーに。学生のとき」

「じゃあ、〈ザ・ネバー・ドライ〉に見おぼえがあるということ？」

「より正確に言えば、ええ、そうです」わたしは言う。「昔、女友達と一緒にホットソース大会でオースティンに来たんです。彼女は地元紙に掲載する写真を撮っていて……」

できるだけ事実を盛り込んだほうがそれらしく聞こえるだろう。

「それで、週末にこちらに寄ったと思うんですよ。ここはオースティンのほかのバーとは雰囲気がちがうから」

「それはありえますね……フェスティバル会場はここからそんなに遠くないし」彼はうしろを向いて、ションキー・ソース社のパープル・ホットソースの小瓶を棚から取り出す。「こいつは二〇一九年に優秀賞を受賞したソースです。とびきりのブラッディ・メアリをつくるときに使ってますよ」

「飲むには覚悟がいりそう」わたしは言う。

「腰抜けには飲めないやつですね、たしかに」彼は言う。

彼は笑う。わたしは気を引きしめて話を先に進める。

「もし当時の記憶が正しければ、この店で働いていたバーテンダーはとてもかわいらしい女の人でした。どこのお店がおいしいかとか、いろいろと教えてくれて。彼女のことはおぼえてます。濃い色の長い髪だった。あなたとよく似てますね」

「すごい記憶力ですね」彼は言う。

「そっちにヒントがあるかも」

わたしはシルバーのフレームに入った写真が並んでいる棚を指さす。ケイトがこちらを見つめている写真を。

「あの人だった気がするな」わたしは言う。

彼はわたしの視線を追ってケイトの写真に目を留め、首を横に振る。「いや、そんなはずはない」

そう言ってカウンターを拭きはじめた彼は、完全に警戒している。このあたりでやめておくべきだ――そろそろ潮時だ――ケイト・スミスとは何者なのか、答えを得るのに彼に協力してもらわなくてもいいのなら。

「おかしいな。たしかにあの人だったけど。あなたと関係があるんじゃないですか？」わたしは言う。

彼はこちらを見上げる。さっきまではぐらかしていた目つきが、いら立ちへと変わっている。

「やたらと質問しますね」彼が言う。

「そうですね。すみません。答えなくていいです」わたしは言う。「悪い癖で」

「やたらと質問するのが？」

「相手が答えたがると思っちゃうんです」

彼の表情がやわらぐ。「ああ、いいんですよ」そう言う。「彼女はおれの姉です。姉はもういないんで、ちょっとデリケートな話題なんですよ」

姉。彼は姉だと言った。それに、もういないと。それを聞いて、わたしの心がかき乱される。ケイトがベイリーの母親だとしたら、ベイリーには母親がもういないことになる。ベイリーはずっと、母親は死んだと思って生きてきたけど、これはまた別だ。彼女をせっかく見つけても、もう死んでいると知ることになるなんて。それで、わたしは本心を口にする。

「それは残念でした。ごめんなさい」

「ええ……」彼は言う。「おれもです」

これ以上彼にケイトのことは聞けない。いまはだめだ。ここから出たら、死亡証明書を調べよう。誰かに協力してもらって調べを進めよう。

わたしは立ち上がりかけたが、チャーリーは棚をじっと見て、写真を探している。チャーリーが濃い色の髪の女性とふたりの幼い子どもと写っている写真。子どもたちはどちらもテキサス・レンジャーズの格好をしている。

「妻のアンドレアだったかもしれない」彼が言う。「あなたが会ったのは。何年かここで働いてましたから。おれが学生だったときは、おれ以上にシフトをこなしてましたよ」

彼はその写真立てを手渡す。わたしは写真をじっくり眺める。楽しげな一家がこちらを見ている。彼の元妻は愛くるしい笑みをカメラに向けている。

「きっとこの人だったんだ」わたしは言う。「おかしいですよね。ホテルの鍵をどこにおいたのか忘れちゃうのに、彼女の顔はおぼえていると思うなんて」

わたしはその写真を眺める。

「お子さんたち、かわいいですね」

「ありがとう。いい子たちですよ。でも、そろそろ新しい写真に替えなきゃな。このときはまだ五歳だった」彼は言う。「いまは十一歳になってます。そのうち選挙権年齢になったと言われそうですよ」

十一歳。そうだったのか。十一歳なら、彼とアンドレアが結婚した時期とちょうどつじつまが合う。アンドレアは結婚式の前後に妊娠したのだ。

「離婚してからは、ちょっと振り回されてますけどね。かっこいい父親だと思われたいから、なんでも言うことを聞くと思われてる……」彼は笑う。「甘やかしすぎてる」

「きっと大丈夫ですよ」わたしは言う。

「そうですね」彼は肩をすくめる。「お子さんは？」

「まだです」わたしは言う。「相手を探しているところだから」

わたしの思いとは裏腹に、それはまぎれもない真実だ。チャーリーがわたしにほほ笑みかける。誘っていると思われたのかもしれない。チャンスはいましかない。わたしがいちばん気になる疑問を彼にぶつけるのなら、いまだ。

どうやって切り出そうと考えながら、わたしは話を引き延ばす。

「そろそろ行かなきゃ。でも早めに終わったら、また寄りますね」

「ぜひ」彼が言う。「寄ってくださいよ。お祝いしましょう」

「同情するかもね」

彼はほほ笑む。「そうかもしれないけど」

もう行こうと、わたしは立ち上がりかける。胸から心臓が飛び出しそうだ。

「あの……おかしなことを訊くと思われるかもしれないけど。ちょっといいですか？　出て行く前に。あなたは地元に知り合いがたくさんいるようだから」

「くさるほどいますね」彼は言う。「何が知りたいんです？」

「男の人を探してるんです。女友達とここに来たときに会った人で……随分昔の話だけど。当時彼はオースティンに住んでいて、きっとまだここにいるはず。あのとき友達が彼に熱を上げて」

興味を引かれて彼がこちらを見ている。「へえ……」

「とにかく、彼女はいま離婚協議中でつらい思いをしてるんです。それで、彼女、その彼のことを思いだして。ばかげていると思われるでしょうけど、こっちに戻ってから、わたしは彼を見つけられないかと思っていて。それぐらいしか彼女の力になれることがないから。ふたりは意気投合してたんですよ。大昔のことだけど、そんな人はなかなか見つからないから……」

「名前はわかりますか？」彼は言う。「といっても、名前をおぼえるのは苦手ですけど」

「顔を見ればわかります？」

「顔ならすぐにわかります」

わたしはポケットに手を伸ばして携帯電話を取り出し、オーウェンの写真を表示する。クックマン教授に見せたのと同じ写真――ベイリーの携帯に入っていたものを送ってもらったのだ。ベイリーの顔は花束にかくれていて、オーウェンがしあわせそうに笑っている。

チャーリーはその写真に目を落とす。

あっという間のできごとだった。彼はカウンターの上にわたしの携帯を投げつけた。そして、カウンターに身を乗り出し、顔をわたしの顔に近づける。手こそ出さないものの、こんなに接近するとそうなってもおかしくない。

「こんなことをしておもしろいのかよ？」彼は言う。「あんた何者だ？」

わたしは身をすくめ、首を横に振る。

「誰の差し金だ」彼は言う。

「誰も」

わたしがうしろ向きに壁ににじり寄ると、彼はさらに迫ってくる――彼の顔がわたしの顔に迫り、彼の肩がもう少しでわたしの肩に触れそうだ。

「あんたが手を出そうとしているのはおれの家族だ」彼は言う。「誰に言われて来た？」

「彼女から離れて！」

入口を見ると、そこにベイリーが立っている。片手に学生名簿を持ち、もういっぽうの手にはコーヒーのテイクアウトカップを持っている。

おびえているようだ。でもそれ以上に怒っている。必要とあらば彼に向かってスツールを投げつけんばかりの勢いだ。

チャーリーは幽霊を見たかのような顔をしている。

「どういうことだ」彼は言う。

そして、わたしからゆっくりと離れていく。わたしは深呼吸をする。そして、もういちど。胸の鼓動がおさまっていく。

わたしたちは奇妙なまでにじっとしている。わたしが壁から離れるあいだもベイリーとチャーリーはにらみ合っている。三人ともたがいに六十センチも離れていない。それなのに誰も動かない。近づきもせず、離れもしない。すると、チャーリーが突然涙ぐむ。

「クリスティンなのか?」彼は言う。

彼がそう呼ぶのを聞いて、まったく知らない名前なのに、わたしは息がつまる。

「わたしはクリスティンじゃない」ベイリーが言う。

ベイリーは首を振る。声が震えている。

わたしはかがんで床から携帯を拾い上げる。画面に亀裂が入っている。でも壊れていない。まだ使える。緊急通報だってできる。助けを呼べる。わたしはベイリーのほうへと少しあとずさる。

彼女を守って。

わたしがベイリーに近づいていくと、チャーリーは何もしないからと両手を上げる。青いドアはわたしたちの背後にある。その向こうには階段と、外の世界がある。

「あの。さっきはすみません。これにはわけがあって。ちょっとここに座って」彼は言う。「すぐにすみます。ふたりとも聞いてくれませんか? 座って。そうさせてくれるのなら、話したいことがあるんだ」
わたしたち全員が座れるテーブル席を彼は指さしている。そして、どうするか選んでいいという
ように、わたしたちから離れる。彼が本気なのがわかる――彼の目を見れば。怒っているとい
うよりも悲しんでいる。
でも、彼の肌にはまだ鮮やかな赤い色が残っていて、さきほど目の当たりにした怒りと恐怖が
わたしの脳裏によみがえる。どんな事情があるにせよ、ベイリーをそんなものに近づけられない。
彼が何者なのかはっきりするまでは。彼がベイリーとどんな関係にあるのか、わたしの疑念が晴
れるまでは。
それで、わたしはベイリーのほうを向く。そして、背中の下のほうで彼女のシャツをぎゅっと
つかんで、ドアへと引っ張る。
「行こう！」わたしは言う。「いますぐに！」
そして、こういうことには慣れっこになっているみたいに、ふたりして階段を駆け下り、オー
スティンの通りへと出て、チャーリー・スミスから遠ざかる。

望むものには気をつけて

ベイリーとふたりでコングレス・アヴェニューを駆けていく。

橋の向こう側にあるホテルの部屋まで戻りたい。そこに行けば誰にも見られずに荷物をまとめられる。オースティンから早急に離れるにはどうしたらいいか考えられる。

「あの店で何があったの」ベイリーが尋ねる。「あの人、暴力を振るおうとしていたの?」

「わからない」わたしは答える。「そうじゃないと思うけど」

わたしは彼女の背中に手を当てたまま、仕事帰りの人たちでごった返すなかを進んでいく――カップルや大学生のグループ、犬を十匹ぐらい連れたドッグウォーカーを追い越しながら。ジグザグに進んで、追いかけてきているかもしれないチャーリーをまこうとする。オーウェンの写真を見るなり興奮して怒りだしたあの男。

「ベイリー、急いで」

「精一杯急いでるってば」ベイリーが答える。「どうしろって言うの。滅茶苦茶だよ」

それもそうだ。橋に近づくにつれて歩行者は減るどころかますます増え、橋の狭い歩道にわれ先にと入っていく。

チャーリーが追ってこないか確認しようとうしろを見る。すると、彼の姿が目に入る——数ブロックうしろにいる。チャーリーだ。全速力で走っているが、わたしたちに気づいていないようだ。きょろきょろと左右を見ている。

あと少しでコングレス・アヴェニュー・ブリッジだ。わたしはベイリーの腕をつかんで橋の歩道へと進む。ところが、そこにいる人たちは歩いているとはいえ、のんびりしていて、歩道は人であふれかえっている。まぎれ込みやすくて好都合だけど前に進めない。

橋の上にいるほぼ全員が立ちどまり、その多くが湖を見下ろしている。

「この人たち、歩き方を忘れちゃったの?」ベイリーが言う。

すると、大きなカメラを持ったアロハシャツの男(おそらく観光客)がこちらを向いて、にやっと笑う。ベイリーに質問をされたと思ったらしい。

「みんなコウモリを待っているんだよ」男が説明する。

「コウモリ?」ベイリーが言う。

「そう、コウモリ。毎晩この時間が食事どきなんだ」

そのとき声がした。「出てきたぞ!」

おびただしい数のコウモリが橋の下から空へと飛び立ちはじめた。弧を描きながら空を飛ぶコウモリの姿に歓声が上がる。見事なまでに統率された巨大なコウモリの群れが現れた。

チャーリーがうしろにいても、もう姿は見えない。どこかに消えてしまった。というより、消えたのはわたしたちのほうだ。心地よいオースティンの夜にコウモリが飛ぶ姿を見物する観光客のふりをしている。

空を見上げると、コウモリがひしめき合い、みんなで踊っているみたいだ。コウモリが夜空に消えると拍手が起こった。

アロハシャツを着た男はカメラを空に向けて、飛び去るコウモリを撮影している。

わたしは彼の前を横切って、ベイリーについてくるよう合図する。「行かなきゃ。ここから動けなくなる前に」

ベイリーは歩くペースを速める。そして、橋を渡り終えるころには、ふたりして小走りになっている。それからホテルの広い車寄せに到着するまで走りつづける。ドアマンたちがドアを開けてくれているホテルの正面玄関に到着するまでいちども立ち止まらない。

「ちょっと待って」ベイリーが言う。「ひと息入れなきゃ」

ベイリーは両ひざに手を当てて息を整えている。わたしはもどかしくなる。ホテルの玄関まであとちょっとなのに。プライバシーの保たれたホテルの狭い部屋にあとちょっとで戻れるのに。

「あの人のこと、おぼえてるって言ったら？」ベイリーが言う。

わたしは仲間内でしゃべっているドアマンたちを見る。そうすれば安全を確保できるかのように、目を合わせてこちらを見てもらおうとする。

「あの人、チャーリー・スミスを知ってると言ったら？」

「知ってるの？」

「あの名前で呼ばれていたのをおぼえてる」ベイリーが言う。「クリスティンって。彼にそう呼ばれて、突然思いだしたの。そんなこと、なんで忘れちゃうかな？　おかしいよね」

「まわりの誰かが記憶を補強してくれなかったら、おぼえていられないよ」わたしは言う。

ベイリーは何も言わない。じっと黙り込んでいる。それから、わたしたちのどちらも言わないようにしていた言葉を口に出す。

「あのケイトって女の人がわたしのお母さんだと思う?」

〝お母さん〟というとき、ベイリーはちょっとためらった。その言葉の内側で炎が燃えているかのように。

「そうだろうね。ちがうかもしれないけど、そんな気がする」

「わたしのお母さんが誰なのか、なんでパパはうそをついたの?」

わたしはベイリーと目が合う。その質問には答えようとしない。まともに答えられないから。

「こんなことになって、もう誰を信じたらいいのかわかんないよ」ベイリーが言う。

「わたしを」わたしは言う。「わたしだけを信じて」

ベイリーは唇を噛む。わたしを信じているか、信じられるようになってきたのだろう――この状況では願ってもみないことだ。他人にいくら言っても信じさせることはできない。自分は信頼できる存在だと身をもって示さなければ。それに、わたしにはあまり時間がなかった。

ドアマンたちがこちらを見ている。話の内容を聞いているのかどうかはわからないが、じっと見ている。そのとき、わたしは確信する。ベイリーをここから連れ出さないと。オースティンから。いますぐに。

「ついてきて」わたしは言う。

ベイリーは抵抗しない。わたしたちはドアマンのあいだを通り抜けて、ホテルのロビーに入り、エレベーターが並んでいる場所へと向かう。

ところが、わたしたちがエレベーターに乗り込むと、男がひとり入ってくる。妙な目つきでベイリーを見ている気がする若い男。グレーのニットベストを着て、耳にはたくさんピアスをつけている。尾けられたと思うのは考えすぎだ。それはわかっている。ベイリーが美人だから気になるのだろう。

それでも危ない橋は渡れない。わたしは胸騒ぎをおぼえながら、エレベーターを降りるよう彼女をうながし、裏の階段へと向かう。

ドアを開けて階段を指さす。「こっちへ」

「どこに行くの？」彼女が言う。「部屋は八階だよ」

「二十階じゃなくてよかったね」

十八カ月前

「知っておいたほうがいいことはある？　飛行機が離陸する前に」と、わたしは言った。

「それはもののたとえとして？　それとも事実を知りたいの？　たとえばこの飛行機の実際の構造が知りたいとか。シアトルに移った当初、ぼくはしばらくボーイング社で働いていたからね」

わたしたちはニューヨーク発サンフランシスコ行きの機内にいた。わたしのチケットは片道だ。〈ザ・ショップ〉の新規株式公開の準備でオーウェンはニューヨークにしばらく滞在していたので、会社がファーストクラスをふたり分手配してくれた。仕事が終わったあともオーウェンは居残り、ニューヨークに来た真の目的であるわたしの引っ越しの手伝いをしてくれた。

わたしたちはそれまで数日間アパートメントやスタジオの片づけに没頭した。そして、向こうに着いたらわたしは彼の家に移ることになっていた。彼とベイリーが暮らす家に。そこがわたしの家にもなる。そして、わたしはもうすぐ彼の妻になる。

「あなたがわたしに打ち明けていないことがあるかと訊いているの。自分のことで」

「飛行機からまだ降りられるうちに訊いておこうという魂胆？　地上走行もはじまってないからね。まだ時間があると……」

彼はなんでもないというようにわたしの手をぎゅっと握った。でも、わたしは落ちつかなかった。急にそわそわしだした。

「何が知りたい？」彼が言った。

「オリヴィアのことを教えて」

「オリヴィアのことならさんざん話したじゃないか」

「そうでもないよ。基本的なことしかわかってない気がする。学生時代につき合いはじめて、教師をしていたとか。ジョージア州で生まれ育ったとか」

その先には触れなかった……交通事故で亡くなったと。オーウェンはそれ以来誰とも真剣につき合わなかったとも。

「これから本格的にベイリーの人生にかかわることになるんだから、彼女のお母さんのことをよく知っておきたくて」

オーウェンは首をかしげて、何から話そうか考えている。

「あれはベイリーがまだ赤ちゃんのころだったかな。家族でロサンゼルスに遊びに行ったんだ。その週末、ロサンゼルス動物園からトラが一匹逃げだした。動物園に来て一年かそこらの子どものトラがね。檻の外に出ただけじゃなくて、動物園の敷地外に逃げたんだ。それで、ロスフェリスの民家の裏庭にたどりついた。そこで誰かを襲ったりしなかった。ただ木の根元で丸くなって寝ていた。オリヴィアはこの話がいたく気に入ってね、それでその後の顚末を知ったんだろう」

わたしはほほ笑んだ。「どうなったの？」

「裏庭でトラが寝ていた家の人たちは、つい数週間前に動物園に行ったばかりだった。そのとき、ふたりの幼い息子のうちのひとりが、そのトラに夢中になった。お別れするとき、どうして家でいかな。偶然だろうか？　動物学者はそう判断した。その一家は動物園のすぐ近くに住んでいたから。でも、オリヴィアはそれこそが証《あかし》だと思った。自分がいちばん望まれている場所につながる道を見つけられることがある、ということのね」

「その話、好きだな」

「きみなら彼女のことも好きになっていただろうね」彼はそう言ってほほ笑み、飛行機の窓から外をながめた。「好きにならずには……いられない女性《ひと》だった」

わたしは彼の肩を抱き寄せた。「ありがとう」

彼はこちらを振り向いた。「これで満足した？」

「そうでもないな」わたしは答えた。

オーウェンは笑った。「ほかに何が知りたいの？」

わたしが訊いてみたかったことはなんだったっけ。オリヴィアのことでも、ベイリーのことでもない。とにかく、そういうことじゃない。

「あのね……はっきり言ってほしいんだと思う」わたしは言った。

「言うって、何を？」

「わたしたちは正しいことをしているって」

それがわたしにできる精一杯の表現だった──わたしの不安にいちばん近い。祖父を亡くしてからというもの、わたしは家族の一員になるのに慣れていなかった。祖父との暮らしは家族という感じではなかった。祖父とわたしのふたりだけで世間を渡っているような気がした。

母と会ったのは、祖父の葬儀が最後だ。彼女は年にいちど、わたしの誕生日かその前後に電話をかけてくる。当時はそれが彼女との唯一の連絡手段だった。

今度はそれとはわけがちがう。本格的に家族の一員になるのは、わたしにとってははじめての経験だ。どうしたらちゃんと家族になれるのか、さっぱりわからなかった。オーウェンを信頼したり、ベイリーにわたしが信頼できるとわかってもらったりするには、どうしたらいいのだろう。

「ぼくたちは正しいことをしている」オーウェンが言った。「こうするしかないということをしている。ほんとうだよ。自分にとって大切なことには、ぼくはかならずそう感じるんだ」

わたしはうなずいた。そう聞いて心が静まった。それは心からの言葉だ。とりあえず、オーウェンにたいしてはあまり不安を感じていなかった。自分がどれだけ彼を求めているのか、よくわかっていたから——どれだけ彼のそばにいたいのかも。まだ彼のすべてを知っていたわけじゃない。でもいい人だとわかっていた。それ以外のあらゆることが不安だった。

オーウェンはこちらに身を寄せ、わたしの額にキスをした。「いつかは人を信じたらどうかと指図するような、いけすかないやつになるつもりはないから」

「それじゃあ、はっきりと口に出さないで暗にそう伝える、いけすかないやつになるつもり？」

飛行機が後退をはじめ、機体が揺れだした。これから方向転換をして、ゆっくりと滑走路に進入していくのだ。

「ご明察」彼は言った。

「あなたは信頼できる人だってわかってる」わたしは言った。「それはわかってる。あなたのことを誰よりも信じてる」

彼の指がわたしの指にきつくからまった。

「それはもののたとえとして？　それとも事実？」彼が言った。

離陸するちょうどそのとき、きつくからまったふたりの指をわたしは見つめた。それを見ていると安心できた。

「どっちも同じだといいな」わたしは言った。

ホテルの部屋に戻るなりわたしはデッドボルト錠をかける。

それから部屋を眺める。床には荷物が散らばり、スーツケースは開いたままだ。

「荷物をまとめて」わたしは言う。「全部スーツケースに放り込めばいいから。あと五分でここを発つ」

「どこに行くの？」

「レンタカーで家に帰る」

「どうして車なの？」ベイリーが言う。

それ以上は説明したくない。空港には近づきたくないのだ、とは。誰かがわたしたちを探しているかもしれないからだ、とは。それが誰であれ。彼女の父親が何をしたかはわからない。それでも、彼がどんな人かはよくわかっている。だから、そんな彼にたいしてチャーリーのように反応する人がいたら、信頼できない。そんな連中からは逃げなければ。

「それに、なんでいますぐなの？　答えがわかりかけているのに……」ベイリーはそこで言葉を切る。「答えがわかるまで帰りたくない」

「かならずわかるから大丈夫。でも、ここでじゃない」わたしは言う。「あなたが危険にさらされかねない場所でじゃない」

ベイリーは言い返そうとするが、わたしは片手を上げてそれを制する。これまで彼女に何かを指図することはほとんどなかった。だから急にそんな態度を取っても、うまくいかないのは承知のうえだ。それでも、指示には従ってもらわないと。ここから出ていかなければ。一刻も早く。

「ベイリー」わたしは言う。「これは選べることじゃない。どうしようもないんだから」

ベイリーは唖然としてこちらを見ている。わたしがとりつくろったりせずに、ありのままを伝えたから意表を突かれたのだろう。家に帰るだなんて、わたしのほうがまちがっていると説得を試みるのはあきらめたのかもしれない。何を考えているのか、表情から読み取れない。でも、彼女はうなずいて、つべこべ言うのをやめる。聞き入れてもらえたのだろう。

「わかった」ベイリーが言う。「荷物をまとめる」

「ありがとう」わたしは言う。

「うん……」

ベイリーは服を拾いはじめたので、わたしはバスルームに入ってそのままドアを閉める。鏡をのぞいて、くたびれた自分の顔と向き合う。血走った眼はよどみ、肌はくすんでいる。

顔に水をぱしゃぱしゃかけ、何度か深呼吸をして胸の鼓動を鎮めようとする――わたしの心をかき乱すいくつものばかげた考えを止めようとする。それでも、どうしても考えてしまう。ここに来て、わたしたちは何に巻き込まれたの？

わたしにわかっていることは？　何を知っておかないといけない？

ポケットに手を伸ばして携帯電話をつかむ。割れた画面で指が切れ、細かいガラス片が肌に食い込む。ジェイクの連絡先を表示してメッセージを送信する。

至急調査を。キャサリン・〝ケイト〟・スミスについて。これは結婚前の名前。弟はチャーリー・スミス。テキサス州オースティン出身。ベイリーと同い年の娘の出生を確認して。その子の名前は〝クリスティン〟。テキサス州オースティン出身。結婚証明書と死亡証明書の確認も。今後この携帯では連絡できなくなるから。

それから携帯を足の下に置き、踏みつぶす準備を整える。オーウェンがわたしたちに連絡できる唯一の手段。ほかの誰にとっても。わたしの勘が正しければ、いまは誰にも連絡してほしくない。そんなことになる前にオースティンを脱出したい。チャーリー・スミスやその仲間から逃げおおせたい。

それなのに、何かが引っかかる。世界とのつながりを絶つ前に、思いださなければいけない何かがある気がする。

何が気になるんだろう？　何を突きとめておかないといけない？　ケイト・スミスのことでも、チャーリー・スミスのことでもない。もっと別のことで。

わたしは携帯を拾い上げ、もういちどキャサリン・スミスを検索する。ありふれた名前だから、グーグルには膨大な数のリンクが表示される。ほんもののキャサリンかもしれないと思うものも何件かあったが、ちがっていた。テキサス大学オースティン校卒の美術史の教授。レイク・オースティン出身のシェフ。バーで見た写真のケイトとよく似ている女優。その女優のリンクをクリックすると、裾の長いドレス姿が出てくる。

それを見てはっとする。わたしが思いだそうとしていること。〈ザ・ネバー・ドライ〉で印象的だったこと。

バーに入ってすぐに目に入ったあの新聞記事の切り抜き。

その記事の写真でケイトは裾の長いドレスを着ていた。ケイトはドレス姿でチャーリーはタキシードに身を包み、ふたりを挟むように年配の夫婦が立っていた。メレディス・スミスとニコラス・ベル。記事の見出しには〈ニコラス・ベルがテキサス・スター賞を受賞〉とあった。その切り抜きの下にも彼の名前はあった。

ニコラス・ベル。メレディス・スミスの夫。メレディスはほかの写真にも写っていたが、ニコラスは写っていなかった。なぜ彼の姿はその切り抜きにしかなかったのだろう。なぜその名前に聞きおぼえがあるのだろう？

名前を検索バーに入力して、すべてを知った。

物語のはじまりはこうだ。

テキサス州エルパソ出身で大統領奨学金を受けたハンサムな若者は、出身校から大学に進学した初期の生徒のひとりだった。しかも、進学先はテキサス大学オースティン校。そのうえロースクールまで修了した。

貧しい家の出ではあったが、金目当てで弁護士を志《こころざ》したのではなかった。つぎの食事にありつけるかどうかもおぼつかない子ども時代を送ったにもかかわらず、ニューヨークやサンフランシスコの法律事務所からの誘いはすべて断り、オースティン市の公選弁護人になる道を選んだ。

そのとき彼は二十六歳。若く、理想に燃え、ハイスクール時代からの恋人と結婚したばかりだった。彼女はソーシャルワーカーで、かわいい赤ちゃんを望んでいたが、豪邸に住むことには（当時は）まったく関心がなかった。

彼の名はニコラス。誰もが敬遠する事件を引き受け、熱意のないものが担当では公平な裁きを望めない被告を助け、たちまち〝善人弁護士〟の名で呼ばれるようになった。

そんな彼がのちに悪徳弁護士になったいきさつは、さだかではない。

北米最大規模の犯罪組織から信頼される顧問になったいきさつは、さだかではない。

その組織はニューヨークとフロリダに拠点があり、幹部たちはフィッシャーアイランドや海辺のサウスビーチなどに居を構えていた。彼らはそこでゴルフに興じ、ブリオーニのスーツに身を包んで、近隣の住人には証券業界で仕事をしていると説明していた。そのように組織は現代風に活動した。目立たないように。効率的に。容赦なく。腹心の部下たちが金銭搾取、高利貸し、麻薬などの中核事業を営んで拠点を維持した。そのいっぽうで、海外展開のオンライン・ゲームやウォール・ストリートでの証券詐欺など、よりスマートな収入源に軸足を移しつつあった。

しかしなんと言っても、ライバルが好機に気づくずっと前にオキシコンチン取引を拡大したのは特筆に値する。同業者が昔ながらの違法薬物（ヘロインやコカイン）の売り込みに精を出しているあいだに、この組織は全米最大級のオキシコンチン密売業者に成長した。

ニコラスが組織と接点を持った事情はこうだ。あるとき、組織の若いものがテキサス大学オースティン校でオキシコンチンを売りさばいていたのが露見した。ニコラスのおかげで男は服役をまぬがれた。

以後三十年間の大半をニコラスはこの組織の代理人として過ごした――彼の尽力で無罪か審理無効になったのは、殺人十八件、麻薬密売の起訴二十八件、恐喝や詐欺六十一件だ。

その過程でニコラスは自らの有能さを示し、裕福になっていった。だが、麻薬取締局やＦＢＩが彼にたいしてつぎつぎと敗北を重ねるうちに、彼自身も標的になった。それでも、熱心な弁護士であることを示す以上のものが出てくるはずはないと、ニコラスは平然としていた。

それも、ある惨事が起きるまでのことだった。あるとき、彼の成人した娘が仕事帰りに通りを歩いていた。彼女はその仕事にやりがいを感じていた。その一年と少し前にロースクールを修了したばかりで、テキサス州最高裁判所で書記官を務めており、幼い子どもがいた。長い一週間をようやく終えて家路につき、車にはねられた。

一見、よくあるひき逃げ事故だった。ところが、事故現場は彼女のオースティンの自宅の目と鼻の先にある路地で、よく晴れた金曜の午後のできごとだった。金曜の午後は、ニコラスが娘の家で孫娘の世話をすることになっていた。ふたりきりで。一週間のうちその日を彼は心待ちにしていた——音楽教室に孫を迎えに行き、楽しいブランコのある公園に連れて行く。娘が事故に遭った現場からわずか一ブロックのところにある公園に。だから彼が第一発見者となる。娘の死を真っ先に目にすることになる。

ニコラスの顧客はその事故とはなんらかかわりはないと言い張った。ニコラスが大きな訴訟で負けたばかりではあったが。それでも、どうやらほんとうらしかった。組織には掟があったのだ。だから家族には手を出さない。ところが、誰かがそれをやってのけた。報復として。威嚇射撃として。彼に弁護をさせたいと考えた別の組織のしわざではないかと噂された。

とはいえ、そんな事情は娘の夫にはどうでもよかった。彼は義理の父ひとりを責めた。金曜の午後に事故が起きたという事実から、義父の雇い主がなんらかの形でかかわっていると確信した。それなのに、家族にこんな悲劇をもたらしかねない、いかがわしい組織と深くかかわっていたとして責めた。

善人弁護士とて娘を危険にさらしたかったわけではない。彼はどんなときもよい父親であり、娘の死に打ちひしがれていた。ところが怒りに燃える義理の息子はそんなことにはおかまいなしだった。しかも、彼は情報を握っていた。彼なら口外しないと信頼して善人弁護士が打ち明けていたことがあったのだ。

それで、義理の息子は義父に不利な証言を行った。そして、彼を服役させることになったのみならず、組織そのものに打撃を与えた（メンバー十八名が逮捕された）事件の第一証人となった。組織のメンバーとともに善人弁護士も連行された。

裁判が終わると、その義理の息子は、母親や祖父の記憶がおぼつかない幼い娘とともに姿を消し、その後の消息は杳《よう》として知れない。

弁護士のフルネームはダニエル・ニコラス・ベル、別表記はD・ニコラス・ベル。

義理の息子の名前はイーサン・ヤング。

イーサンの娘の名はクリスティン。

わたしは携帯を床に落として踏みつけた。とっさに、出したことのない力で思いっきり。

それからバスルームのドアを開ける。ベイリーを連れて、荷物をかき集めて、オースティンから脱出しないと。五分以内でも、五秒以内でもない。いますぐに。

「ベイリー、すぐに行かなきゃ」わたしは言う。「つめられたものだけ持って。もう行くよ」

ところが、部屋はもぬけの殻だ。ベイリーの姿はない。

彼女は消えてしまった。

「ベイリー？」

彼女に電話をかけようと、メッセージを送ろうと携帯に手をのばしながら胸の鼓動が激しくなる。そういえば、さっき壊したばかりだ。携帯はもう使えない。

それで、廊下に飛び出す。室内清掃のカート以外は何もない廊下に。カートを通り越してエレベーターのところまで行き、階段に到達する。ベイリーはいない。誰もいない。ホテルのバーに軽食を買いに行ったんだと期待して、エレベーターに乗ってロビーへと向かう。ホテル内のレストランをすべてチェックする。スターバックスも。ベイリーはそこにもいない。どこにもいない。

人は多くの決断を下す。つねに決断を下している。深く考えもせずにしたことで、彼女の身に何かが起きるなんて。わたしは部屋に戻って、ドアに二重に鍵をかけた。もう安全だと思った。でも、そこでバスルームへと向かった。自分はバスルームに行っておきながら、十六歳の子がベッドの上に座ったまま部屋のなかで大人しくしていると思うだなんて。彼女には行くところがないと高をくくっていた。

でも、彼女はおびえていた。そういう事情があった。オースティンを離れるのはいやだと言っていたではないか。

それなのになぜ、大人しく言うことを聞くと思ったのか？

わかってくれたと思ったのか。

わたしはエレベーターへ、廊下の先へとまた走る。バスルームの床で携帯を使えなくした自分を呪いながら。携帯がなければメッセージも送れない。ロケーション履歴をオンにして追跡もできない。

「ベイリー、お願いだから返事をして！」

わたしは部屋に戻ってもういちど見渡す――五十平米のその空間のどこかにベイリーが隠れて

いないかと。クローゼットを開け、一応ベッドの下をチェックする。ベイリーが丸くなって泣いているかもしれない。ひとりになりたくて。みじめな気分でも、そこなら安全だから。わたしだったらすぐにそうするのに！　みじめな気分でも、そこなら安全だ。

そのとき、部屋のドアがさっと開く。その瞬間ほっとする。かつて感じたことのない安堵。ベイリーが戻ってきたんだ。わたしが半狂乱になってホテル内を探し回っているうちに、行きちがいになったんだ——廊下を歩いていって、バケツに入った氷かソーダを手に入れたんだ。ボビーに電話をしていたんだ。タバコを見つけて外に吸いに出ていたんだ。そのどれかであってほしい。そのすべてであってほしい。

でも、そこに立っていたのはベイリーではない。

グレイディ・ブラッドフォードだ。

色あせたジーンズを穿き、野球帽をうしろ向きにかぶったグレイディがそこに立っている。変なウィンドブレーカーを着て。

彼は胸で腕を組み、怒りの表情をこちらに向けている。「よくもいろいろと引っかきまわしてくれましたね」彼は言う。

第三部

朽木は雕《え》るべからず

――孔子

わたしたちが若かったころ

オースティンのダウンタウンにある連邦保安官事務所ビルは裏通りに面していて、窓からはほかのビルや通りの向かいにある立体駐車場が見下ろせる。もう夜なので、界隈のビルはほとんど真っ暗で人気《ひとけ》がない。駐車場に停まっている車もまばらだ。ところが、グレイディや同僚のオフィスにはこうこうと灯りがともり、活気づいている。

「もういちど考えてみましょう」グレイディが言う。

デスクの端に腰掛けるグレイディのそばで、わたしは行ったり来たりしている。責められているのをひしひしと感じるが、余計なお世話だ。誰よりも自分で自分を責めているのだから。ベイリーが消えた。どこにもいない。この街のどこかにひとりでいる。

「こんなことをして、ベイリーが見つかるんですか？」わたしは言う。「逮捕されないかぎり、あの子を外へ探しにいきます」

わたしはそう言ってオフィスから出ようとするが、デスクから飛び降りたグレイディに行く手を阻まれる。

「保安官八人がかりで彼女を捜索中です」グレイディが言う。「あなたがいましないといけないのは、もういちどよく考えてみることです。われわれに彼女を見つけてほしいのなら、そうするしかありません」

わたしは彼の顔をじっと見る。でも、そこであきらめる。それももっともだ。

わたしにできることがあるかのように、窓辺に戻って外を眺める――この下の通りのどこかにベイリーがいるかもしれない。それなのに、誰が誰なのか判然としない――オースティンの夜歩きを楽しんでいる群衆。唯一差し込む細い月の光を見ているうちに、ベイリーがこの人混みのなかをさまよっていることがますますおそろしくなる。

「あの人に連れていかれたんだとしたら？」わたしは言う。

「ニコラスに？」グレイディが言う。

わたしはうなずく。頭がくらくらする。これまでにニコラスについて把握したことを何度も思い浮かべる――オーウェンがけっして近づかないようにしていた危険人物。彼はニコラスの世界から娘を遠ざけようとした。それなのに、わたしはあの子をここに連れ戻してしまった。

「それはないでしょう」グレイディが言う。

彼女を守って。

「でも、ぜったいにないとは言い切れないでしょう？」

「あらゆることがぜったいにないとは言えません。あなたが彼女をオースティンに連れてきたいまとなってはね」

わたしは自分の気持ちをなだめようとする。グレイディはわたしの気持ちなどおかまいなしだ。

「ニコラスはこんなに早くわたしたちを見つけられなかったはず」わたしは言う。

「ええ、そうでしょうね」

「あなたはどうやってわたしたちの居場所を突きとめたの？」

「そうですね、今朝のあなたの電話からはたどれませんでした。でも、弁護士のジェイク・アンダーソンがニューヨークから電話をかけてきたんです。あなたたちがオースティンにいて、連絡がとれなくなったと教えてくれましたよ。携帯が通じなくなって心配していると。それで追跡を試みたんです。でも、どうやら手遅れでしたね……」

わたしは振り返って彼を見る。

「なぜわざわざオースティンに来たんです」彼が尋ねる。

「そもそものはじまりは、あなたがうちに来たんです」わたしは答える。「変だと思ったから」

「あなたが探偵だったなんて、オーウェンからは聞いていませんよ」

「こんなこと、オーウェンからいっさい聞いてませんでした、以上」

何が起こっているのかグレイディがちゃんと説明してくれていたら、オーウェンや彼の過去について誰かが真実を教えてくれていたら、ここには来ていなかったという事実を強調してもしかたがない。怒り狂ったグレイディはそんなことにはおかまいなしだ。それでもわたしは自分を止められない。この件で誰かを非難するのなら、その矛先が向くのはわたしではない。

「ここ七十二時間のうちに自分の夫がこれまで思っていたような人ではなかったと知ったばかりなんですよ。どうしろと言うんです？」

「忠告したはずです」グレイディが言う。「身を潜めて弁護士を雇うようにと。ぼくに仕事をさせてくださいと」

「それはどんな仕事なの？」

「自力で娘を守り切れない状況をなんとかするために、オーウェンは十年以上前にある決断をしました。娘が新しい人生のスタートを切れるように。ぼくは彼に手を貸したんです」

「でもジェイクが言っていたから……オーウェンは保護プログラムの対象ではないと思っていた」

「オーウェンが保護プログラムの対象になっていないということについて、ジェイクはまちがってません。そういうことではないんです」

わたしは戸惑ってグレイディを見る。「いったいどういうこと？」

「オーウェンが証言を行うと承諾したのちに証人保護プログラムに入る準備が整えられました。ところが彼は安心できなかった。プログラムにはやたらと抜け穴があって、信頼しなければならない関係者が多すぎると不安だったようです。案の定、公判中にちょっとした情報のリークがありました」

「情報のリークって？」

「ニューヨーク支部の誰かが、オーウェンとベイリーのために用意された新たな身元を外部に漏らしたんです」グレイディは説明する。「それ以来、オーウェンは政府の関与をいっさい拒否するようになりました」

「そんなことが」わたしは言う。

「めったにないことです。でも、別の道を模索することにしたオーウェンの気持ちも理解できます。ベイリーと姿を消すことにしたのも。彼らがどこに向かったのか誰にもわかりませんでした。ほかの連邦保安官は誰も。足跡をぜったいにたどれないようにしましたからね」

グレイディは遠く離れたテキサスからオーウェンのようすを見に飛んできたのだ——オーウェンの家族のようすを見に、オーウェンをこの混乱から救い出すために。

「あなた以外は誰も知らなかったということですね」わたしは言う。

「ぼくは信頼されてましたから」グレイディは言う。「連邦保安官になってまだ日が浅かったからかもしれない。もしくは、何か信頼されることをしたとか。理由は彼に訊いてください」

「こんな状況じゃあ、どんなことだって訊けない」わたしは言う。

グレイディは窓辺に歩いていき、窓にもたれかかる。わたしが期待しているせいなのか、彼の目には同情のようなものが浮かんでいる。

「オーウェンとはそんなに話したわけじゃないんです」彼は言う。「基本的に、あの人はただ自分の人生を生きているだけです。最後に連絡があったのは、あなたとの結婚を報告されたときでした」

「彼、なんと言ってました？」

「人生を変える女性に出会ったと言ってましたよ。こんなに誰かを愛したのははじめてだと」

それを聞いてわたしは目を瞑《つむ》る。わたしだって心の底からそう思っている。同じ気持ちだ。

「白状すると、その関係から身を引くようぼくは説得を試みたんです」グレイディが言う。「一時の気の迷いだからと言って」

「まあ、それはどうも」

「どのみち彼は忠告に耳を貸しませんでしたけどね。どうやら一部は聞き入れて、自分の過去は明かさなかったようですね。あなたにとっては危険きわまりないですから。彼が本気であなたと一緒になりたいのなら、過去を持ち込んだらいけないと言いました」

オーウェンとふたりでベッドに入っていたときのことを思い浮かべる。わたしに打ち明けるかどうかオーウェンは悩んでいた——彼は洗いざらい打ち明けたがっていた。それを思いとどまったのは、グレイディの警告のせいだったのかもしれない。その警告が邪魔をしてくれたおかげで、わたしはいまオーウェンと手を取り合ってこの事態を乗り切る立場にはない。

「責めるべきはオーウェンではなく自分だと、あなたなりに伝えているの？」わたしは言う。

「よろこんでそうさせてもらうけど」

「人は誰だって明かせない秘密を抱えていると、ぼくなりにお伝えしているんです」グレイディは言う。「あなたのお友達の弁護士のジェイクのようにね。あなたたちは以前婚約していたそうですね」

「それは秘密じゃない」わたしは言う。「オーウェンはジェイクのことならなんでも知っていたし」

「それでは、この件にかんしてあなたが彼に頼っているのをオーウェンが知ったらどう思うでしょうね？」グレイディが言う。

そうするしかなかったから。そう言ってやりたい。でも、ここで彼と言い争ってもしかたがない。グレイディの狙いはわたしを守りに入らせること。そうすれば手っ取り早く引き出せるから――秘密を引きだすとまではいかなくても、わたしを骨抜きにできる。いましなければならないと彼が考えることに、大人しく従うように。

「グレイディ、どうしてオーウェンは逃げたの？」わたしは尋ねる。

「逃げるしかなかったから」彼は答える。

「それはどういうこと？」

「今週ニュースでアヴェットの顔をどれだけ見かけました？　マスコミはそのうちオーウェンにも群がるでしょう。顔写真がそこらじゅうに出回ったら、やつらに見つかってしまう。ニコラスの雇い主にね。昔とは外見が変わっているといっても別人になったわけじゃありません。そんな風に顔がさらされる危険は冒せなかったのです。そうなる前に脱出しなければなりませんでした」グレイディが説明する。「ベイリーの人生が打撃を受ける前にね」

　それは理解できる。なぜわたしに打ち明ける時間がなかったのか――何もできずにただ逃げるしかなかった理由が――また別の視点から腑に落ちた。

「オーウェンは連行されるとわかっていました」グレイディは言う。「そうなったら指紋をとられていたでしょう。今日の午後ジョーダン・マーヴェリックがその憂き目にあったようにね。それで正体がばれて一巻の終わりです」

「それじゃあ、オーウェンは有罪だと思われているの？　ナオミやＦＢＩや、そういう人たちから」

「いいえ。重要な情報を握っていると思われています。そういうことじゃありません」グレイディは言う。「でも、オーウェンが詐欺行為に積極的に加担していたかとお尋ねなら、その可能性は低いでしょう」

「じゃあ可能性が高いのは？」

「アヴェットがオーウェンの事情を知っていたということ」

　グレイディと目が合う。

「オーウェンがアヴェットに打ち明けたはずはありませんから、くわしくはわからなかったでしょう。でも、素性の知れない人物だということを承知で雇ったんです。それまでＩＴ業界とはなんのかかわりもなく、伝手《つて》もなかった。当時、アヴェットはできるだけ優秀なプログラマーを雇いたがっていたとオーウェンは言っていました。でも、別の狙いもあったはずです。必要とあらば言いなりにできる部下が欲しかったんです。そして、そんな状況になった」

「〈ザ・ショップ〉で起きていたことをオーウェンは知っていたけど、止められなかったということ?」わたしは尋ねる。「オーウェンは社にとどまって、自分が目をつけられないうちにソフトウェアを完成させて事態の収拾をはかろうとした。そう考えているんですか?」

「そのとおりです」グレイディは言う。

「ずいぶん細かいところまで想像してるんですね」

「あなたのご主人については細かいところまで把握していますからね」彼は言う。「それに、彼は長年警戒しながら生きてきたから、〈ザ・ショップ〉のスキャンダルの影響が避けがたい事態になれば、また身を隠さなければならないと覚悟していました。ベイリーもはじめからやり直すことになる。しかも、当然今度はこれまでの経緯を説明しなければならない。望ましい状況とはとても言えませんね……」彼はそこで言葉を切る。「それに、あなたが一緒に行くことにした場合にあきらめなければならないものを考えると」

「わたしが一緒に行くことにした場合って?」

「そりゃあ、木工作家のままでは姿を隠しきれませんから。家具デザイナーでもね。自分をなんと呼ぼうと。すべてをあきらめなくてはならないでしょう。仕事も生活も。オーウェンはそんなことを望まなかったでしょうね」

そういえば——あれはオーウェンとつき合いだしたばかりのころだった。木工作家になっていなかったら何をしていたかと訊かれたのだ。わたしはこう答えた。祖父が木工を仕事にしていたから、それがわたしの唯一のよりどころとなって、木工以外には考えられなかったと。ほかの仕事に就くだなんて考えたこともないと。

「わたしが一緒に行く道を選ぶと、オーウェンは考えていなかったということ？」グレイディにというよりも自分に向かってそう言う。

「いまはそれを考えてもしかたがありません。あなたのＦＢＩのお友達を近づけないように手を尽くしています……」グレイディは言う。「でも、あなたたちが正式に保護プログラムに入らなければ、これ以上の職権濫用はむずかしいでしょう」

「証人保護プログラムに、ということ？」

「ええ、証人保護プログラムに」

わたしは口をつぐみ、それが意味するところを考える。保護の対象になるだなんて、どういうことなのか想像もつかない。いったいどんな感じなのだろう？　それに少しでも近いものには映画でしか触れたことがない――『刑事ジョン・ブック　目撃者』でハリソン・フォードはアーミッシュの共同体で暮らしていたし、『マイ・ブルー・ヘブン』でスティーヴ・マーティンはまともなスパゲティを求めてこっそり町を抜け出していた。ふたりともうんざりしていたし、途方に暮れていた。そういえば、ジェイクが言っていた。保護プログラムの実情は映画の世界とはおおちがいだと。

「それじゃあ、ベイリーはまたはじめからやり直さないといけないの？」わたしは言う。「まったくの別人として、新しい名前で。最初からもういちど」

「そうです。ベイリーのための準備はぼくが担当します」グレイディが言う。「こんな状況ではありますが、父親にも新たな身元を用意します」

わたしは彼の話を理解しようとする。ベイリーがベイリーじゃなくなる。学校、勉強、演劇、そして自分にたいして、いままであんなに努力してきたものがすべて帳消しになるなんて。今後ミュージカルの舞台に立つのは許されるんだろうか。それとも、そんなことをすれば、誰かがオーウェンの居所に気づく手がかりになる？　アイオワ州のどこかの学校の転校生が校内でミュージカルに出演したら。そんなことをしたら勘づかれるとグレイディに言われるだろうか。これまでの興味を追うのはあきらめ、フェンシングやホッケーに転向するか、目立たないようにしたほうがいいのだろうか。どんな風に考えてみても、ベイリーがベイリーであることをやめるよう求められる事態は避けられない――しかもよりによって、ほかの誰ともちがう自分らしさを確立しようとしているこの時期に。酷な提案だ――十六歳で人生をあきらめろだなんて。これが幼児だったらまたちがっていただろう。四十歳でも、その意味合いはちがうはずだ。

そうは言っても、ベイリーがどんな犠牲を払ってでも父親と一緒にいたがると、わたしにはわかっている。それがオーウェンと一緒にいられる条件なら、わたしたちはふたりとも何度だってよろこんで犠牲を払う。

そんな風に前向きに考えようとする。それでもまだ何かしっくりこない――グレイディが触れないようにしている何かがある気がして納得できない――わたしが理解しきれていない何かがある。

「これだけはわかってください」グレイディが言う。「ニコラス・ベルは冷酷な男です。オーウェンですら長年その事実を認めたがらなかったようですが。妻のケイトが父親を信じていましたからね。それに、オーウェンはケイトや、仲がよかったチャーリーを信頼していました。顧客はいかがわしくてもニコラス自身は善良な人間だと、きょうだいは信じ切っていました。ふたりの影響でオーウェンもそう信じたのです。ニコラスは被告側弁護士としての仕事をしているだけだと。違法行為には手を染めていないと。父親を愛していたきょうだいの働きかけでオーウェンは考えを変えました。ケイトとチャーリーは、ニコラスがよき父、よき夫だと思っていました。たしかにニコラスはよき父でよき夫でしたよ。勘ちがいではなかったんです。ただ別の顔があっただけで」

「それはどんな顔？」

「殺人の共謀者。ほかには恐喝に違法薬物の密売。彼が手を貸したせいでどれだけ多くの人が破滅に追い込まれようと、彼はまったく痛くもかゆくもないんです。人生を滅茶苦茶にされた人が大勢いても」

　わたしはショックを顔には出さないようにする。

「ニコラスの雇い主は血も涙もない連中です」グレイディは言う。「非道なやつらです。オーウェンをおびき出すためにどんな手を使うか予想がつきません」

「ベイリーが狙われるかもしれないということ？」わたしは言う。「そう言いたいの？　オーウェンをおびき出すために、まずベイリーが狙われると」

「彼女を早急にどこかへ移さなければ、その可能性があると言っているんです」

　わたしは感情的になっていたが、そこで冷静になる。グレイディは暗に伝えている。ベイリーに危険が迫っていると。いまオースティンの街をさまよっているベイリーは、すでに危険な状況にある。

「何よりも、ニコラスには組織の連中を止められません」彼は言う。「そうしたくても、その力がないのです。それが、オーウェンがベイリーをここから脱出させなくてはならなかった理由です。組織とかかわっているニコラスの手も汚れているとオーウェンは知っていました。そして、その情報を利用して彼は組織に打撃を与えたのです。そこまでは理解できますか？」

「もっとゆっくり説明してください」

「ニコラスだってはじめから違法なことをしていたわけではないんです。でも、いつからか組織の幹部に伝言を届けるようになった。服役中の部下から外の世界にいる幹部への伝言を。弁護士にしかできない仕事です。もちろん、伝言の内容は他愛ないものじゃありません。誰に制裁を加えるかとか、誰を消さなければならないとか、そういうたぐいの伝言です。男とその妻が殺され、子どもふたりが親を奪われることになる伝言を素知らぬ顔で運ぶなんて、想像できますか？」

「それとオーウェンとどう関係するんですか？」

「オーウェンは暗号化システムを構築してニコラスに手を貸したんです。ニコラスはのちにそのシステムを、伝言の送信や必要なときに伝言の内容を保存するのに使うようになりました。ケイトの死後、オーウェンはシステムに侵入して、すべてをわれわれに提供しました。Eメールややりとりの記録なんかをすべて……その結果、ニコラスは共謀罪で六年以上服役することになりました。オーウェンから渡されたファイルが決め手となってニコラスの関与が立証できたのです。そんな風にニコラス・ベルを裏切ったら誰でも無傷ではいられません」

そのとき、ようやくわかった――わたしがずっと気になっていた、グレイディがはっきりと口に出さないことが何か。

「それじゃあ、どうしてオーウェンはあなたのところに行かなかったの？」わたしは言う。

「え、なんですって？」

「なぜ最初からあなたのところに行かなかったのか、ということ」わたしは言う。「この事態をうまく乗り切る唯一の方法で、ベイリーとオーウェンの身の安全を確保する、いまでは唯一の方法が証人保護プログラムなら、〈ザ・ショップ〉の一件が持ち上がったとき、オーウェンはなぜあなたにすぐ連絡を取らなかったんですか？　どうしてあなたのところに行って、わたしたちをどこかに移すよう頼まなかったの？」

「それは本人に訊いてみないとわかりません」

「わたしはあなたに訊いているの」わたしは言う。「グレイディ、以前リークがあったとき、どうなったの？　そちらが手を打って大ごとにはならなかった？　それともベイリーの人生が危うくなった？」

「それがいま起きていることとどんな関係があるんです？」

「おおありよ。もしその件をきっかけに、あなたたちではベイリーを守れないと夫が思ったのなら、いま起きていることと関係おおあり」

「結論から言えば、オーウェンとベイリーの身の安全を確保するには証人保護プログラムが最善の選択です」グレイディは言う。「それ以上でも以下でもありません」

グレイディは平然とそう言ってのけるが、わたしの質問にいらついているのがわかる。否定できないからだ。グレイディがベイリーのみならずわたしたち全員の安全を確保してくれるのなら、オーウェンはここに一緒にいるはずだ。どこだろうと、彼がいまいる場所ではなく。

「あの、余計なことは考えないで」グレイディが言う。「あなたがいましないといけないのは、ベイリーがホテルの部屋から姿を消した理由を突き止めるヒントをわれわれに提供することです」

「心当たりはありません」

「当てずっぽうでかまいません」

「きっとオースティンから離れたくなかったんじゃないかな」

わたしはそれ以上何も言わない。ベイリーはまだ帰りたくなかったのだ。自分にまつわる答え――彼女の過去を明かす答えや、オーウェンがわたしに残した、いったいどこから探っていけばいいのかもわからない答え――それがわかりかけているから。そう考えるとなんとなく落ちつく。ベイリーはひとりでいる。でも危険な状態ではなく、自分以外の誰も見つけてくれない答えを探しているだけなんだ。そんな彼女の気性は誰かと似ている。わたしにもそういうところがある。

「なぜベイリーがオースティンに残りたがると思うんです？」グレイディが尋ねる。

そう訊かれて、わかっている唯一の真実が口をついて出る。「気づくことがあるんですよ」

「気づくって、何に？」

「すべては自分次第だと」

グレイディがミーティングに呼ばれたので、別の連邦保安官、シルヴィア・ヘルナンデスがわたしを廊下の先の会議室へと案内し、そこから電話をかけてもいいと言われる――通話は録音されず、追跡もされず、誰かの動向をすべて把握するためにここで行われていることはいっさいしないとでも言うように。

シルヴィアはドアの外に座っている。わたしは受話器を持ち上げる。そして、親友に電話をかける。

「何時間もずっと連絡を取ろうとしていたのよ」電話に出るなりジュールズが言う。「あなたたち、大丈夫なの？」

わたしは倒れないように手で頭を支えながら、会議室の長机に座る。倒れそうな気分になっても受け止めてくれるジュールズがいるからきっと大丈夫。

「いまどこにいるの？」ジュールズが言う。「さっきジェイクがすごい剣幕で電話をかけてきて、あなたが夫のせいで危険にさらされているってわめくもんだから。あんなのもうこりごりよ」

「そうだね、ジェイクはああいう人だから」わたしは言う。「ただ力になろうとしているだけなの。結果として失敗してるけど」

「オーウェンはどうしたの？　まだ出てこないんでしょう」ジュールズが言う。

「そういうことじゃないんだ」

「じゃあ、どういうこと」ジュールズは軽い感じでそう言う。いまは説明しなくてもいいと彼女なりに伝えているのだ。

「ベイリーがいなくなった」わたしは言う。

「え？」

「姿を消したの。ホテルの部屋を抜け出した。まだ見つかってない」

「あの子は十六歳だよね」

「わかってるよ、ジュールズ。どうしてこんなに心配してると思う？」

「ちがう。十六歳だよねって言いたいの。その年ごろなら、ふらっとどこかに行きたいと思ってもおかしくないでしょ。ベイリーならきっと大丈夫」

「そんな単純な話じゃないんだけど」わたしは言う。「ニコラス・ベルって聞いたことある？」

「知ってないといけない名前？」

「オーウェンの以前の義理の父親よ」

何か思いだしたようで、ジュールズは黙り込む。「待って。ニコラス・ベルじゃないよね……あの、あのニコラス・ベル？　弁護士の？」

「そう、その人。何か知ってる?」

「くわしくはないけど。ええと……何年か前に服役を終えたと新聞で読んだな。傷害か殺人の罪で服役していたはず。そんな人がオーウェンの義理の父親? 信じられない」

「ジュールズ、オーウェンは深刻なトラブルに巻き込まれているの。それを止めるためにわたしにできることは何もないと思う」

ジュールズは黙って考えている。わたしが伝えきれない断片をつなぎ合わせているのがわかる。

「わたしたちで食い止めましょう」ジュールズが言う。「かならず。まず、あなたとベイリーには家に戻ってもらう。そうしたら、どうすればいいかみんなで考えられる」

わたしは胸に迫るものを感じる。ジュールズはいつもこうなのだ——わたしたちはずっとたがいにそうしてきた。そう考えると、急に息ができなくなる。ベイリーはいまこの見知らぬ街をさまよっている。見つかっても(連邦保安官がまもなく見つけてくれると信じたい)、家には帰れないとグレイディに言われたばかりだ。この先ずっと。

「まだそこにいる?」ジュールズが訊く。

「まだいる」わたしは答える。「あなたはいまどこにいるんだっけ?」

「家にいる。そうそう、ついに開いたよ」

含みのある言い方だ。それで、ブタの貯金箱に内蔵されていたあの小型金庫のことだと気づく。

「開いたの?」

「ええ」彼女は言う。「マックスがサンフランシスコのダウンタウンに住んでる金庫破りを見つけて、一時間前に開いたばかり。九十七歳でマーティーという名前の人よ。金庫をあんな風に扱えるだなんて信じられない。五分間じっと機械の音に耳をすませただけで開け方がわかったんだから。金属でできた、あの妙なブタの貯金箱の開け方が」

「なかに何が入っていた？」

ジュールズは口ごもる。「遺書が。オーウェン・マイケルズ、本名イーサン・ヤングの遺書の最終版。内容を教えてほしい？」

この電話は誰が聞いているのだろう。ジュールズが読み上げだしたら、誰がオーウェンの遺書の内容を知ることになるのだろう――ノートパソコンのなかでわたしが見つけた遺書ではなく、秘密のメッセージよろしくその遺書にヒントが隠されていた別の遺書。

ほんもののオーウェンの遺書。完全版の。イーサンの遺書。

「ジュールズ、この電話は誰かに聞かれているかも。だから、少しだけにしてくれる？」

「わかった」

「ベイリーの保護者は誰になってる？」

「第一の保護者に指定されているのはあなたよ」ジュールズが言う。「オーウェンが亡くなった場合は。彼自身が娘のケアをできなくなったときも含まれる」

オーウェンはこんな事態に備えていたのだ。はっきりとわからなくても、似たような事態に備えていた。ベイリーがわたしと一緒にいられるよう整えていてくれた。ということは、彼はわたしがベイリーのそばにいるのを望んでいる。いつの間にそこまで信頼されたんだろう？　ベイリーはわたしと一緒にいるのがいちばんだと、いつ判断したの？　わたしなら適任だと、彼がそこまで思っていてくれたと知って、わたしのなかで何かが大きく変化した。それなのに、いまベイリーはこの街のどこにいるのかわからない。こんなことになったのはわたしのせいだ。

「ほかの名前は書いてある？」わたしは言う。

「ええ、あなたが彼女のそばにいてあげられない場合や、ベイリーの年齢に応じて、別のルールが設定されてる」ジュールズが答える。

彼女が読み上げる声にわたしは注意深く耳を傾け、聞きおぼえのある名前をメモしていく。でも実際は、ひとりの名前を待っている。その人を信頼したらだめだという証拠はそろっている。でも、もしかしたらオーウェンが信頼していたかもしれないし、わたしも信頼していいのもしれない。その名が耳に入ってきたとたん――ジュールズがチャーリー・スミスの名を読み上げたとたんに、わたしはメモを取る手を止める。もう行かなきゃと告げる。

「気をつけてね」彼女からはそう返ってくる。

これがいつもの〝愛してる〟という別れのあいさつの代わりだ。いまわたしが置かれている、なんとかして打開策を見つけなければならない状況を考えたら、どちらも同じ意味だ。

わたしは立ち上がって、会議室の窓の外を眺める。雨が降りだしている。そんな天気なのに、地上はオースティンの夜を楽しむ人たちであふれている。傘を差して通りを歩き、ディナーやショーに向かっている途中だったり、寝る前に一杯やるか映画の深夜上映にするか相談したりしている。それとも、もうじゅうぶんに楽しんだし、雨も本降りになってきたから家に帰るのかもしれない。幸運な人たちだ。

わたしは振り返ってガラスのドアを見る。向こう側には連邦保安官のシルヴィアが座っている。携帯電話をじっと見つめている。わたしには無関心なのか、見張りの仕事よりも重要な何かに没頭しているかのどちらかだろう。わたしがよく知っている任務に忙殺されているのかもしれない。オーウェンの捜索。ベイリーの捜索。

廊下に出て何か新しい情報はないか尋ねようとしたちょうどそのとき、向こうから歩いてくるグレイディの姿が目に入る。

彼はノックしながらドアを開け、わたしにほほ笑みかける。さっきよりも打ち解けて、おだやかな雰囲気だ。

「保護しましたよ」彼が言う。「保安官がベイリーを保護しました。彼女は無事です」

わたしはふーっと息を吐き、目に涙があふれだす。「ああ、よかった。あの子はいまどこにいるんですか？」

「キャンパスにいますよ。これからこちらに連れてきます」グレイディが言う。「その前に、少しお話しできませんか？　今後の計画について、われわれの考えをすり合わせておかないと」

今後の計画って？　あの子を、わたしたちを別の場所に移す計画だろうか。ベイリーが当たり前だと思っている人生はもう終わりだと告げるときに、わたしに協力してほしいということ？

「それに、別のことも話し合わないといけません」グレイディは言う。「いままでは話せなかったのですが、お伝えしていなかったことがありまして」

「そういう気がしていました」

「昨日、オーウェンの仕事関係のEメールのデータが入った記録媒体が小包で届いたんです。ほんものかどうか確認が必要でしたが、ほんものだとわかりました。オーウェンが反対したにもかかわらず、新規株式公開を押し進めたアヴェットから圧力を受けていたことが克明に記録されていました。さらに、その後事態の収拾をはかるためにオーウェンがしたこともすべて」

「それじゃあ、やっぱりそういうことだったんだ」わたしは言う。「オーウェンがこの件にかかわっていたかどうかは」

「ええ、そうでしょうね」

「夫はほんとうに事態をなんとかしようとしていたんですね？」

声がうわずる。そんな声しか出せない。オーウェンはわたしたちを守るためにあらゆる手を尽くしている。いまどこにいても、そこから何かしてくれている。グレイディが同じようにできるだろうか。

「オーウェンはたしかに協力してくれています」彼は言う。「誰を保護対象にするのか、証人保護プログラムはむずかしい判断を迫られますが、このファイルやオーウェンの過去から、内部告発が遅れた事情がよくわかります。なぜ会社にとどまりつづけるしかなかったのか、その理由が」

わたしはグレイディの話を聞きながら、安心と別の感情が入り混じった妙な気持ちになる。オーウェンから連絡があったのに、彼がそれを隠していたことにいらついているのだと最初は思った。でも、その正体は不吉な予感だった。だんだん見えてきた——彼にはまだ何か隠していることがある。

「あの、どうしていまになってそれをわたしに知らせるんですか？」わたしは尋ねる。

「ベイリーが到着するまでに、われわれは一致団結しないといけないですから」彼は言う。「証人保護プログラムのことで。あなたたちが前に進む最善の方法です。そんな風には思えないでしょうが。でも、あなたたちの場合はゼロからのスタートじゃありませんからね。かならずしも」

「どういうこと？」

「オーウェンがベイリーに残した現金があるでしょう。あれは正当な取り分です。オーウェンがクリーンな状態で用意しておいたものです」彼は言う。「だから、ある程度の資金を持って保護プログラムに入ることになります。プログラムの対象になる人のほとんどは、そんな恵まれた立場にはありません」

「もしプログラムの保護を断ったら、あのお金は受け取れないと言っているように聞こえるけど……？」

「もし断ったら、すべてが手に入らなくなりますよ」彼は言う。「ふたたび家族として暮らすことも、安全を確保することも、すべてが」

わたしはうなずく。グレイディはわたしをその気にさせたいのだ――ベイリーと一緒に保護プログラムに入るのを承諾すべきだと。オーウェンがわたしたちと合流して新たな生活を送るためにすべてが整えられる。だから、そうしなければならない。家族の再会のためにすべてが整えられる。別の名前にはなるが、再会できる。一緒に暮らせる。

グレイディはそう強調しても、わたしはどこか解せない。オーウェンなら、その気持ちを無視したらだめだと言うだろう。その疑念を。以前証人保護プログラムで情報漏洩があったことやニコラス・ベルのことを考えると疑念が湧いてくる。オーウェンが突然いなくなったことや、彼についてで知っていることを思い浮かべると。それで説明できる。それでしか説明できない。オーウェンについてわたしが知っているあらゆることが、別の可能性を示しているような気がする。

グレイディはまだ話している。「できるだけ安全な状態にするにはこうするのがベストだとベイリーにもわかってもらわないと」

できるだけ安全。そこに引っかかる。グレイディは安全だとは言わない。ぜったいに安全ではないから。こうなった以上は。

ベイリーはもう街をさまよっていない。このオフィスへ、できるだけ安全な場所に向かっている。これからグレイディはベイリーに別人になるしかないと告げる。ベイリーがベイリーじゃなくなる。

もちろん、わたしがそれを止めないかぎり。このすべてを。

わたしは覚悟を決める。いましなければならないことがある。

「あの、お話ししましょう」わたしは言う。「ベイリーにどう伝えたらいいか。でも、まず洗面所に行かせてください……顔を洗いたいんです。二十四時間ずっと寝てませんから」

グレイディはうなずく。「いいですよ」

彼がドアを開けてくれるので、わたしは会議室を出ていきかける。彼の横を通りすぎるとき、戸口で立ち止まる。信用させるには、ちょっとした仕草が肝心だ。

「ベイリーが無事だとわかって、ほっとしました」わたしは言う。

「ぼくもです」彼は言う。「それに、むずかしい状況だというのは、よくわかってます。でもこうするのがいちばんですし、あなたが思うよりもすぐにベイリーは慣れるでしょう。そんなにこわがることじゃないんです。あなたたちは一緒に暮らせるし、オーウェンが姿を現し次第、お連れします。それがいまオーウェンが望んでいることでしょう。まずあなたたちの安全を確保して、準備を整えるように……」

そう言って、グレイディはほほ笑む。それで、わたしは自分にできる唯一のことをする。彼にほほ笑み返す。オーウェンが失踪したままでいる理由をグレイディがわかっているかのように、オーウェンと娘が再会するには別の場所に移るしかないと信じ切っているかのように。身の安全を確保するために。誰でもベイリーの安全を確保できるかのように——わたしじゃなくても。

グレイディの携帯電話が鳴る。「ちょっと失礼します」彼が言う。

わたしは洗面所を指さす。「行ってもいいですか？」

「もちろん。どうぞ」

彼はすでに窓に向かって歩いている。電話の向こうにいる人の声に耳を傾けている。わたしは廊下に出て洗面所のほうへと歩きだし、うしろを振り返ってグレイディが見ていないか確認する。彼は見ていない。携帯を耳に当て、こちらに背を向けている。わたしが洗面所のドアを素通りしてエレベーターに向かい、下に降りるボタンを押してもこちらを見ない。会議室の窓の外を、篠つく雨を眺めながら相手と話している。

さいわいエレベーターはすぐに到着したので、わたしはひとりで飛び乗り、扉を閉めるボタンを押す。グレイディが通話を終える前にロビーに着いている。シルヴィア・ヘルナンデスがようすを見に洗面所に行かされる前に外の雨のなかへ飛び出している。

会議室の机の上にわたしが残してきたものをシルヴィアかグレイディが発見する前に、わたしは角を曲がっている。電話の下にメモを残してきた。オーウェンがわたしに残したあのメモを。今度はグレイディへの伝言として。

彼女を守って。

それから不慣れなオースティンの通りをさっと駆け抜けて、ベイリーのために、ベイリーとオーウェンのためにはこうするのがいちばんいいと思うことにとりかかる。ただし、そのためには二度と近づきたくない場所に戻らないといけない。

誰もがリストをつくるべき

わたしの知っていること。

夜寝る前にオーウェンはふたつのことをした。まず左を向いて、つぎにわたしによりそい、胸に腕を回す。そして、その姿勢のまま寝る——顔をわたしの背中にくっつけ、手をわたしの心臓の上に置いたままで。安らかに眠っていた。

毎朝ゴールデン・ゲート・ブリッジのたもとまで走り、家に戻ってきた。

好きにしていいと言われたら、きっとパッタイだけを食べて生きている。

結婚指輪はぜったいに外さなかった。シャワーのときですら。

車の窓はつねに開けていた。気温が三十度を超えていようが、零下十度だろうが。

毎年、冬になるとワシントン湖で穴釣りをしに行きたいと言っていた。結局行くことはなかった。

どんなにくだらない映画でも途中で観るのをやめられず、クレジットが流れるまでずっと観ていた。

みんなシャンパンのことを買いかぶりすぎだと思っていた。

みんな暴風雨を甘く見ていると思っていた。

じつは高所恐怖症だった。

マニュアル車しか運転しなかった。マニュアル運転の醍醐味を熱く語っていた。誰も聞いてなかったけど。

娘をサンフランシスコにバレエ観劇に連れていくのが好きだった。

娘をソノマ郡へハイキングに連れていくのが好きだった。

娘を朝食に連れていくのが好きだった。自分は朝食をとらないのに。

十層のチョコレートケーキをいちからつくれた。

彼のつくるココナッツカレーは絶品だった。

箱に入ったままの、十年もののラ・マルゾッコのエスプレッソマシーンを持っていた。

それから、昔結婚していた。結婚した相手の父親は悪いやつらの弁護に当たっていた——そういう手合いを〝悪いやつら〟と表現するのは、少しばかり単純化しすぎているし、適切ではないと彼自身は考えていたが。それでも義父の仕事に理解を示した。妻の父なのだし、オーウェンはそういう人だから。オーウェンが義父に理解を示したのは、必要に迫られたからであり、妻を愛していたからであり、おそらく恐怖も感じていたから。ただし、恐怖だと認めなかっただろうが。かわりに、的外れにも忠誠心だとしただろう。

ほかにも知っている。妻の死で彼の世界が一変した。あらゆることが変わった。

彼のなかで何かが崩れ落ちた。そして、憤った。その怒りを妻の家族に、義父に、彼自身にぶつけた。愛や忠誠の名のもとに見て見ぬふりをしてきた自分を呪った。それもあって彼は姿をくらました。

もうひとつの理由は、ベイリーにそんな人生を送らせるわけにはいかないから。それが何よりも重要で、早急に手を打たなければならなかった。ベイリーを妻の一族に少しでも近づけたら危険だと思っていた。

そういうことはすべてわかっている。でも、わからないことがある。わたしがこれから危険な賭けに出るのを、果たして彼は許してくれるだろうか。

〈ザ・ネバー・ドライ〉、パート2

〈ザ・ネバー・ドライ〉は今度は営業している。

仕事帰りの客や大学院生、自分たちの世界にひたりきっているデート中のカップル（ツンツンした緑色の髪の男と腕にタトゥーの入った女）など、いろいろいる。

カウンターの向こう側ではベストにネクタイ姿の若くてセクシーなバーテンダーが愛嬌をふりまき、そのカップルにおそろいのマンハッタンをつくっている最中だ。ジャンプスーツを着た女がバーテンダーに目配せをして、飲み物のお代わりを注文しようとしている。ただ彼の気を引こうとしている。

そして、チャーリーがいる。祖父ゆかりのボックス席に陣取り、ウィスキーのグラスをあおっている。すぐそばにはボトルが一本置いてある。

グラスの縁を指でなぞり、考えごとをしている。きっと、さきほどの一件を振り返って、まったく知らない女と、もういちど会いたいとずっと願っていた姪が現れたとき、もっと別の態度がとれなかったのかと考えているのだろう。

わたしはその席へ歩いていく。最初、彼はわたしがそこに立っているのに気づかない。ようやく気づくと、怒りの表情ではなく、信じられないという顔をする。

「ここで何をしている？」彼が言う。

「彼に話があるの」

「彼って、誰のことだ？」

訊かなくてもわかっているくせに。だからわたしは黙っている。それが誰なのか、チャーリーはちゃんとわかっている。わたしが会いたいのが誰なのか。

「こっちへ」彼は言う。

そして、立ち上がって薄暗い廊下へと歩いていき、トイレや配電室の前を通って厨房へと向かう。

チャーリーがわたしを厨房のなかへ通すと、背後でスイングドアが閉まる。

「今夜何人サツが店に来たと思う？　連中はまだ何も言ってこない。でも、おれに見せつけるように店にやってくる。見張っているとわかるように。そこらじゅうにいる」

「その人たちは警官じゃないと思う」わたしは言う。「連邦保安官じゃないかな」

「こんなこと、おもしろいのかよ？」彼が言う。

「まったく」わたしは答える。

それから、彼と目を合わせる。

「わたしたちがここに来たと彼に伝えたでしょうね、チャーリー。父親だもの。彼女はあなたの姪だし。あの子が連れていかれてから、あなたたちはずっと行方を追っていたんでしょう。あなたは黙っていようと思っても、結局言わずにはいられなかったはず」

裏の階段とその下の路地へとつづく非常口のドアをチャーリーは押し開ける。

「出てってくれ」

「出ていけない」

「なんでだ？」

わたしは肩をすくめる。「ほかにどこにも行く当てがないから」

ほんとうのことだ。それを自分で認め、チャーリーにも知られたら、気まずくなる事実――この状況を打開するのに、わたしが頼れるのはいまやチャーリーしかいない。

おそらくそれが伝わったのだろう。彼はためらい、決意が揺らいだようだ。そのまま非常口のドアが閉まるにまかせる。

「お父さんに話があるの」わたしは言う。「だから、夫の友人に橋渡しを頼んでる」

「おれはあいつの友人じゃない」

「そんなはずはない」わたしは言う。「友達のジュールズに頼んでイーサンの遺書を確認してもらった」イーサン。わざとその名で呼ぶ。「正真正銘のあの人の遺書を。あなたの名前がそこにあった。わたしと一緒にベイリーの保護者に指名されていた。もしものときは、彼はベイリーをあなたに託すつもりだった。わたしとあなたに」

チャーリーは話を理解してゆっくりとうなずく。いまにも泣きだしそうだ。目がうるんでいるが、額に両手を押し当てて眉毛を引っ張り、涙がこぼれ落ちないようにしている。姪と再会できる見込みが出てきた安堵の涙、そして、十年間彼女と会えなかったことにたいする純然たる悲しみの涙。

「親父のことは？」彼は言う。

「ニコラスには一切かかわらせたくなかったんだと思う」わたしは言う。「でも、遺書にあなたの名前があったから、信頼されていたとわかったの。そちらはわだかまりを抱えているようだけど」

　これが現実だと思えないかのように彼は首を振る。その気持ちはよくわかる。

「長年の確執なんだ」彼は言う。「それに、イーサンだってまったく罪がないわけじゃない。あんたは無実だと思っていてもな。なにがあったのか完全には理解していないだろう」

「それは承知のうえ」

「じゃあ、何が狙いなんだ。あんたが親父と話せばイーサンと仲直りさせられるとでも？　そんなことをしたって無駄だ。何を言っても。イーサンは親父を裏切った。あいつのせいで親父の人生は滅茶苦茶になって、そんな状況でおふくろも死んだ。おれだってどうにもできないんだから、あんたにできることは何もない」

　チャーリーは苦労して言葉を選んでいる。わたしにはわかる。父親とオーウェンのことをどこまで話していいのか頭を悩ませている。情報の出し惜しみをしたら、わたしは帰らない。しゃべりすぎても同じかもしれない。とにかく彼はわたしを追い払いたいのだ。それが、誰にとってもいちばんだと思っている。でも、そんなこと知るもんか。この状況をなんとかする方法はひとつしか残されていないんだから。

「あいつと結婚してどれぐらいになる？」チャーリーが尋ねる。「イーサンと」

「なんでそんなことを聞くの」

「あいつはあんたが思っているようなやつじゃないから」

「ずっとそう言われてる」

「イーサンはなんて言ってた？」彼が言う。「おれの姉のことは？」

〝何も〟そう言ってやりたい。〝ほんとうのことは何も教えてくれなかった〟と。実際の彼女は燃えるような赤毛ではなかったし、科学好きでもなかった。ニュージャージー州の大学には行っていない。それどころか、プールで泳げたかどうかもあやしい。いまとなっては、なぜオーウェンがそんな風に説明したのかよくわかる――手の込んだつくり話をした理由が。万が一、悪いやつがベイリーに近づいて、彼女の正体を怪しむことがあれば、ベイリー本人がそいつの目を見てはっきり否定できるようにしておきたかったのだ。〝母は赤毛で泳ぎが得意でした。あなたがわたしと関係あると思っている人とはまったく似てません〟と。

わたしはチャーリーの目を見て正直に答える。「夫からはそんなに聞かされてない。でもいちど、わたしならお姉さんのことを好きになると言われた」わたしは言う。「仲良くなれるって」

チャーリーはうなずくが、何も言わない。わたしとオーウェンの暮らしやベイリーについて、聞きたいことがたくさんあるようだ。いまのベイリーはどんな性格なのか、なにが好きなのか、彼がまちがいなく愛していた亡き姉と似たところが少しは残っているのか。でも、口に出せないでいる。口に出したら、自分のほうも答えを言いたくない質問をされることになるからだ。

「言っておくが」彼が口を開く。「クリスティンがいれば、親父がイーサンとのことを水に流して、少しは誤解も解けて、態度を軟化させると誰かに言ってほしいのなら、そんなことにはならないぞ。ぜったいに。そんな風にはならない。親父は忘れちゃいない」

「それもわかってます」わたしは言う。

そして、実際にわかっている。それでもチャーリーが助けてくれるという事実に賭けているのだ。そもそも彼に助けてくれる気がないのなら、こんな会話にはならない。別のことを話していたはずだ――オーウェンが彼の一族に何をしたかという、わたしたちのどちらも触れたくない話題に。オーウェンがわたしにしたことも。わたしの心の傷をえぐるような話になっていたはずだ。

チャーリーは表情をやわらげてわたしを見る。「さっきはこわがらせたかな」

「それはこっちのせりふでもある」

「あんな風にあんたに迫るつもりはなかった。でも、死ぬほどびっくりしたもんだから」彼が言う。「店に押しかけて親父の件を蒸し返すやつらが大勢いるんだ。犯罪ドキュメンタリーで裁判映像を見た犯罪マニアどもは、親父のことをよく知っていると思い込んでサインをねだる。あれから何年もたっているのに。ここはオースティンの犯罪活動ツアーの行程に組み込まれている気がする。〝おれたちとニュートン・ギャング〟……」

「それはひどい」わたしは言う。

「そうなんだ」彼は言う。「ひどいことばかりさ」

チャーリーはわたしをじっと見て推し量ろうとしている。「あんたは自分が何をしているかわかっちゃいない。いまだにハッピー・エンドを望んでいるんだろう。でも、この話はぜったいにめでたしめでたしにはならないぞ」彼は言う。「そうできないんだ」

「それはわかってる。わたしが望んでいるのは別のことだから」

「どういうことだ？」

わたしはひと呼吸置く。「話がここで終わらないこと」

湖畔

チャーリーは車を走らせる。

わたしたちはオースティンを出て北西に向かい、ボネル山をすぎて、テキサス・ヒル・カントリーへと入っていく。突然、丘陵がつらなる緑あふれた風景が広がる。窓の外に見える湖は静まり返って生気がない。動きがまったくない。

ランチ・ロードに差し掛かると雨脚が弱まる。チャーリーはあまり話しかけてこないが、両親が数年前に湖畔に地中海様式の屋敷を購入したと教えてくれる。それはニコラスが出所した年のことで、妻が亡くなる一年前だった。その人目につかない隠れ家は妻の夢の家だった。ニコラスは彼女の死後もそこでひとり暮らしをつづけている。のちに、その屋敷を手に入れるのにきっかり一千万ドルかかったとわたしは知ることになる。私道の入り口に掲げてあるプレートにもあるように、チャーリーの母親のメレディスが聖域《サンクチュアリ》と名づけた屋敷。

なぜそう名づけたかは一目瞭然だ。広大で、とびきり美しく、ひっそりとした佇まい。まったく人目につかない場所にある。

チャーリーが番号を打ち込むと金属のゲートが開いて、丸石が敷きつめられた私道が現れる。

少なくとも数百メートルはあって、ゆるやかに湾曲しながら小さな監視小屋につながっている。その小屋はツタでおおわれていて目立たない。

それにくらべたら母屋は堂々としている。フランスのコート・ダジュールにあってもおかしくない――バルコニーからは植物が垂れさがり、屋根はアンティークタイルで葺かれ、石造りのファサードを備えている。とりわけ目を引くのは、高さが少なくとも二・五メートルはありそうな豪華な出窓だ。客人を出迎え、館のなかへと誘《いざな》っている。

監視小屋の前で停車すると、なかからボディガードが出てくる。プロのアメフト選手並みの巨体で、ぴっちりとしたスーツを着ている。

チャーリーが窓を開けると、そのボディガードは身をかがめて、運転席側の窓によりかかる。

「やあ、チャーリー」

「ネッド、今夜はどうだい」

ネッドは視線をわたしへと移して軽く会釈する。それからチャーリーのほうを向く。「お待ちですよ」

そう言ってボンネットを軽く叩いて小屋へと消え、二番目のゲートを開ける。

わたしたちの乗った車はゲートを抜けて円形の車寄せに進み、玄関ドア前で停まる。

チャーリーはギアをパーキングに入れてエンジンを切る。でも車から降りようとしない。何か言いたいことでもあるんだろうか。だとしても、気が変わったか思いとどまったようだ。ひとこともしゃべらずに運転席側のドアを開けて車を降りた。

わたしは彼のあとを追って車から降り、夜の冷気のなかへと出ていく。地面は雨で濡れている。

玄関ドアに向かって歩きだすと、チャーリーは通用門を指さす。

「こっちだ」

チャーリーが門を押さえてくれるので、わたしは通り抜ける。彼もなかに入り、そのまま門をロックするのを待つ。それから、両端に多肉植物や草花が植えられた、屋敷に沿う小径を歩きはじめる。

わたしたちは横に並び、チャーリーが外側を歩く。大きなフランス窓からわたしは家のなかをのぞきこむ。どの部屋にも明かりがついている。

わたしのために明るくしてあるのだろうか――細部まで考え抜かれた、印象的なデザインがよく見えるように。広く、湾曲した玄関ホールには高価な芸術作品やモノクロ写真が飾られている。大広間はアーチ型天井になっていて、深々と座れる木製ソファが置かれている。そして、家の奥を占める農家風キッチンはテラコッタの床と巨大な石造りの暖炉がアクセントになっている。

こんなところにどうしたらひとりで暮らせるのか、それればかり考えている。こんな家にひとりきりというのはどんな感じなのだろう。

小径は格子模様のベランダへと回り込み、古風な柱と素晴らしい湖の眺めがあらわになる――小型ボートの光が遠くに見え、オークの木々が枝を広げ、ひんやりとした湖は静まり返っている。

それに、堀もある。

この家は、ニコラス・ベルの屋敷は堀で囲まれている。はっきりと願い出なければここには入れず、また出ていけないのだと思い知らされる。

チャーリーはベランダに並んでいる寝椅子を指さし、自分もそのひとつに座る。遠くに湖がきらめいている。

わたしは彼と目を合わせないようにして、小型ボートを眺める。ここに来た目的はちゃんとわかっている。でも実際に来てみると、失敗だった気がする。チャーリーの警告を聞き入れていればよかった。ここに来たって、得るものはなにもない。

「どこかに座ってくれ」彼が言う。

「けっこうです」わたしは言う。

「少し時間がかかるかもしれない」彼は言う。

わたしは柱にもたれかかる。

「立ったままで大丈夫」

「心配なのは、あなたではないのかも……」

男の声がしたので振り向くと、うしろのドアのところにニコラスが立っていたのでびっくりする。二匹の犬を従えている。チョコレート色の大きなラブラドール犬を二匹。どちらもニコラスをじっと見つめている。

「その柱は見かけほどの強度はないのでね」彼が言う。

わたしは柱から離れる。「すみません」

「いやいや、冗談だ。からかってみただけ」

そして、片手を振りながらこちらに歩いてくる。指がわずかに曲がっている。あごにまばらにひげが生えたやせた男――指は関節炎で、だぶだぶのジーンズを穿き、毛糸のカーディガンを羽織って、いかにも頼りなさそうだ。

驚きを抑えようとしてわたしは唇を噛む。こんな人だとは思っていなかった――物腰柔らかで紳士的。誰かのやさしいおじいちゃんみたい。ゆったりとしたリズムの、さりげないユーモアを交えたその話し方は、わたしのやさしい祖父を彷彿とさせる。

「その柱は妻がフランスの修道院で買ったもので、二分割して運んだ。こちらの職人が継ぎ直してもとどおりにした。強度はじゅうぶんにある」

「それに、とても美しいですね」わたしは言う。

「そうだろう？」ニコラスが言う。「妻は目利きだったから。家に置くものは彼女がすべて選んだんだ。ひとつ残らず」

妻のことになると、話すのもつらそうだ。

「普段はわが家の装飾を語ることもない。でも、きみならそういう経緯を聞いておもしろがるだろうから……」彼は言う。

それを聞いてわたしはぎょっとする。わたしの職業を知ってると言いたいの？　そんなことができるの？　こんなに早く情報が漏れるなんて。もしかしたら、自分から漏らしたのかも。気づかずにチャーリーに何か言ったのかも。わたしたちの正体を明かす何かを。

いずれにせよ、ニコラスがこの場を支配している。十時間前はちがったかもしれない。でも、わたしがオースティンに来たことですべてが変わった。いま、わたしはニコラスの縄張りにいる。オースティンは彼の縄張りなのだ。そんなところにのこのことやってきてしまった。それを裏づけるかのように、ボディガードがふたり表に現れる――ネッドと別の男が。ふたりとも巨体でにこりともしない。ニコラスの背後に控えている。

ニコラスはふたりにはまったく注意を向けない。そして、手を伸ばしてわたしの手を取る。昔からの友人のように。わたしにどんな選択肢がある？　わたしは手を差しだして、彼の手がわたしの手を包むのにまかせる。

「お会いできてうれしいです……」彼が言う。

「ハンナです」わたしは言う。「ハンナと呼んでください」

「ハンナ」彼が言う。

そして、ほほ笑む――心からにっこりと。そんな彼の態度にわたしは突然戸惑いをおぼえる。正反対の態度をとられていたら、ここまで動揺しないだろう。オーウェンも彼を前にして、この人はいい人にちがいないと思ったことがあったのだろうか？　そうじゃなかったら、こんな風には笑えない。オーウェンの愛した女性を育てられない。

ニコラスを見ていられなくなって、わたしはうつむき、視線を地面のほうへ、犬たちへと移す。彼はわたしの視線を追う。そして、身をかがめて犬の後頭部をなでる。

「こちらはキャスパー、それにレオン」彼は言う。

「美しい子たちですね」わたしは言う。

「ほんとうに。ありがとう。ドイツから連れてきたんだ。まだ〝シュッツフント〟訓練の最中でね」

「どういうことですか？」

「文字通りには〝護衛犬〟ということ。飼い主の護衛が彼らの役目だから。もっとも、わたしはよき仲間だと思っているが」彼はそこで言葉を切る。「さわるかね？」

その言葉が脅しだとは思わないが、進んで応じるようなことにも思えない。少なくとも、よろこんで受け入れられる提案ではない。

わたしはチャーリーを見る。寝椅子に横になったままで、腕で目をおおっている。わたしと同じで、父親といると落ちつかないからわざと何気ないふりをしているようだ。ところが、そのときニコラスがそちらに近づいて、息子の肩に手を置く。チャーリーは肩のところで父親の手を握る。

「やあ、父さん」

「忙しい夜だったか？」ニコラスが言う。

「まあね」

「それなら、おまえに飲み物を運ばせてくれ」ニコラスが言う。「スコッチがいいか？」

「いいね」チャーリーが返事をする。「完璧だよ」

チャーリーが父親に向けるまなざしは純真で裏表がない。どうやら彼の不安をわたしは勘ちがいしていたようだ。何を心配しているにしろ、彼がずっと手を握っている父親とはおそらく関係のないことなのだ。

それについては、グレイディの読みは当たっていた——ニコラスが仕事でどんな顔を持っていても、いくら汚れた危険人物でも、大人になった息子の肩に手を置き、仕事で疲れた彼のために寝酒を持ってこさせるような人物。それが、チャーリーの目に映る父親だ。

では、それ以外のことではグレイディは正しいのだろうか？　というよりも、どれだけ正しいのだろう？　ベイリーの身の安全を確保するには、ここではない別の場所に移るしかないというのは。

ニコラスがネッドに向かってうなずく。すると、ネッドはこちらに歩いてくる。わたしはぎょっとして両手を上げてあとずさる。

「何をするの？」

「盗聴器を持ってないか確認するだけだ」ニコラスが言う。

「そんなもの持ってません。盗聴器で何をするというの？」

ニコラスはほほ笑む。「いまは、そういう質問にかかわらないようにしているのでね」彼は言う。「でも、かまわないのであれば……」

「両腕を上げてください」ネッドが言う。

そんなことをする必要はないと、とりなしてくれないかと期待してチャーリーを見る。でも、彼は動かない。

それで、わたしはネッドに言われたとおりにする。空港でのボディーチェックのようなものなんだ、運輸保安局の検査なんだと自分に言い聞かせる。何も考えなくていい。それでも、ネッドの手は冷たく感じられ、彼の手が下へと向かうあいだ腰に差した拳銃が丸見えだ。いつでも使える状態にしてある。ニコラスも見守っている。二匹の番犬はいつでも飛び掛かれる状態で彼のそばに控えている。

わたしははっと息を呑むが、それを悟られないようにする。この人たちの誰かが夫を見かけたら、ためらわずに攻撃するだろう。さんざん痛めつけて、いまわたしがしている努力も意味がなくなる。グレイディの声が頭のなかでこだまする。ニコラスは冷酷な男です。血も涙もない連中です。

ネッドはわたしから身を離し、ニコラスに合図する。ということはつまり、わたしの疑いは晴れたのだ。

ボディガードの手の感触が身体に残ったままで、わたしはニコラスの目を見る。「こうやって客を歓迎するのが、こちらのやり方なんですか？」

「最近は客も多くないものでね」彼は言う。

わたしはうなずいてセーターを整え、両腕を身体に巻きつける。ニコラスがチャーリーのほうを向く。

「チャーリー、ちょっといいか。ハンナとふたりだけで少し話したい。おまえはプールサイドで酒を楽しんだらどうだ？　それから家に帰るといい」

「ここまでハンナを乗せてきた」チャーリーが言う。

「マーカスがどこへなりと送り届けよう。また明日話そう、いいな？」

それで決まりだと、ニコラスは息子を軽く叩く。チャーリーが何か言う前に、もう何も言うことはないと、ニコラスはドアを開けて屋敷のなかに入る。

だが、戸口で立ち止まる。まるで、わたしに選んでいいと言っているように。ここでチャーリーと帰っても、ひとり残って彼と話しても、どちらでもいいと。

その二つがわたしに用意された選択肢なのだ——ニコラスと残って家族を助けるか、家族を見捨てて自分だけ助かるか。おかしな試練だ。そんな風に試されないといけないなんて。家族と自分、どちらも助かる地点に、わたしはまだたどりついていないと言われているみたいだ。

「なかへ？」ニコラスが言う。

まだ間に合う。いまならニコラスから逃げられる。オーウェンの顔が浮かぶ。わたしにここにいてほしくないはずだ。グレイディの顔も浮かぶ。**逃げろ。逃げろ。逃げろ**。胸の鼓動があんまり大きいから、ニコラスに聞こえているかもしれない。聞こえていなくても感じているはずだ——わたしが緊張していると。

どうにもならない深みにはまったと思う瞬間がある。いまがまさにそうだ。

犬たちがニコラスを見つめている。わたしも含め、そこにいる誰もが彼を見つめている。向かえる唯一の方向にわたしが歩きだすまで。彼のほうへ。

「お先にどうぞ」わたしは言う。

二年前

「ベイリー、そのワンピース素敵だね」わたしは言った。

わたしたちはロサンゼルスに来ていた。ヴェニス地区にある〈フェリックス〉で食事中だった。わたしがヴェニス運河の顧客の家で仕事をすることになって、ベイリーと一緒に過ごすいい機会だとオーウェンが考えたのだ。このとき、わたしが彼女と会うのは八回目ぐらいだった。それなのに、わたしがいるとベイリーはいつも食事以外はしたがらなかった。普段は週末まるごと三人で過ごすことはなかった。その日、わたしたちは野外音楽堂のハリウッドボウルであったドゥダメル指揮の演奏会にベイリーを連れ出し、彼女も楽しんでいた。それから、ロサンゼルスでいちばんおいしいイタリアンレストランで食事をして、ベイリーはこれも楽しんでいた。彼女が楽しまなかったこと？　それは、わたしがずっと一緒だったこと。

「青色がとっても似合ってる」わたしは言った。

ベイリーは何も言わない。おざなりに首をかしげることすらしない。わたしを無視してイタリアンソーダを飲んでいる。

「トイレに行ってくる」

そう言うと、オーウェンが何か言う前にさっさと立ち上がって行ってしまった。

娘が立ち去るのをオーウェンは見ていた。彼女が角の向こうに消えると、こちらを向いた。

「サプライズにしようと思ってたんだけど」彼は言った。「いまなら打ち明けるチャンスかなと思って。今度の週末はきみをビッグ・サーに連れていこうと思ってる」

その週はロサンゼルスに滞在して運河での仕事を終わらせ、金曜日にサウサリートに飛ぶことになっていた。それから海沿いを車で南下してオーウェンのいとこに会いにいこうと話していた。オーウェンいわく、そのいとことやらは半島の端にある小さな観光の町、カーメル・バイ・ザ・シーに住んでいる。

「ねえ、ほんとうはカーメル・バイ・ザ・シーにいとこなんかいないんでしょう?」わたしは言った。

「きっと誰かのいとこじゃないかな」彼は言った。

わたしは笑った。

「そうだったらいいけどね」彼は言った。「ぼくはいとこなんて、どこにもいないから。ベイリー以外の家族はいないんだ」

「ベイリーがいてくれてありがたいね」わたしは言った。

オーウェンはほほ笑んだ。「そんな風に思ってくれるの?」

「当たり前じゃない」わたしは少し間を置いた。「でも、両想いじゃないけどね」

「いずれそうなるさ」

彼はグラスに口をつけ、それをテーブルの上でわたしのほうにすべらせた。

「グッド・ラック・チャームというバーボンを飲んだことはある? ぼくも特別な機会にしか飲

まないんだけどね。バーボンとレモンとスペアミントを合わせたものだ。効き目があるんだよ。幸運《グッド・ラック》が転がり込んでくる」

「どうして幸運が必要なの？」

「まだ早すぎるってきみが言いそうなお願いをしてみるつもりだから」彼は言った。「いいかな？」

「それがお願い？」わたしは言った。

「これからお願いするんだよ」彼は言った。「でも、いまじゃない。娘がトイレに行っているタイミングはまずい。だから、もう息をしていいよ……」

図星だった。彼の口からそれが飛び出すのではないかと不安に駆られ、わたしは息をするのも忘れていた。そんなことを訊かれたら、〝イエス〟と答えられないからこわかった。〝ノー〟だって言えない。

「ビッグ・サーで訊いてみようかな。崖のてっぺんで、きみがいままで見たことのない美しいオークの木々に囲まれて。夜はその下の天幕《ユルト》で眠る。そこから森を見上げたり、海を眺めたりできる。ひとつ予約しておいた」

「ユルトに泊まるのははじめて」わたしは言った。

「それじゃあ、来週はもうそう言えなくなるね」

彼は自分のグラスを取り戻して、ゆっくりと喉に流し込んだ。

「先走りすぎだってわかっているけど、きみには知っておいてほしくて。ぼくはきみの夫になるのが待ちきれない」彼は言った。「念のためにに言っておくと」

「あのね、わたしは念押ししなんかしないけど」わたしは言った。「同じ気持ちでいる」

そのときベイリーがテーブルに戻ってきた。席に着いて、南イタリアの名物パスタ、カチョエペペを食べはじめる。チーズ、ぴりっとする胡椒、塩をきかせたオリーブオイルがねっとりとからまり合う一品だ。

オーウェンは身をかがめて、ベイリーの皿からごっそりパスタを失敬した。

「ちょっと、パパ！」ベイリーが笑った。

「分かち合いはいたわり合い、だろ」口をいっぱいにして彼は言った。「わくわくすることを聞きたい？」

「うん」ベイリーはほほ笑んだ。

「明日の晩ゲッフェンである『裸足で散歩』のリバイバル公演のチケットをハンナが全員分取ってくれた」彼は言った。「ハンナもニール・サイモンが好きなんだってさ。すごいだろ？」

「明日もハンナと会うの？」ベイリーが思わず口走った。

「ベイリー……」オーウェンは首を振った。

それから、もうしわけなさそうにこちらを見た。こんな態度ですまない。

わたしは肩をすくめた。気にしないで。彼女の好きにさせて。

それは本心だった。まったく気にしていなかった。幼いころからずっと母親のいなかったティーンエイジャーなのだ。彼女には父親しかいなかった。その父親をこの先他人と分かち合うことになるのだから慣れてほしいだなんて、期待するはずもない。そんなことは誰だって期待できないはずだ。

ベイリーは気まずそうにうつむいた。「ごめんなさい、あの……たくさん宿題があるから」

「あやまらないで、気にしてないから」わたしは言った。「わたしだって仕事が山ほどあるんだから。あなたたちふたりで劇を観に行ったらどう？　パパとふたりで。それで、もし宿題が終わっていたら、またホテルで合流しようよ」

ベイリーは顔を上げてわたしを見た。裏があるんじゃないかと勘ぐっているのだ。そんなものはない。それはわかってほしかった。わたしが彼女にたいして正しいことをしようと、まちがったことをしようと（こういう関係である以上、彼女にしてみればまちがっていることをわたしはたくさんしでかすのだろう）、裏なんてぜったいにない。それは約束できる。ベイリーはわたしの前ではいい子ぶらなくていい。そんなふりをする必要はない。ただ彼女らしくしていればいいのだ。

「ほんとうに、ベイリー。どっちにしても無理にとは言わないから……」わたしは言った。

オーウェンは手を伸ばしてわたしの手を取った。「ぼくはみんなで行きたい」

「また今度ね」わたしは言った。「つぎはそうしましょう」

ベイリーは顔を上げた。彼女がまだ引っ込めていなかったそれをわたしは見逃さなかった。彼女の瞳にはわたしには明かすつもりのなかった秘密が浮かんでいた――わかってもらえたというよろこび。彼女はずっと父親以外の誰かに理解してほしかったのだ。そして一瞬でも、その誰かがわたしなのかもしれないと思ったにちがいない。

「そうだね」ベイリーは言った。「また今度ね」

そのときはじめて彼女はわたしにほほ笑んだ。

ひとりでやってみるしかない

芸術的な写真がいくつも飾られた長い廊下を進んでいくうちに、カリフォルニアの海岸沿いの風景が現れる。ビッグ・サーにほど近い美しい海岸だ。険しい山や岩や海のあいだに、ありえないほど曲がりくねった道が分け入るようすを俯瞰した、最低でも幅二メートルはある写真。見慣れた風景にほっとして、わたしはその作品に引きつけられる。食堂を通りすぎるときは、ほとんど別れがたい気持ちになっていた。それで、食堂に置いてあるそのダイニングテーブルをもう少しで見逃すところだった。わたしの作品――《アーキテクチュラル・ダイジェスト》に掲載されたものだ。木工作家のキャリアを軌道に乗せるきっかけになったテーブル。

わたしの作品のなかで、いちばん複製されているものだ。雑誌の特集で取り上げられてから量販店が複製品の販売をはじめていた。

そこに引っかかりをおぼえる。この家に置いてある家具はすべて妻が丁寧に選んだとニコラスは言っていた。彼女が《アーキテクチュラル・ダイジェスト》の特集記事を読んでいたとしたら？　それで、あのテーブルを知ったら？　ありえなくはない。あの記事はまだネット上で読める。ここ数年のあいだに何度もクリックすれば、行方不明になった孫娘にたどりついていたかもしれない。探す場所がわかっていて、そこを入念に調べれば見つけられたはずだ。

さまざまな経緯が重なって、最後にわたしは来たくなかったこの家にたどりついた――そこで過去の自分の作品と対面して、わたしの人生で大切なことはすべて、この状況次第で決まるのだとまたしても思い知らされる

ニコラスは重厚なオークのドアを開け、わたしが入れるように押さえてくれる。

わたしは少し離れた場所に控えているネッドを見ないようにする。彼のそばにいる、よだれを垂らした犬たちも。

うながされるままニコラスのホームオフィスに足を踏み入れ、部屋を眺める――濃い色の革張りの椅子、読書用ランプ、マホガニーの本棚がある。本棚には百科事典や古典作品が並んでいる。壁にはニコラス・ベルの学位記や表彰状が掲げられている。首席で卒業。優等学生友愛会の会員。《ロー・レビュー》の記事。そういうものが、額に入れられて誇らしげに飾ってある。

この部屋は家のほかの場所とは雰囲気がちがう。もっと個人的だ。壁も、キャビネットも、本棚も家族の写真であふれている。とりわけ、彼のデスクはベイリーの写真で埋めつくされている。純銀のフレームに入れられた写真や通常サイズの倍に引き延ばされた写真が並べてある。そのすべてに、皿のようにまん丸な黒い瞳の幼いベイリーが写っている。紫色などどこにも混じっていない、ふわっとした巻き毛のベイリー。

母親のケイトも一緒だ。ほぼすべての写真で、ケイトはベイリーを抱いている。アイスクリームを食べるベイリーとケイト、公園のベンチで寄り添って座るベイリーとケイト。小さな青い毛糸の帽子を被った、生後間もないベイリーの写真に目を留める。ベッドのとなりで横になったケイトが、自分の額をベイリーの額にくっつけて、唇にキスをしている。それを見ていると心が張

り裂けそうになる。だからニコラスもその写真を——すべての写真を——そんな風によく見えるように置いているのだろうか。そして、毎日心が張り裂ける思いを味わっているのだろうか。善と悪とはそういうことなのだ。まったくかけ離れたものではない——どちらも何かを変えたいという切実な思いが出発点になっている。

ネッドは廊下に控えている。ニコラスがうなずくと、彼はドアを閉める。重厚なオークのドアを。ボディガードも犬たちも廊下にいる。

部屋のなかにいるのは、わたしたちだけだ。

ニコラスはバーカウンターに歩いていき、ふたり分の飲み物を注ぐ。わたしにひとつ手渡して、デスクの向こう側に腰掛け、わたしはデスク正面の、金の縁どりがついた革張りの深い椅子のそばに取り残される。

「楽にしてくれ」ニコラスが言う。

わたしは飲み物を手に持ったままその椅子に座る。でも、ドアに背を向けているから落ちつかない。誰かが入ってきて撃たれたらどうするの？ ボディガードが突然入ってくるかもしれないし、犬たちが襲いかかってくるかも。チャーリーが飛び込んできたっておかしくない。わたしはオーウェンの遺書を勘ちがいしたのかもしれない。自分で事態をややこしくしておいて、ベイリーとオーウェンをそこから救い出そうと、ライオンの巣穴に飛び込んでしまった。そして、進んで犠牲になるんだ。ケイトのために。オーウェンやベイリーのために。

でも、大丈夫だから。ここに来たからには目的を果たそう。

わたしは飲み物を置く。そして、幼いベイリーの写真に視線を戻す。パーティードレスを着て、頭にリボンを巻いたベイリーの写真。

それを見ていると、ちょっとなごんだ。ニコラスはそれに気づいたようだ。その写真を手に取ってわたしに渡す。

「それはクリスティンの二歳の誕生日だ。あの子はすでに完全な文を話せた。みごとなものだった。あれはその一週間後だったかな。わたしが彼女を公園に連れていったら、かかりつけの小児科医とばったり会った。今日は調子はどうかと訊かれて、彼女は二段落にもおよぶ答えを返したんだ」彼は言う。「医者もあっけにとられていたよ」

わたしはその写真を手に取る。ベイリーがこちらを見ている。彼女らしさの前触れとなる、ふわふわの巻き毛スタイルで。

「そうでしょうね」わたしは言う。

ニコラスは咳払いをする。「ということは、いまでもあの子はそんな感じなのか？」

「いいえ」わたしは言う。「最近じゃあ、そっけない言葉づかいのほうがしっくりくるみたいで。とくにわたしにたいしてはそうなんです。でも、全体的には、そうですね。素晴らしい子です」

わたしは顔を上げ、ニコラスの顔を見る。怒っているみたいだ。理由はわからない。わたしの言動が原因で望むようにベイリーに好かれていないから情けないと思われたのだろうか？　それとも、自分はそんな機会を奪われたのが悔しいのだろうか。

わたしは写真を返す。彼はそれをデスクの上の、もとの位置に几帳面に戻して、写真の並びが乱れないようにする。そうやってきちんと並べておけば、孫娘とまた会えるというおまじないのようだ。

「それでハンナ、いったいどんなご用かな？」

「あの、おたがい合意できればと思っていることがあるんです、ミスタ・ベル」

「ニコラスでけっこう」彼が言う。

「ニコラス」わたしは言う。

「いや、ちがうだろう」

わたしはふうっとひと息ついて、椅子に座ったままで前のめりになる。「わたしがこれから言わなきゃいけないことをまだ聞いてもいないのに？」

「わたしが言いたいのは、いや、きみがここに来たのはそういう理由じゃないだろう、ということだ。合意するためじゃないだろう」彼は言う。「おたがいそれはわかっているはずだ。おおかた、わたしが周囲に言われているような人間ではないと期待して、ここに来たのではないか？」

「ちがいます」わたしは言う。「誰が正しくて誰がまちがっていたかということには興味がありません」

「それはいいことだ」彼は言う。「きみがほんとうの答えを気に入るとは思えないから、なおさらだ。普通、人はそんな風には考えない。自分の意見が先にあって、それを肯定する枠組みを通してのみ情報を理解しようとする」

「では、人が心変わりするとはあまり思ってらっしゃらないのですか？」わたしは言う。

「意外だったかな？」

「普通の人だったらおかしくないですけど。でも、あなたは弁護士でしょう」わたしは言う。

「人を説得して心変わりさせることも多いのでは？」

彼はほほ笑む。「きっと検察官と混同している。被告側弁護人、とくに優秀な弁護人となると、どんなときも誰かを説得しようとはしない。それどころか、逆だ。確実にわかることなど何もないという事実を印象づけるのが仕事だ」

ニコラスはデスクの上の茶色い箱に手を伸ばす。シガレットケースだ。ふたを開けて、タバコを一本取り出す。

「きみに一本どうかとは言わない。悪しき習慣だというのはわかっている。でも、わたしの育った町ではほかにすることもなくて、十代で吸いはじめてね。同じ理由で、獄中でまた吸いはじめた」彼は言う。「それからやめられなくなった。これでも妻が生きていたころは禁煙を試みた。ニコチンパッチを入手して。見たことはあるか？　自制心がある者には心強い味方だ。でも、そんなふりをするのはやめた。妻を亡くしてからは……。意味がないからな。チャーリーには心配されているが、あいつにできることはあまりない。わたしも年をとった。お迎えのほうが先だろう」

ニコラスは銀のライターを手に持ち、タバコをくわえる。

「かまわなければ、少し身の上話をさせてくれ」彼は言う。「ハリス・グレイという男はご存じかな？」

「いいえ」わたしは言う。

彼はタバコに火をつけて深く吸い込む。

「もちろん、知らんだろうな。そんなはずはない。わたしを以前の雇い主に紹介した人物だ」彼は語りだす。「最初に会ったときはまだ二十一歳で、組織の最底辺にいた。もし立場がもっと上だったら、組織上層部のお偉《ジェントルメン》がたがお抱え弁護士に弁護させただろう。そうなっていたら、わたしもいまきみと向き合っていない。ところが、そうはならなかった。それで、彼の弁護をオースティン市から依頼された。わたしが夜遅くまで仕事をしていた晩に、たまたま公選弁護人事務所にその連絡が届いた。ハリスはオキシコンチンで捕まった。大量に売りさばいていたわけではないが、そこそこの量だった。違法薬物を密売しようとしていたとして罪に問われた。むろん、そうしようとしていたわけだが」ニコラスはまたタバコを吸い込む。「ようは、わたしはその仕事をちょっとばかりうまく片づけすぎたということだ。へたな判事に当たれば、ハリスは通常、三十六カ月か七十二カ月か、ある程度の懲役を食らうことになる。だが、わたしは彼を救った」

「どうやって？」

「どんなことでも首尾よくなしとげるには欠かせない方法で」ニコラスは言う。「細心の注意を払ったんだ。検察官はそんなことは予想していなかった。脇の甘い男だった。申し立ての根拠となる証拠の一部を開示しなかったので、わたしは訴訟取り下げに持ち込んだ。それで、ハリスは自由の身になった。その後、彼の雇い主から会いたいと言われた。わたしの手腕に感銘を受けたと。それを伝えたいからと。さらに、トラブルに巻き込まれた組織のほかのメンバーのためにも仕事をしてもらいたいと」

ニコラスはわたしにどう反応してほしいのだろう。彼はこちらをじっと見ている。ちゃんと聞いているか確認しているだけのようだ。

「ハリスの組織のお偉がたは、組織の機動力維持のためにはわたしの力が欠かせないと考えた。それで、プライベートジェットでわたしと妻を南フロリダへ招待した。ファーストクラスでの旅も、プライベートジェットもはじめての体験だった。わたしたちを自前の飛行機に乗せただけでなく、専用バトラーつきの海辺のホテルのスイートルームに泊まらせ、断るに断れないビジネスの提案を持ちかけた」彼はそこで言葉を切る。「飛行機や海辺のホテルのバトラーのことなど、どうして口にするのか自分でもよくわからない。わたしの雇い主を相手にしたら、できることはほとんど何もないと伝えたいのだろう。彼らのために仕事をするにあたり選択肢がなかったと言いたいわけじゃない。誰だって、どんなときだって選べるのだから。だから、適切な庇護に値すると法的に認められている人たちを弁護する道をわたしは選んだ。立派な仕事だ。仕事のことで家族にはうそをついてはいない。細かいところまでは話していないが、家族もだいたいのところは理解していて、わたしが違法なことは一切していないとわかっていた。わたしは働いて家族を養った。それは結局タバコ会社で働くのと同じようなものではないか」彼は言う。「同じように良心と折り合いをつけねばならない」

「わたしならタバコ会社でも働かないでしょうけど」わたしは言う。

「まあ、誰もがきみのような気高い良心を持てる余裕があるわけじゃない」彼は言う。

とげとげしい言い方だ。ここでいちかばちか、反論してみようか。でも、そんなことをしたら、こんな風に都合よく身の上話をしている彼の思う壺なのかもしれない。わたしは試されている。議論をふっかけたり、食いついたりしないか、彼はまずそれを確かめようとしている。わたしが彼に取り入るために好きにしゃべらせておくか、本性を現すか見極めたいのだ。

「わたしの良心はそんなに気高いものじゃありませんよ。でも、あなたの雇い主はいろいろと悪事を働いていたようだし、あなたもそれをご存じだったんじゃないですか」わたしは言う。「それなのに、彼らの味方をした」

「ああ、そこで線引きをするのだな」彼は言う。「悪事を働いたかどうかで。それでは、母親を亡くして間もない幼児を家族から引き離すのは悪事ではないのかな？　母親の話をしてくれる家族からその子を引き離すのは？　彼女を愛していた人たちから？」

そこでわたしははっとする。そうだったのか。ニコラスが身の上話をするのは、自分をよく見せたいからでも、わたしが彼を相手にするか確かめたいからでもない。話をつづけるうちにこの話題に引き込みたかったのだ。怒りをあらわにできる話題に。それで、わたしを傷つけたかった。わたしを傷つけるのは、オーウェンのせいだということにしたかった――それがオーウェンの選択の代償だから。

「わたしがいちばん信じられないのは、あの男の欺瞞だがね」ニコラスは言う。「組織のためにわたしが何をして、何をしていなかったのか、イーサンは正確に把握していたことを考えると。彼はわたしの実の子どもたちよりもくわしく知っていた。暗号化やコンピュータの知識を持ち合わせていたこともある。わたしが彼と打ち解けて、仕事にかかわらせたということもある。つまり、イーサンはあることでわたしを助けてくれた。そのせいで、あんな騒動が起きた」

どこから反論したらいいのだろう。ニコラスの説明にたいして返す言葉が見つからない。自分は家族を大切にする男で、はめられた被害者だと彼は思っている。彼にしてみればオーウェンにしてやられたのであって、オーウェンも同罪なのだ。自分にたいする、ここまで根深い思い込みには反論できない。だから、言い返さない。別の方法を試してみよう。

「それはまちがいないですね」わたしは言う。

「そう思うのか？」

「夫についてひとつ言えるのは、家族のためならなんでもする人だということです。そして、彼にしてみればあなたも家族だった。だから、あなたの要求にたいして彼は一生懸命になったんですね」わたしはそこで言葉を切る。「もうこれ以上できないと思う限界まで」

「イーサンが娘とかかわるようになったころ、わたしはすでに長年組織の仕事をしていた」彼は言う。「念のために言っておくと、顧客はほかにもいた。世間からうしろ指を指されない人たちの弁護もまだつづけていた。といってもわたしの善行など興味はないだろうが」

わたしは何も言わない。返事を期待されているわけではないから。ニコラスはただ言いたいことを言っているだけだ。そして、ついにその話題に触れた。

「ケイトの身に起こったことはわたしのせいだとイーサンは責めた。組織の人間はこの件とは一切かかわりがないのに、イーサンは組織を責めた。娘は影響力の大きい、あるテキサス州最高裁判事のもとで働いていた。ご存じかな?」

わたしはうなずく。「ええ」

「それでは、その判事のせいでテキサス州最高裁が急激に左寄りになって、国内第二位の規模の巨大エネルギー会社に不利な決定票が投じられようとしていたことは? 目が腫れて開けていられなくなるほどの有害物質を大気中に大量にまき散らしているその会社のお偉がたこそ、真の犯罪者ではないか?」

彼はわたしをじっと見据える。

「つまり、ケイトの上司だったその判事は、その会社を非難する多数意見をまとめているところだった。それは大がかりな改革へとつながり、会社は環境保全対策強化のために六十億ドルを投じることを余儀なくされるだろうと言われていた。そして、わたしの娘が殺された翌日、判事が帰宅すると郵便受けに銃弾が届いていた。これを聞いてどう思うだろう。偶然? それとも、威嚇射撃だったのか」

「そこまではわかりません」わたしは言う。

「とにかく、イーサンは自分はわかっていると思い込んだ。わたしが二十年以上弁護してきた組織は娘にそんなことをするはずがないとは考えなかった。わたしは彼らをよく知っているし、組織には独自の掟がある。それは彼らの流儀ではない。組織のなかでいちばん血気盛んな連中ですら、そんなことを自発的にするはずがなかった。だが、イーサンは信じようとはしなかった。彼はただ、わたしを責めたかったのだ。わたしを罰したかった。まるで、ふさわしい罰を受けていないかのように」彼はそこで間を置く。「子どもに先立たれることよりつらいことはない。何よりも。しかも、家族が生きがいの人間にはなおさらこたえる」

「わかります」わたしは言う。

「きみの夫にはそれがわからなかった。わたしのそういうところが、彼には理解できなかった」ニコラスは言う。「イーサンが証言を行ってから、わたしは雇い主の秘密を明かして家族を危険な目に遭わせるよりも、六年半のあいだ服役することにした。組織はそれを献身《サービス》だとみなした。だから、いまでもわたしは寛大な待遇を受けている。引退はしたが、ファミリーの一員だとみなされている」

「義理の息子のせいで刑務所送りになった人が大勢いるのに？」

「わたしとともに刑務所送りになった連中はほとんどが下っ端だった」ニコラスは言う。「わたしは幹部のために身代わりになった。彼らはそれを忘れていない。この先もずっと」

「それじゃあ、イーサンを見逃すように頼むことはできるんですか？　建前上は。もしあなたがそう望めば」

「いままでの話を聞いていなかったのか？」彼は言う。「そんなことをする気はない。それに、彼の借りをわたしが返すことはできない。誰にもできない」

「でも組織の人たちはあなたのためならなんでもすると言ったじゃないですか」

「それはきみが都合のいいように解釈したんだ」彼は言う。「ある程度のことにたいしては、彼らはわたしに寛大だと言ったんだ。すべてではない。ファミリーの一員だからと言って、なんでも大目に見てもらえるわけではない」

「ええ」わたしは言う。「きっとそうでしょうね」

このとき、別の何かが進行中なのにわたしは気づく。ニコラスがはっきり口に出さないこと——まだ言っていない何かがある気がする。

「イーサンがきらいだったんでしょう？」わたしは言う。

「いま、なんと？」

「こういうことになる以前から、彼とはじめて会ったときから気に入らなかったんじゃないですか？　娘にはふさわしくないと。南テキサス出身の青二才が娘との結婚を望んでいた。彼はあなたとよく似ていた。あなたの故郷と同じような町で育った青年。あなたが抜け出そうと思っていた人生を見せつけられているようだった」

「きみはセラピストなのか？」

「ちがいます」わたしは言う。「細心の注意を払ったんです」

彼はおもしろそうにこちらを見る。お気に召したようだ。わたしが彼の言葉をまねたのがおもしろいのだ。

「それで、わたしに何をお望みかな」彼は言う。

「あなたがこれまでしてきたことはすべて、子どもたちに自分とはちがう選択肢を与えるためですよね。ケイト、チャーリー。ふたりがもっと楽に人生を選べるように。希望に満ちた子ども時代を送れるように。素晴らしい学校に、輝かしい可能性。そんなに苦労せずにすむように。それなのに、ひとりは建築大学院を中退して、あなたの妻の一族が経営していたバーを継ぐことになった。離婚もした」

「言葉がすぎるぞ」彼は言う。

「そして、もうひとりは、あなたのお眼鏡にかなわない男と結婚した」

「妻も言っていたが、子どもが誰を愛そうと、わたしたち夫婦は口を出さないようにしていた。ケイトがイーサンを選んでも、わたしはそれと折り合いをつけた。娘にしあわせになってもらいたかったから」

「でも、予感がしたんじゃありませんか？　イーサンはケイトの夫にはふさわしくないし、しあわせにもできないという」

ニコラスは身を乗り出す。笑顔は消えている。

「ケイトとイーサンがつき合いだしてから、ケイトはわたしと一年間口をきかなかったことは知っているか？」

「昨日までケイトが存在することすら知らなかったので」わたしは言う。「ふたりの関係がどういうものだったのかは、まったくわかりません」

「あの子は大学一年生だった。もうわれわれとはかかわりたくないと思ったようだ。というよりも、わたしとだが……母親とはずっとやりとりしていたから」彼は言う。「イーサンの影響でな。だが、わたしたち家族はそれも乗り越えた。ケイトが家に戻って関係を修復できたんだ。娘とはそういうものだ。父親を愛している。それで、イーサンとわたしは……」

「あなたはイーサンを信頼するようになった？」わたしは言う。

「そうだ。まちがいなく、そうすべきではなかったが」彼は言う。「だが、わたしは彼を信じた。きみの夫にかんしては、これを話したらもう二度と以前と同じようには考えられなくなる話がある」

わたしは黙ったままでいる。ニコラスはほんとうのことを言っている。少なくとも、彼にとってはそれが真実なのだ。彼の目に映るオーウェンは悪者だ。ニコラスに悪いことをした。信頼を裏切った。孫娘を連れ去った。そして、姿をくらました。

そのどれもニコラスはまちがっていない。わたしのことだってお見通しなのだろう。ニコラスがオーウェンにたいして抱く疑念と疑念の合間をわたしが進んで行けば、そこにやすやすと到達するのだろう。それで、何はともあれ細かい点では、オーウェンはわたしが思っていたような人ではなかったと気づかされる。相手にたいして、存在してほしくないと思っても目をそらせない部分がある。誰かを愛するとき、わたしたちはみな、なんらかの形でこの契約に署名する。よくも悪くも。愛を維持するために何度でも署名しなければならない契約。その人のなかの見たくないものから目をそらせない。それに気づくのが遅かれ早かれ。自分が強かったら、相手のそういう部分も受け入れられるだろう。もしくは、悪い部分が物語全体を乗っ取らない程度には受け入れられる。

そういうこともあるのだ。細かい点は物語全体ではない。その物語はほかにもいろいろな要素がある。わたしはオーウェンを愛している。わたしは彼を愛しているし、ニコラスに何を言われようとその気持ちはゆるがない。わたしがだまされていたとは言わない。これまでの経緯にもかかわらず、その逆を示す証拠があるにもかかわらず、だまされていたのではないとわたしは信じている。夫のことはよくわかっている。彼にとって何がいちばん大切なのかも。だからこそ、わたしはいまここに座っている。そして、これから言うことを口にする。

「お言葉ですが」わたしは言う。「夫があなたの孫娘をどれだけ愛しているかはご存じですよね？」

「何が言いたい」

「あなたと取引をしたいんです」

彼は笑いだす。「またそこに戻るのか？　自分で何を言っているのか、よくわかっていないようだ。きみとできる取引などない」

「あると思いますけど」

「どうしてわかる？」

わたしは深呼吸をする。いよいよ正念場だ。ニコラスを納得させられるかどうかにすべてがかかっている。この機会を逃したらもう話を聞いてもらえないだろう。いま危うくなっているのはわたしたち家族の将来だ。わたしがわたしのままでいられること。ベイリーがベイリーのままでいられること。それに、オーウェンの人生。

「娘をあなたに近づけるぐらいなら、死んだほうがましだと夫は思っているでしょう。わたしはそう思います。すべてを捨てて彼女をここから連れ出したのがその証拠です。その件ではお怒りでしょうが、父親としてそんな一面を見せた彼を見直したんじゃないですか？　そんなところがあるとは思ってもみなかったでしょう」

ニコラスは何も言わないが、わたしから目をそらさない。じっと見つめている。彼の内側では怒りがふつふつと湧いているだろう。でも、わたしはそのままつづける。

「それに、あなたは孫娘とかかわりたいと願っている。何よりもそれを望んでいるはずです。それが叶うのなら、以前の雇い主ともよろこんで話をつけるはずです。さっきおっしゃったように、わたしたちには手を出さず、そのままの生活をつづけられるようにかけあうことができるんでしょう？」わたしは言う。「孫娘と会いたいのなら、そうするしかありません。そうするか、彼女がまた姿を消すかのどちらかです。というのも、そうしたらどうかと言われているんです。証人保護プログラムに入るようにと。そうなると、お孫さんはもうあなたのお孫さんではいられなくなります。またしても」

そして、そんな風にしてそれは起こる。急にスイッチが入ったようにニコラスの瞳が翳り、空っぽになる。彼の顔に赤みが差す。

「いま、なんと言った？」彼は言う。

そして、立ち上がる。気づかないうちに、わたしは椅子をうしろへと押し下げている。彼がいまにも飛び掛かってきそうで、ドアのほうへと寄る。そうなってもおかしくない。この部屋にいるかぎりいつ何が起こってもおかしくない。彼から離れないかぎり。

「脅されるのは好きではない」ニコラスが言う。

「脅してなんかいません」声のふるえを抑えながらわたしは言う。「そんなつもりはありません」

「では、どんなつもりなのだ？」

「お孫さんの身の安全を確保するのに手を貸していただきたいとお願いしているだけです」わたしは言う。「ほかにも家族がいるとわたしからあの子に説明できるようにしてほしいのです。あなたがいると」

ニコラスはそのままずっと立っている。わたしをにらんでいる。しばらくずっと。ずっとつづくように思える時間。

「お偉がたなら」彼は口を開く。「以前の雇い主のことだが……彼らと話をつけることならできる。大金を積まねばならんが。それに、この歳になって、いきなりどうしたのかと思われるだろる。


うが。それでも……きみと孫には手を出さないように取り決めることはできる」

わたしはうなずく。そして、声をつまらせながら、しなければならないもうひとつの質問をする。

「では、イーサンは？」わたしは言う。

「いや、イーサンはだめだ」ニコラスは言う。

ためらわずに言い切る。とりつくしまもない。

「万が一イーサンが戻ってきたら、身の安全は保証できない」彼は言う。「あいつは大きすぎる借りを背負っている。さきほども言ったように、そうしたいと思ってもイーサンはわたしの力では守れないのだ。それに念のため言っておくが、そうするつもりもない」

こんな風に膠着状態になるのは覚悟の上だった。それでも、どこかでほんの少しだけ、こんなことを訊かなくてもいい展開になるのではないかと期待していた。ここに来た目的。こんな状況になっているのがどこか信じられないまま、わたしはそれを口にする。

「でも、お孫さんなら」わたしは言う。「安全に暮らせるようにしてあげられるんですね。そうおっしゃっているんですね？」

「ああ、可能性としては」

わたしはしばらく何も言わずに黙っている。また口を開いても大丈夫だと思えるまで。「そうですか、わかりました」わたしは言う。

「わかりましたとは？」彼が言う。「何がわかったんだ」

「では、それを以前の雇い主にかけ合っていただきたいのです」わたしは言う。

ニコラスは困惑をまったく隠そうとしない。わたしがここに来た目的はお見通しだと思っていたのだろう。だから困惑している。オーウェンの命を助けてほしいと、彼の身の安全を確保してほしいとわたしが頼みに来たと思ったはずだ。そうは見えなくても、わたしがいましているのはまさにそういうことなのだが、ニコラスにはわからないだろう。

「自分が何を考えているのか、わかっているのか？」彼が言う。

わたしが考えているのはオーウェンのいない人生。それだけだ。そんな人生は想像すらしなかった。でも、ベイリーがベイリーのままでいられる人生でもある。警戒を怠らないオーウェンの庇護のもと成長した、彼の自慢の若い女性のままでいられる。彼女はこれまでどおりの人生をつづけ、二年もすれば大学へと旅立つだろう。そして、誰かのふりをするのではなく、誰でもない自分自身の興味を追求していく。

ベイリーとわたしは前に進む――ただし、オーウェンは、イーサンはそばにいない。オーウェン、イーサン。ふたりがわたしの心のなかで溶け合ってひとりになる――わたしがよく知っていると思い込んでいた夫とまったく知らなかった夫が。わたしのものではなくなった夫。それが、いまわたしが考えていることだ。

ニコラスが応じてくれるのなら、これがわたしの希望する取引だ。さらに、その理由も伝える。

「それがイーサンの望みだから」

「あの子のいない人生が？　信じられんな」

わたしは肩をすくめる。「そんなことを言われても、ほんとうのことですから」

ニコラスは目を瞑る。どっと疲れに襲われたようだ。おそらく、わが身を振り返っているせいもあるのだろう――娘（と孫娘）のいない人生を送らなければならなかった過去を思いだしている。でも、オーウェンに同情もしているはずだ。したくなくても、同情せずにはいられないだろう。

そして、彼がぜったいにわたしには見せないであろうものがそこに浮かんでいる。彼の人間らしさが。

それで、それまで誰にも言わずにひとりでずっと考えていた真実を言う気になった。

「わたしには母親はいないも同然でした」わたしは言う。「あなたが最後に会ったときのお孫さんとあまり変わらないぐらい幼かったころ、母はわたしのもとを去りました。それ以来、わたしの人生に積極的にかかわってはくれませんでした。たまにカードが送られてきたり、電話がかかってきたりするだけで」

「どうしてそれをいまわたしに打ち明ける?」ニコラスが言う。「同情を引こうとしているのか?」

「いいえ、そんなんじゃありません」わたしは言う。「わたしには素晴らしい祖父がいたんです。いつも前向きで、愛情深かった。普通よりも恵まれていました」

「それで?」

「あなたにわかっていただきたいんです。何を失うことになっても、わたしにとっていちばん大切なのはお孫さんなのだと。どれだけの犠牲を払ってでも、あの子には正しいことをしてあげたい」わたしは言う。「あなたなら、よくおわかりでしょう」

「どうしてそんなことをわたしに言う?」彼は言う。

「あなたが体験してきたことだから」

彼は何も言わない。言葉にする必要がないから。わたしの伝えたいことを理解したから。母は家族を守るために闘わなかった――わたしと一緒にいるために闘いもしなかった。それが母という人だから。そして、わたしはいま、ベイリーのために彼女とは正反対のことをして、すべてを投げ出そうとしている。結局は、それがわたしだから。

そして、もしわたしの提案をニコラスが受け入れるのなら、彼もそういう人なのだ。わたしたちには共通点ができる。ベイリーという。ベイリーに必要なことをわたしたちふたりで整えるのだ。

ニコラスは胸で腕を組んでいる。乗るべきか判断しかねる話にたいして気持ちを引きしめるかのように、ぎゅっと自分を抱きしめているみたいにして。

「いずれは状況が変わると、もしどこかで思っているのなら」彼は口を開く。「いつか風向きが変わってイーサンと再会して一緒に暮らせるようになり、組織も手を引くと思っているのなら……そうはならんぞ。いかんともしがたい。あの連中はぜったいに忘れない。それはありえん」

わたしは勇気を振り絞り、心からそう思っていることを言う。「そんなこと、考えてません」

ニコラスがこちらをじっと見ている。わかってもらえたんだ。ひとまずは、たがいに歩み寄ることができた。よくも悪くも。

ところが、そのときドアがノックされる。そして、チャーリーが入ってくる。ニコラスの言葉を無視して屋敷に残っていたようだ。それでニコラスは不満そうだ。でも、それからさらに不機嫌になる。

「グレイディ・ブラッドフォードが表のゲートに来ている」チャーリーは言う。「連邦保安官を十人ぐらい引き連れて」

「ずいぶん時間がかかったな」ニコラスは言う。

「どうすればいい？」チャーリーが言う。

「お通ししろ」

そう言って、ニコラスはこちらを振り向き、わたしと目を合わせる。わたしたちの時間はここまでということらしい。「もしイーサンが戻ってきたら、組織の知るところになる」彼は言う。

「連中はどんなときも監視を怠らない」

「わかっています」

「戻ってこなくても捕まるかもしれない」

「それは」わたしは言う。「まだ見つかっていないことですし」

ニコラスは首をかしげながらわたしをじっと見る。「きみはまちがっていると思う。娘と離ればなれの人生など、あの男がいちばん望まないものだ」

「いちばん望まないものじゃありませんね」

「では、それはなんだ?」

ベイリーの身に何かあること。そう言ってやりたい。オーウェンのせいで、彼の過去とのかかわりから起こった事態に巻き込まれてベイリーが傷つくこと。そのせいでベイリーが命を奪われること。

「別のことです」わたしは答える。

彼女を守って。

チャーリーがわたしの肩に触れる。「お迎えはこっちだ。もう行ってくれ」

わたしは出ていこうと立ち上がる。ニコラスに話を聞いてもらえた。でも、彼はもうこれ以上何も聞きたくないようだ。これでおしまいだ。

わたしにできることはもう何もない。だから、チャーリーのあとをついていく。ドアに向かって歩きだす。

　すると、背後からニコラスの声がする。

「クリスティン……あの子は会ってくれるだろうか？」

　わたしは振り向いて、彼の目を見る。「そう思います」わたしは言う。「きっと」

「どんな風に会うことになる？」

「あなたと会う頻度や時間はあの子が決めます。でも、わたしからは前もって余計なことは何も言いません。あなたの彼女への気持ちは、ここでこれまでに起きたこととは関係ないと説明しておきましょう。彼女はあなたに会うべきだととも」

「あの子はきみの話を聞くのか？」

　一週間前だったら答えは〝ノー〟だ。それは今日の早い時間でも変わらなかったかもしれない。部屋にいてほしいとわたしが思っていたのを知っていたのに彼女はホテルの部屋を出た。とはいえ、ここを乗り切るには答えが〝イエス〟だとニコラスに信じてもらわなければならないし、自分だってそう信じないといけない。すべてはそれにかかっている。

　わたしはうなずく。「ええ、ちゃんと聞くでしょう」

　彼は少し間を置いてから言う。「家に帰るがいい。きみたちは安全だ。ふたりとも。わたしが保証する」

　わたしは深く息を吸い込む。ニコラスが目の前にいるのに涙があふれてくる。さっと目をおおう。

「ありがとうございます」わたしは言う。

　彼はこちらに歩いてきて、ティッシュを手渡す。「わたしに感謝なんかするな。きみのためにするのではないのだから」

　わたしは彼を信じる。とにかく、その手からティッシュを取る。そして、できるだけ素早く部屋をあとにする。

ずっと忘れられないあることを車のなかでグレイディに言われる。

ベイリーが待つ連邦保安官事務所に戻るあいだのことだった。

車が進むうちにレディ・バード湖に陽が昇り、オースティンが早朝から活動をはじめる。ハイウェイに合流してから、それまでずっと道路を見ていたグレイディがこちらを向く――そこまでしないと、わたしの下した決断に彼がどれだけ不服なのか気づかないというように。

そして、言われた。

「どんな形であれ、あいつらはかならずオーウェンに報復します」彼は言う。「それはわかっておいてください」

わたしは彼を見つめ返す。それぐらいしかできないから。そんな脅しには屈しないから。

「ニコラスは過去を水に流したりしませんよ」彼は言う。「あなたはいいようにあしらわれているんです」

「そうは思いませんけど」わたしは言う。

「では、思いちがいだったら？」彼は言う。「どうするつもりですか？　このまま飛行機に乗って、もとの生活に戻り、安全に暮らせると期待するんですか？　あなたたちは安全じゃありませんよ。そういうことにはならないんです」

「どうしてわかるんですか？」

「ひとつには、ぼくには十五年の経験があるから」

「ニコラスはわたしになんのわだかまりも抱いていません」わたしは言う。「わたしは何も知らずにこの件にかかわることになったから」

「もちろん、あなたはそう思っているでしょうね。でもニコラスはちがいます、ぜったいに。それに、彼はそんな賭けに出るような男じゃありません」

「これだけは例外なんでしょう」

「なぜ？」

「孫娘とかかわりたいから。オーウェンに報復したいという気持ち以上に」

それを聞いてグレイディは黙り込む。その可能性を考えているのだろう。そして、どうやらわたしと同じ結論に達したようだ――もしかしたら、そうなのかもしれないと。

「もしそうだとしても、こんなことをしたらあなたは二度とオーウェンに会えなくなる」

耳元と胸にざわつきをおぼえる。ニコラスもそう言っていた。いまはグレイディに言われている。わたしが何もわかっていないかのように。それどころか、わたしはちゃんとわかっているし、その重みが身体のすみずみまで駆けめぐっている。

わたしはオーウェンをあきらめようとしている。もしそんなものがあるとしたらの話だが、この状況の対極にある、オーウェンとわたしが元通りに暮らせるようになるチャンスを手放そうとしている。またふたりで暮らせる可能性を。オーウェンが家に戻ってくるとは思えない。そして、その疑念が現実のものだと、こんな風に思い知らされる。

グレイディはハイウェイの脇に車を停車させたので、トラックがつぎつぎと追い越して行き、風圧で車体が揺れる。

「まだ手遅れではありません。ニコラスなんか、どうでもいいじゃないですか。あなたが彼と交わした約束なんか」彼は言う。「そんな約束をしてはいけなかった。ベイリーのことを考えないと」

「わたしが考えているのはベイリーのことだけです」わたしは言う。「どうするのが彼女にとっていちばんいいのか。オーウェンがわたしにどうしてほしいのか、それだけを考えてます」

「娘と二度と会えなくなるのに、そうしてほしいと彼が望んでいると、本気で思ってるんですか？　娘とかかわれなくなるのに？」

「グレイディ、こっちが教えてほしいぐらい」わたしは言う。「あなた、オーウェンとのつき合いはわたしよりも長いんでしょう？　彼は姿をくらまして、わたしに何を望んでいると思う？」

「この状況を切り抜けられるようにぼくが手を貸すそのときまで、身を潜めていてほしかったんだと思いますよ。できればニュースに彼の写真が出ることなく、あなたたち全員が別人にならなくてもすむように。それに、いざとなったら家族で一緒に暮らせるように別の場所に移る段取りをぼくにつけてほしかったんでしょう」

「それがわからない」わたしは言う。「何度言われても」

「どういうことですか？」グレイディが言う。

「可能性はどれぐらいなの？　わたしたちを別の場所に移したとして、彼らに見つかる可能性は？」

「低いでしょうね」

「低いってどういうこと？　五パーセントの確率？　それとも十パーセント？」わたしは言う。「以前リークがあった件はどうなんですか。そうなる可能性は低かったんじゃないですか？　でも、そうなった。あなたたちに保護されていたのに、オーウェンとベイリーは危険にさらされた。オーウェンはそんな危ない橋は渡らないでしょう。ベイリーの行く末を運まかせにはしない」

「ベイリーには何も起きないようにします――」

「でも、もし組織の連中がわたしたちの居所を突きとめたら、なりふりかまわずオーウェンに近づくんじゃないですか？　たまたまベイリーが照準に入ってもおかまいなしで、容赦なく。ちがいますか？」

グレイディは答えない。答えられないのだ。

「結局、そんなことにはならないとあなたは言い切れないでしょう。わたしにも、オーウェンにも」わたしは言う。「だから彼はベイリーをわたしに託した。それで姿をくらまして、あなたと直接連絡をとらなかったんです」

「それはちがうと思いますよ」

「しかも、夫は誰と結婚したのかよくわかっているから」わたしは言う。

グレイディが笑う。「この件から教訓が得られるとしたら、結婚相手の本性は誰にもわからないということじゃないですか」

「そうじゃない」わたしは言う。「わたしが動かずに、あなたに一切をまかせればいいのなら、オーウェンははっきりそう言っていたはず」

「それでは、彼がEメールの記録を送ってきたことはどう説明するんです？　彼が保存した詳細なデータを。そのおかげでアヴェットの有罪は確定するでしょう。ＦＢＩはすでにアヴェットを懲役二十年にする司法取引に向けて動いています……」彼は言う。「ご主人はどうしてそんなことをしたんです？　証人保護プログラムに入るための準備だったとしか言えないんじゃないですか」

「別の理由があったんだと思います」

「どんな理由が」グレイディが言う。「自分の名誉のため？」

「いいえ」わたしは言う。「ベイリーの名誉のため」

彼はうすら笑いを浮かべる。彼がわたしに暴露したくても言えないことが聞こえてくるようだ。彼がオーウェンについて知っているすべて――ニコラスもそれを知っているが、別の受け止め方をしているだろう。ここで真実に近いことを明かしたら、わたしが彼の側につくとグレイディは思っているのだろう。でも、わたしはもうどちらにつくか決めている。わたしがつくのはベイリーの側であり、自分自身だ。

「できるだけ簡潔に言います」彼は口を開く。「ニコラスは極悪人です。いつかあなたを危険な目に遭わせるでしょう。ベイリーは安全でいられるかもしれない、でも、オーウェンが見つからなかったら、彼にダメージを与えるためにあなたに危害を加えるでしょう。ニコラスにとってあなたは使い捨ての駒なんです。なんとも思っていない」

「そう、なんとも思っていないでしょうね」わたしは言う。

「それでは、もとの生活に戻るのがどれだけ危険なのか、わかるでしょう」彼は言う。「そうさせてくれなければ、ぼくはあなたたちを守れません」

わたしは答えない。彼はわたしに〝わかった〟と言わせたいのだ――わかったから保護をお願いしますと。わたしたちを守ってくださいと。でも、そんなことを言うつもりはない。だって、わかっているから。彼にそんな力はない。

ニコラスはその気になればわたしたちの居場所を突きとめるだろう。今回の件でそれがはっきりした。いずれにせよ過去は戻ってくる。今回のように。だったら、ベイリーにとっていちばんいい選択をしたほうがいい。この方法なら、ベイリーはベイリーでいられる。

これまでそんな選択肢が彼女に与えられたことはなかった。彼女はすでに多くを失っている。わたしにせめてできるのは、彼女が選べるようにすることなのだ。

グレイディは車のエンジンをかけて、本線へと戻る。「あの男は信用できませんよ。信用できると思うなんて、どうかしてる。悪魔と取引をしておいて、すべてうまく行くなんて考えられない」

わたしは彼から顔をそむけて窓の外を見る。「わたしはそう考えたから」

彼女のもとに帰る道

ベイリーは会議室に座って泣きじゃくっている。

わたしが手を伸ばさないうちに跳びあがって突進してくる。ぎゅっと抱きしめ、頭をわたしの首元に埋める。

グレイディがそこにいてもおかまいなしに、彼女以外のすべてを無視して、わたしは彼女を抱きしめる。彼女が身を離したので、その顔を見る。泣きじゃくっていたので目は腫れ、髪の毛が顔にべったりと貼りついている。幼いベイリーが、もう安全だから大丈夫と誰かに言ってもらいたがっているようだ。

「ホテルの部屋を出たらいけなかったのに」彼女は言う。

わたしは彼女の顔にかかる髪を払う。「どこに行ってたの？」

「どこにも行ったらいけなかったのに」彼女は言う。「ごめんなさい。でも、ドアがノックされた気がして、すごくこわくなって。そしたら携帯電話が鳴りだしたから、出たの。雑音が聞こえた。〝もしもし〟って何度言っても雑音しか聞こえなかった。だから、もっとよく聞こえるかもしれないと思って廊下に出た。それで、よくわからないんだけど……」

「そのまま歩いていったの?」わたしは言う。

ベイリーはうなずく。

わたしには彼女をなぐさめる資格はないとでも言うように、グレイディがこちらをじろりと見る。わたしはそんな立場にはないのだと。いま、彼の目にはそう映っているのだ。彼がオーウェンとベイリーのために用意した計画の反対側にわたしがいる。いまはそんな風にしか見られない――わたしは彼が頭に描く解決策をぶち壊す存在なのだ。

「パパが電話をかけてきたと思った。なぜかよくわからないけど。雑音が聞こえたし、非通知番号だったから。パパがわたしと連絡を取りたがってるとしか思えなかったから、しばらく歩いて、またかかってこないか確かめようと思った。でも、かかってこなかったから、ただ……そのまま歩きつづけた。深く考えずに」

部屋を出る前に、ちょっと行ってくるだけだとどうして声をかけてくれなかったのか、わたしは彼女を問いつめない。きっと、しなくてはならないことをさせてもらえなくなると思ったのだろう。それも理由のひとつだったのだろう。でも、それ以外の理由はわたしとは無関係だから、すべてが自分のせいだといまは思わないでおこう。自分の行動次第で別のもっといい場所に行けると思ったら、他人なんか関係なくなる。どうやったらそこにたどりつけるか、それだけを考えるものだ。

「図書館に戻ったの」ベイリーは言う。「キャンパスに戻った。クックマン教授の学生名簿を持っていたから、もういちどイヤーブックのアーカイブを調べた。さっきはさっさと出てきちゃったから、あの写真を……ケイトの写真を見るなり。だから、思ったんだ……確認しておかなきゃって。オースティンを離れる前に」

「それで、彼は見つかったの？」

彼女はうなずく。「イーサン・ヤング。名簿の最後に名前があった……」

わたしは何も言わずに、彼女が最後まで言うのを待つ。

「そしたら、本人から電話がかかってきた」

わたしは言葉を失う。それから、「どういうこと？」と訊く。

気が遠くなりそうだ。オーウェンと話しただなんて。ベイリーはオーウェンと言葉を交わした。

「それは、お父さんと話したということ？」グレイディが口を挟む。

ベイリーは顔を上げて、小さくうなずく。

「ハンナとふたりで話せる？」

グレイディはベイリーの前でひざをついたまま、その場を離れようとしない。それが彼の答えなのだ。

「ベイリー」彼は言う。「オーウェンがなんと言っていたか、教えてほしい。そうすれば、ぼくも彼の力になれる」

彼の前で話さないといけない状況が信じられないというように、ベイリーは首を振る。そもそも、そんな話をしないといけないだなんて。

わたしはベイリーに合図して、わたしに、わたしたちに打ち明けるよううながす。「大丈夫だから」

彼女はうなずいて、わたしをしっかり見据える。そして、話しはじめる。

「ちょうどパパの写真を見つけたときだった。写真のなかのパパは太っていて、髪も肩まで伸ばしていた……マレット・ヘアみたいな感じで。あんまりおかしかったから……ふきだしそうになった。別人みたいだから。でも、たしかにパパだった」ベイリーは説明する。「まちがいない。それで、あなたに教えようと携帯電話を手に取った。そしたら、シグナルに着信があった」

シグナル。どこかで聞いたおぼえがある。そういえば、数カ月前に三人でフェリー・ビルディングに餃子を食べにいった。そのとき、オーウェンがベイリーの携帯電話をいじくって、アプリをインストールしておいたと言っていた。メッセージを暗号化するシグナルというアプリ。オーウェンはベイリーに、ネット上にあるものは消せないと説明していた。セクシーなメッセージを送りたかったら（彼はほんとうにセクシーと言った）、このアプリが使えると、ひどいジョークを言った。それを聞いたベイリーはげえっと餃子を吐き出すふりをした。

それからオーウェンは真顔になって言った。記録を残したくない電話やメッセージには、このアプリを使うようにと。彼女が理解できるように、二度も言っていた。〝パパがわたしのそばでセクシーなんて言わないなら、そのアプリは消さないでおく〟とベイリーは言った。〝それで手を打とう〟とオーウェンは答えた。

いま、ベイリーは早口になっている。「〝もしもし〟って言ったら、パパはもう話しはじめていた。どこからかけているかは教えてくれなかった。わたしが元気にしているかも訊かなかった。二十二秒しかないと言われた。それはおぼえてる。二十二秒。それから、すまなかったって、言葉にはできないほどすまないと思っているって、こんな電話をかけなくてもいい人生にはできなくてすまないって」

涙をこらえているベイリーを見守る。彼女はグレイディを見ない。わたしだけを見ている。

「お父さん、なんて言ってた？」わたしはやさしく声をかける。

それが彼女に重くのしかかっているのがわかる。こんな子どもに背負わせてはいけない重荷が。

「また電話できるようになるまで長い時間がかかるって。それから言ってた……」ベイリーは首を振る。

「何と言ったの、ベイリー」わたしは言う。

「言ってた……もう家には戻れないって」

その事実をなんとか受け止めようとしている彼女の顔を見つめる――おそろしくて、ありえない事実。オーウェンがベイリーに決して伝えたくなかった、おそろしくて、ありえない事実。そんなことがわが身にふりかかるとはわたしが思ってもみなかったこと。わたしにはずっとわかっていた事実。

彼は行ってしまった。もう戻らない。

「それは……ずっとってこと?」ベイリーが尋ねる。

わたしが答える前に、彼女の口からかすれたうめき声が短く漏れる。その事実を前に声をつまらせている。ついに知ることになったその事実を前に。

わたしは手を彼女の手に重ね、腕に触れてぎゅっと力を込める。

「そうじゃないと思いますよ……」グレイディが横やりを入れる。「ただ……彼の真意がわかっていないだけで」

わたしは彼をにらみつける。

「電話がかかってきてショックだったでしょう」彼は言う。「でも、いまはつぎのステップを話し合わないと」

ベイリーはあいかわらずわたしだけを見ている。「つぎのステップって、どういうこと?」

これはふたりだけの話だと、わたしは彼女をしっかり見る。彼女に身を寄せて、決めるのは彼女だと、わたしが伝えたら信じてもらえるようにする。

「グレイディは、わたしたちがこれからどこに行くのかと言っているの」わたしは言う。「家に帰るのか……」

「それとも、新しい家に移るお手伝いをわれわれがするか」グレイディが言う。「さっき説明したように。ハンナと一緒に新しくやり直すのに最適な場所を見つけてあげられる。戻っても安全だと判断できたら、お父さんもそこに戻ってくる。でも、それは明日じゃないと彼はわかっている。きっとそのことを電話で伝えたかったんだ。でも――」

「なんでできないの？」ベイリーがさえぎる。

「え？」

彼女はグレイディの目をじっと見る。

「なんで明日じゃないの？　明日じゃなくても、なんで今日じゃないの？　あなたに協力してもらうのがいちばんいいってパパがほんとうに思っているのなら、どうしていまここにいないの？　どうしてまだ逃げているの？」

グレイディは自分を抑えられずに短く笑う。まるでわたしがベイリーをそそのかしてそう言わせているかのような、怒りのこもった笑い――それが、オーウェンを愛していて、彼のことがよくわかっている人なら誰でも口にする疑問ではないかのように。オーウェンは指紋をとられる前に逃げおおせた。ニュースに大々的に顔が出る事態もまぬがれた。外部の圧力でベイリーの人生が台無しになる事態を避けるためにできる手は打った。ベイリーの人生を守るために。彼女が彼女のままでいられるように。それで、いま彼はどこにいるのだろう？　ほかにもうすることはない。これ以上手を打つことはない。戻ってくる気があるのなら、最初からやり直しても安全だと思っているのなら、彼はいまここにいるはずだ。わたしたちのそばに。

「ベイリー、きみが納得できる答えをいますぐには出せないけど」グレイディは言う。「ぼくに言えるのは、いずれにしろ協力させてほしいということなんだ。安全を確保するにはそれがいちばんだ。それしか方法はない。きみとハンナが安全に暮らすには」

ベイリーはわたしの手が重ねられた手元を見つめる。

「じゃあ……それが言いたかったんだね、パパは」ベイリーは言う。「もう戻ってこないって」

ベイリーはわたしに訊いている。すでにわかっていることを確認するために。わたしはためらわずに答える。

「そうだね。彼が戻ってこられるとは思わない」

ベイリーの瞳にそれが浮かぶ――悲しみから変化した怒り。それが悲嘆へと変わる。この事態と向き合いはじめるには欠かせない、激しくて孤独な感情の循環。どうしたらこんな事態と向き合えるだろう？　ただそうするしかない。身をゆだねるしか。感情に身をゆだねる。不条理さに。でも、絶望には呑まれない。わたしにかろうじてできるのは、彼女を絶望させないことだけだ。

「ベイリー……」グレイディは首を振る。「ほんとうにそうなのか、わからない。ぼくにはお父さんのことがわかっている――」

ベイリーは顔をさっと上げる。「いま、なんて言ったの？」

「お父さんのことがわかっていると言ったんだ」

「そんなはずない。わたしはパパのことがわかっているから」ベイリーは言う。

ベイリーの肌には赤みが差し、燃えるような目つきは毅然としている。わたしにはわかる――彼女は覚悟を決め、気持ちに整理をつけた。それは、誰にも奪えない確固としたものだ。

グレイディはしゃべりつづけているが、彼女はもう聞いていない。わたしを見て、わたしが予想したとおりの言葉を口にする――最後に彼女がそこに行きつくと、わたしにはわかっていた。だからこそ、ニコラスのところに行って話をつけてきたのだ。彼女はわたしだけにそれを言う。そして、それ以外のすべてをあきらめた。でもいずれは取り戻さなければ。彼女があきらめたものを取り戻せるように、わたしにできることはなんでもするつもりだ。

「もう家に帰りたい」ベイリーはそう言う。

〝そう言ってるでしょう?〟と念押しするように、わたしはグレイディを見る。それから、彼がそうするしかないことをするのを待つ。

わたしたちを帰すのを。

二年四カ月前

「どうやってやるのか、教えてほしいんだ」彼はそう言った。

わたしたちは工房の照明をつけた。デートではない外出で劇場を出たところで、わたしと一緒に工房に行っていいかオーウェンに訊かれた。〝変なことはしないから〟彼はそう言った。旋盤の扱い方を知りたいのだと。わたしがどんな風に仕事をするのか知りたいのだと。

彼はあたりを見回して、両手をこすり合わせた。「それで……どこからはじめるの？」

「まずは木を選ばないと」わたしは言った。「すべてはいい木材を選ぶところからはじまる。変なのを選んじゃったら、どうにもならないから」

「きみたち木工作家はどうやって選ぶの？」

「わたしたち木工作家のやり方もいろいろあってね」わたしは説明した。「祖父はほとんどカエデ材しか使わなかった。色味がお気に入りで、木目の出方も好きだったみたい。でも、わたしはいろいろな木を使う。オークやパイン、それにカエデも」

「どんな木で作業するのがきみのお気に入り？」

「わたしはえこひいきはしないから」

「ああ、それはいいことを知った」

わたしは思わずほほ笑みそうになるのを抑えながら、首を振った。「からかうつもりなら……」

オーウェンは降参して両手を上げた。「からかってなんかいない。興味があるんだ」

「わかった、それなら。ありきたりに思えるかもしれないけど、いろいろな木材がいろいろな理由で訴えかけてくるの」

彼はわたしの作業場へと移動して、かがみ込み、いちばん大きな旋盤をしげしげと眺めた。

「それがぼくの最初のレッスン？」

「いいえ、最初のレッスンは、これで作業したらおもしろそうだと思える素材を選ぶには、上質な木材には特徴がひとつあることをわかっていなければいけない、ということ」わたしは言った。

「祖父がそう言っていた。わたしもそのとおりだと思う」

わたしが作業中だったパインの木肌を彼は手でなでた。アンティーク加工がほどこされた、暗い色の深みのあるパイン材だった。

「じゃあ、こいつの特徴は？」彼は言った。

漂白されてほぼ薄い金色になっている中心部分にわたしは手を置いた。

「ほらここ、この部分なんか、きっとおもしろい仕上がりになる」

オーウェンもそこに手を乗せた。わたしの手には触れないで、触れようともしないで——ただ、わたしが彼に示しているものを理解しようとして。

「その考え方、ぼくは気に入ったな。つまり……」彼は言う。「同じことが人間にも言えるんじゃないかな。結局、その人らしさというのはひとつに集約できる」

「あなたらしさは何？」わたしは言った。

「きみらしさは？」彼は言った。

わたしはほほ笑んだ。「わたしが最初に訊いたんだから」

彼はわたしにほほ笑み返した。彼らしい笑顔で。

「わかったよ」彼は言った。それから、ためらいなく答えた。「娘のためならぼくはなんでもする」

故郷に帰れることもある

わたしたちの飛行機は滑走路で離陸の順番待ちをしている。ベイリーは窓の外を見ている。くたびれているようだ——腫れぼったい目はよどみ、肌はところどころ赤くなっている。くたびれ果て、不安でいっぱいになっている。

彼女にはまだすべてを打ち明けたわけじゃない。でも、だいたいのところは理解している。だから、彼女が不安そうにしていてもわたしは驚かない。逆に、そうじゃなかったら驚きだ。

「彼らが会いにくる」わたしは言う。「ニコラスとチャーリーが。あなたが望むのなら、いとこたちも連れてくる。そのほうがいいんじゃないかな。いとこたちもあなたに会いたがるだろうし」

「その人たちはうちに泊まったりする？」ベイリーが言う。

「いいえ、それはない。いちどか二度、食事をするだけ。まずはそこからはじめましょう」

「あなたも一緒？」

「ずっと一緒にいる」

よくわかったとベイリーはうなずく。

「いとこに会いたいかどうかは、いますぐ決めないといけない？」

「いまは何も決めなくていい」

彼女はそれ以上何も言わない。父親がもう家には戻らないという事実を自分なりに受け止め、理解している。でも、まだそれを口にする気にはなれない。父親のいない生活はどんなものなのか、どんな気持ちになるのかをわたしと一緒に考えてみる気にはなれない。それだって、いまは考える必要はない。

わたしは深く息を吸い、この先の避けられない展開を考えないようにする――いますぐではなくても、いずれそうなること。人生を前に進めるためにひとつひとつこなさなければならないステップ。ジュールズとマックスが空港まで迎えにきてくれることになっていて、うちの冷蔵庫には一日分の食料が入った状態で、夕食の準備もできている。いつもの感覚を取り戻すまで、そういう日常を重ねなければならない。

それに、どうしても避けられないことだってあるだろう。たとえば、いまから数週間（もしくは数カ月）後にベイリーがなんとか回復に向かいかけ、わたしもようやく自分を振り返る静かな時間を持てるようになったころにそれはやってくる。自分が失ったものやもう二度と手に入らないものにわたしは思いをはせるだろう。わが身を振り返るだろう。オーウェンのことを、オーウェンがいなくなってわたしが失ったもの、失いつづけているものについて考えるだろう。

状況が落ちついたころにそれはやってきて、彼を失った悲しみにわたしが奪われまいとしているものすべてを奪おうとするだろう。

でも、そのときわたしが倒れないようにしてくれるのは、不思議な感覚だ。いま考えはじめたばかりの疑問への答えがそのうち見えてくる。それは、こんな疑問だ。もしすべてを知っていたら、わたしはいまここにいるだろうか？　もしオーウェンがはじめから過去を打ち明けてくれていたら、わたしが足を踏み入れようとしているものの正体を警告してくれていたら、彼を選んだだろうか？　こんな結末を選んだだろうか？　きっと、母が去った直後に、祖父がわたしの居場所がどこなのかやさしく教えてくれた、あのときのことをふと思いだすだろう。そして、疑問への答えが鮮烈な熱のように身体じゅうをかけめぐるのを感じる。そうなのだ。まちがいない。オーウェンが打ち明けてくれて、わたしがすべてを知っていたとしても。そう、わたしはこの状況を選ぶ。その選択がわたしを前進させるだろう。

「どうしてこんなに時間がかかってるの」ベイリーが言う。「離陸はまだ？」

「どうしてかな。滑走路が混雑してるって、客室乗務員が言っていたと思うけど」わたしは言う。

彼女はうなずいて両腕を身体に巻きつける。機内は冷えきっていて彼女のTシャツではどうにもならない。両腕に鳥肌が立っている。またしても。

でも、今度はわたしは準備万端だ。二年前なら――二日前でも――できなかった。でも当然、いまは状況がちがう。わたしは自分のバッグに手を伸ばして、ベイリーのお気に入りのウールのフーディーを取り出す。こんなこともあろうかと機内持ち込みの荷物に忍ばせておいたのだ。

彼女に必要なものを手渡すにはどうすればいいか、はじめてわかった。

もちろん、いつもそうできるわけじゃない。まだまだ道なかばだ。でも、ベイリーはフーディーを受け取り、それをすっぽり被って、腕に手をのせてあたためている。

「ありがとう」彼女は言う。

「いいのよ」わたしは言う。

飛行機は数メートルがたがたと進んだかと思うと、後退する。それからゆっくりと滑走路に進入する。

「出発だ」ベイリーが言う。「ようやく」

出発できることになって安心したのか、彼女は座席にもたれる。そして、目を閉じて、わたしたちのあいだにあるアームレストに腕を預ける。

飛行機が速度を上げるあいだ、彼女の腕はずっとそこに置かれている。わたしも腕をそこにのせる。そして彼女の動きを、わたしたちふたりの動きを感じる。ふたりとも、腕を引き離そうとはせずに、わずかにくっつける。

予感がする。

これがはじまりなのだ。

五年後か八年後か十年後

わたしはロサンゼルスのパシフィック・デザイン・センターにいる。ほかの二十一人の職人や作家とともに新作展示会に参加中だ。指定された展示室で、ホワイトオークを使った新作コレクション（ほとんどが家具で、ボウルや大型作品も一部ある）を披露している。

顧客になるかもしれない人たちに見てもらえる絶好の機会なのだが、ちょっとした同窓会のようでもある――そして、たいていの同窓会がそうであるように、少しめんどくさい。建築家や同業者が何人かあいさつしにやって来て、近況報告をする。わたしもなんとか世間話を頑張ったが、さすがに疲れてきた。そして、時計の針が六時に近づくにつれて、人が通りかかっても声をかけなくなってきている。

ベイリーと夕食の約束をしているから、そろそろ彼女が来ないか気になる。仕事を切り上げる口実があるからうきうきする。彼女が最近つきあいだした、シェップという名前（ここでマイナス二点）のヘッジファンダーを連れてくることになっている。きっと気に入ると言われた。そんなんじゃないから。ベイリーはそう言った。

それは、彼が金融業界で働いていることなのか、シェップという名前のことなのか、よくわからない。いずれにせよ、心がざわつかない名前（ジョン）で失業中だった前のボーイフレンドの反動で彼を選んだらしい。二十代の交際にはよくあることだし、彼女の関心がそちらに向いているのがうれしい。

彼女はいまロサンゼルスに住んでいる。わたしもこちらに移り、海からも、彼女の家からもそんなに離れていない場所に暮らしている。

彼女がハイスクールを卒業するとすぐにわたしはあのフローティング・ハウスを売却した。これで監視されなくなるという甘い考えは抱いていない——闇の勢力は、オーウェンが戻ってきたら襲い掛かろうと待ち構えている。万が一、彼が危険を冒してわたしたちに会いにきたときにそなえ、連中はまちがいなく監視をつづけている。オーウェンが帰ってきても、来なくても、わたしはつねに見張られている前提で過ごしている。

空港のラウンジやレストランの外で、彼らを見たような気がすることがあっても、正確なところはわからない。ちょっとでもわたしをじっと見ている人がいたら警戒する。だから、自然とつき合う人はかぎられてくるし、それは悪いことではない。必要な人はまわりにいるから。

ひとり足りないだけで。

彼はバックパックを背負ってふらっと展示室に入ってくる。刈り上げられた頭はぼさぼさ、髪の毛は暗い色で、鼻は骨折したみたいに曲がっている。ボタンダウンシャツの袖をまくっているので腕のタトゥーがよく見える。それは蜘蛛がはうように手の甲や指先へと広がっている。

そのとき、結婚指輪に気づく。彼はその指輪をまだつけている。わたしが彼のためにつくった指輪。細身のオークで仕上げてあるとは誰も気づかないだろう。でも、わたしにはわかる。彼とは似ても似つかない。たしかに。でもありふれた風景のなかに身を隠したかったら、こんな風にするんじゃないだろうか。ほんとうに彼なんだろうか。

彼を見た気がするのは、はじめてではない。そこらじゅうに彼がいる気がしている。

わたしは動揺して手に持っていた書類を落とし、すべて床に散らばった。

彼は身をかがめて拾い集めてくれる。にこりともしないが、笑ったら彼だとわかってしまうかもしれない。わたしの手に触れもしない。わたしたちにそんな贅沢はもう許されない。

彼は書類を渡してくれる。

わたしはなんとか感謝を伝えようとする。声に出したんだろうか？　よくわからない。

おそらく何か言ったんだろう。彼がうなずいているから。

それから彼は立ち上がり、入ってきたほうへと歩いていく。その瞬間、ひとことだけ、彼にしか言えないことをつぶやく。

「残念ボーイズはまだきみを愛している」オーウェンは言う。わたしを見ずに、ぼそっとした声で。

ただのあいさつみたいにして。

別れを告げるように。

わたしの肌はかあっと熱くなり、頬が火照る。でも、言葉が出ない。声をかける時間はまったくなかった。彼は肩をすくめ、バックパックを背負いなおす。そして人混みへと消える。それだけだ。デザインに興味のある人ならそうするように、別のブースへと移っていく。

彼が去っていくのをまともに見られない。そちらを直視できない。

書類を整えているふりをして、わたしはずっとうつむいている。でも、誰かがそばにいて注意深く観察したら、わたしの身体から熱が放出されたのがわかるだろう——身体や顔に鮮やかな赤色が残っている。誰にも気づかれませんように。

わたしはそのまま百まで数える。それから、百五十まで数える。

ようやく顔を上げられると思ったとき、そこにいたのはベイリーだった。彼女の姿を見るなり冷静になって、われに返る。オーウェンが向かったのと同じ方向からベイリーが歩いてくる。グレーのニットワンピースにハイカットのコンバースを合わせていて、栗色の髪が背中の真ん中まで流れ落ちている。オーウェンとすれちがった？　美しく成長したベイリーを彼は見ただろうか？　自信にあふれるその姿を目にしただろうか？　そうでありますように。でもいっぽうで、そうじゃなかったらいいのにと思っている。結局どちらのほうが、彼に苦痛を与えないだろう。

わたしは深呼吸して彼女を見る。新しいボーイフレンドのシェップと手をつないで歩いている。彼はわたしにさっと敬礼する。かわいげのあるジェスチャーだと思っているのだろう。まったくそんなことはない。

でも、わたしはほほ笑みながらふたりに近づく。そうせずにはいられない。ベイリーもほほ笑んでいる。わたしに向かって。

「ママ」彼女はそう言う。

謝辞

本書の執筆に取りかかったのは二〇一二年でした。途中で何度か書けなくなっても、なぜかそのままにはしておけませんでした。折に触れ素晴らしいアドバイスでわたしを導き、読者に伝えたい物語を完成させるのを手助けしてくれたスザンヌ・グルックに感謝します。

メリースー・ルッチの思慮深い編集作業と的確なコメントのおかげでこの小説はあらゆる面で洗練されました。作家が望める最良のパートナー、わたしの理想の編集者、そして親友でいてくれることに感謝します。

サイモン&シュスター社の素晴らしいチームのみなさんにお礼を申し上げます。ダナ・キャネディ、ジョナサン・カープ、ハナ・パーク、ネヴォーン・ジョンソン、リチャード・ローラー、エリザベス・ブリーデン、ザカリー・ノール、ジャッキー・ソー、ウェンディ・シーニン、マギー・サザード、ジュリア・プロッサー。そして、ウィリアム・モリス・エンデバー社のアンドレア・ブラット、ローラ・ボナー、アナ・ディクソン、ギャビー・フェターズにもお世話になりました。

シルヴィ・ラビノー、あなたとは本書の最初期からずっと一緒でしたね。もっとも信頼できるアドバイザーであり、ジェイコブの〝シルヴ〟であり、この地球上でわたしが大好きな人のひとりでいてくれることに感謝します。愛しています。

キャサリン・エスコヴィッツとグレッグ・アンドレスには法律面での専門的なアドバイスをいただきました。シモーン・プーリアは素晴らしいオースティンのガイドでした。ニコ・キャナーとユイエン・ティウからのご縁でわたしのデスクには美しい木のボウルが置いてあります。そこからハンナにかんして多くの着想を得ました。

大量の草稿（過去八年分）を読み、貴重な助言やヒントをいただいたみなさんにお礼を申し上げます。アリソン・ウィン・スコッチ、ウェンディ・メリー、トム・マッカーシー、エミリー・アッシャー、スティーヴン・アッシャー、ジョハンナ・シャーゲル、ジョナサン・トロッパー、ステファニー・アブラム、オリヴィア・ハミルトン、デミアン・チャゼル、ショーナ・セリー、ダスティ・トマソン、ヘザー・トマソン、アマンダ・ブラウン、エリン・フィッチー、リンゼイ・ルービン、リズ・スコードロン、ローレンス・オドネル・ジュニア、キーラ・ゴールドバーグ、エリカ・タヴェラ、レクシー・エスコヴィッツ、サーシャ・フォーマン、ケイト・キャプショー、ジェームズ・フェルドマン、ジュード・ハバート、クリスティー・マコスコ・クリーガー、マリサ・イエレス・ギル、ダナ・フォーマン、アレグラ・カルデラ。そして、ローレン・レヴィー・ノイスタッター、リース・ウィザースプーン、サラ・ハーデン、ハロー・サンシャイン社の素晴らしいチームに特別な感謝を捧げます――あなたたちが本書に寄せる信頼は夢をかなえる力そのものです。

デイヴとシンガーの両家族と、素晴らしい友人たちが変わらない愛と支援を与えてくれたことに心からの感謝を。そして、うれしいことにいつもおつきあいいただく読者、ブック・グループ、書店、本好きのみなさんにも。

　最後に家族へ。

　ジョシュ。あなたにはどこから感謝すればいいのかよくわからない。あなたがいなかったら、わたしを信じてくれなかったら、この小説は生まれなかったということから？　それとも、十三年がすぎてもまだ夢中でいられるパートナーと出会えたのが信じられないということかしら。でもまずはコーヒーから始めてもいいかな？　あのコーヒー、大好き。それから、あなたへの愛は底なしだとお伝えしておきます。

　ジェイコブ。ユニークで、やさしくて、かしこくて、とびきりおもしろい男の子。あなたが生まれたときにわたしも生まれ変わりました。それからは、あなたからいろいろなことを教えてもらって、うれしくなったり謙虚になったりして人生を歩んでいます。毎日言っているけど、やっぱりこれしか言えない。わたしの人生最大のギフトはあなたのママになれたことよ。

訳者あとがき

「彼女を守って」――結婚してまだ一年と少しの夫がそんな謎めいた言葉を残して突然失踪した。残されたのは、あまり愛想のよくないティーンエイジャーの継娘と大金のつまったダッフルバック……そんな状況であなたならどうする？　パニックになり途方に暮れるといった反応も予想されるだろう。だが、本書の主人公で、木工作家である妻ハンナは、数々の謎を解くべく夫の娘であるベイリーとともに住まいのあるカリフォルニア州サウサリートからテキサス州オースティンへと旅立つ。そこで徐々に明らかになる夫、オーウェンの、そしてベイリーの過去とは？

本書は ***The Last Thing He Told Me***（Laura Dave, Simon & Schuster, 2021）の翻訳である。著者のローラ・デイヴは一九七七年ニューヨーク生まれ、現在はカリフォルニア州サンタ・モニカ在住の作家で、本作以前に ***Hello, Sunshine***（2017）、***Eight Hundred Grapes***（2015）など女性を主人公に据え、その生き方やパートナー、家族との関係を描く長篇小説を五冊上梓している。六作目に当たる本作は著者初のミステリ作品になるのだが、二〇二一年五月に発売されるやいなやニューヨーク・タイムズ・ベストセラー・リスト入りを果たし、その後六十五週もの長きにわたり同リストにとどまった。アメリカ国内では二百万部の売り上げを記録し、書評サイト「グッド・リーズ」チョイス・アワードを受賞（二〇二一年ベストミステリ／スリラー部門）、『われら闇より天を見る』の作者クリス・ウィタカーから推薦文が寄せられるなど高評価を受けている。

《ニューヨーク・タイムズ》紙の本書を紹介する記事によると、二〇〇〇年代初頭に不正会計が露見して米エンロン社が破綻した際（同社の破綻は本書でもオーウェンの勤めるIT企業〈ザ・ショップ〉の不正会計スキャンダルで引き合いに出されている）、創業者である夫の無罪を信じていると語る妻の姿をテレビで観ていた作者が、「自分の夫が自分の信じているのとはまるで違う人間であると世間から言われたらどうする？　最愛の人がどんな人なのか、ほんとうにわかるものだろうか」という疑問を抱いたことから本書の構想ははじまったという。さらに、作者が目指したのは「希望」に根差したミステリであり、だれかに裏切られた状況にあってもなおそこに残る「信頼」を描きたかったということだ。

本書は一貫してハンナの視点から語られる。このため、夫であるオーウェンが自分の知らない顔を持っているのではないかという戸惑いや不安は読んでいるとストレートに伝わってくる。だが、いっぽうでそのような気持ちは徐々にオーウェンへの揺るぎない信頼へと変わり、オーウェンがなによりも大切にしているベイリーを守るためにハンナを大胆な行動へと走らせる。そこにはいない相手への愛や絆の強さが全篇を通して描かれているのがわかるだろう。

本書のもうひとつの重要なテーマは「母になる」ということだ（これには、本書の執筆期間中に出産して「母になった」作者自身の経験も大きく影響しているだろう）。ハンナはニューヨークに工房を構え、木工作家として成功を収めていた。そんな彼女が、過去に事故で妻を亡くしたオーウェンと結婚してベイリーの「母」となる。ハンナとベイリーの仲は最初はぎこちない。幼い頃に母に去られた経験を持つハンナはなんとかベイリーとの距離を縮めようとするのだが、それまでずっと父子で暮らし、自分の世界を確立しているベイリーはそっけない。だが、オーウェンの失踪という非常事態に至り、ふたりで謎を解かざるをえない状況になってたがいに少しずつ歩み寄っていく。

「母になる」ということに関しては、たとえばイスラエルの社会学者オルナ・ドーナトの『母親になって後悔してる』では、母親の役割をすんなりとは受け入れられない女性たちが紹介されている。生物学的に母になった場合でも、その役割にかならずしも自動的になじめるわけではないのだ。ましてやハンナはそれまで自立して生きてきた女性だ。そんな彼女が、夫の娘であるベイリーを守りたいという気持ちから率先して「母」というケアを担う役割を引き受けていく。これもまた、「最後の言葉」を残して姿を消した夫との約束を守るための彼女なりのやり方なのだろう。

ところでマザーフッド、「母性」といえば、日本の小説でもたとえば湊かなえの『母性』や角田光代『八日目の蟬』などの、重圧となる母親の愛情や、他人の子を誘拐して「母」になるさまが描かれる作品からは、それがどこか狂気と紙一重であることもうかがえる。これは著者の意図からは外れるかもしれないけれども、本書は一貫してハンナの視点から語られるので、これがすべて彼女の思い込みだったら……と思うと背筋がうすら寒くはなる、ような気も個人的にはしている。パートナーへのゆるぎない愛が描かれる本作ではあるが、多様な読みもまた可能ではないかと思うので、読者のみなさんもぜひ意外な結末の意味に思いをめぐらせていただきたい。

訳者が本書の存在をはじめて知ったのは、俳優のリース・ウィザースプーンが自身の主宰するブック・クラブの推し本として本書を熱心に紹介していたのをＳＮＳで見かけた際だった。彼女が製作総指揮をとり、出演もしているTVドラマ『ビッグ・リトル・ライズ』（原作はリアーン・モリアーティ『ささやかで大きな嘘』）は小学生の子を持つ母親たちが登場するクライム・ミステリなのだが、本書では一筋縄ではいかないティーンエイジャーとの接し方に主人公が苦労するようすが描かれている。そんな「思春期あるある」に、とくに子育てを経験したか、経験している最中の読者にはおおいに共感いただけるのではないかと思う。

なお、本書はウィザースプーンの映画配給会社ハロー・サンシャインによってドラマ化され、現在Apple TV+で『彼が残した、最後の言葉』として配信中である。ジェニファー・ガーナーが戸惑いながらも謎に向かっていくハンナを好演している。原作である本書と比べてみるのも楽しいかもしれない。

さて、今回の翻訳作業に当たり、編集の労をとってくださった茅野ららさん、永野渓子さんはじめ、多くの方々にたいへんお世話になりました。末筆となりますが、この場をお借りしてお礼申し上げます。そして、日々の訳業を支えてくれる私の家族にも感謝します。

二〇二三年四月

訳者略歴　翻訳家　東京大学大学院総合文化研究科修士課程修了　訳書『何もしない』ジェニー・オデル，『階上の妻』レイチェル・ホーキンズ，『果てしなき輝きの果てに』リズ・ムーア（以上早川書房刊）他多数

彼《かれ》が残《のこ》した最後《さいご》の言葉《ことば》

2023年6月10日　初版印刷
2023年6月15日　初版発行

著者　ローラ・デイヴ

訳者　竹内要江《たけうちとしえ》

発行者　早川　浩

発行所　株式会社早川書房
東京都千代田区神田多町2－2
電話　03－3252－3111
振替　00160－3－47799
https://www.hayakawa-online.co.jp

印刷所　信毎書籍印刷株式会社
製本所　大口製本印刷株式会社

Printed and bound in Japan

ISBN978-4-15-210244-7　C0097

乱丁・落丁本は小社制作部宛お送り下さい。
送料小社負担にてお取りかえいたします。